Un
SECRETO
en las
Highlands

ANDREA LÓPEZ

Editado por Harlequin Ibérica.
Una división de HarperCollins Ibérica, S. A.
Avenida de Burgos, 8B - Planta 18
28036 Madrid

© 2023, 2024 Andrea López
© 2024 Harlequin Ibérica, una división de HarperCollins Ibérica, S. A.
Un secreto en las Highlands, n.º 298 - 12.6.24

I.S.B.N.: 978-84-1062-791-8
Depósito legal: M-8945-2024
Impreso en España por: BLACK PRINT
Fecha impresión Argentina: 9.12.24
Distribuidor exclusivo para España: LOGISTA
Distribuidor para México: Distibuidora Intermex, S.A. de C.V.
Distribuidores para Argentina: Interior, DGP, S.A. Alvarado 2118.
Cap. Fed./Buenos Aires y Gran Buenos Aires, VACCARO HNOS.

MIXTO
Papel procedente de
fuentes responsables
FSC® C159065

Prólogo

Curva a la izquierda, ahora curva a la derecha, de nuevo a la izquierda, otra vez a la derecha y bache, bache, bache.

Rebotando en el asiento, resoplo y aprieto con fuerza los dedos sobre el volante mientras ruego mentalmente que a ningún incauto le dé por circular de frente en esta carretera infernal que parece conducirme a ninguna parte y no tener fin.

Hace algo más de hora y media que abandoné Fort William rumbo a la isla de Skye, uno de los lugares más mágicos, espectaculares y bonitos de Escocia, por lo que, si me fío de mis cálculos y de los de mi GPS, debería de estar a punto de llegar a mi destino. Pero de momento lo único que transcurre delante de mis ojos es una cantidad indecente de árboles, vegetación y un paisaje de ensueño cubierto de nieve que soy incapaz de disfrutar como me gustaría a causa de la tensión que me produce circular por estos estrechos y escarpados caminos.

Para colmo de males, comienza a anochecer y, además, he rechazado una y otra vez los insistentes y numerosos ofrecimientos de Skye, mi mejor amiga (que sí, se llama igual que la isla en la que me encuentro. Según me comentó en alguna ocasión, su familia desciende de uno de los clanes más antiguos e importantes de la zona y de ahí que fuese bautizada con ese nombre, en honor al lugar que la vio nacer) para mandar a alguien a recogerme a Inverness, que debí aceptar; pero no, yo me empeñé en alquilar un cochecito porque me salía genial de precio durante estas tres semanas, y así estoy... ¡Como tenga que llamarla para pedirle ayuda porque me he perdido me va a caer un vacile que va a durar hasta que me salgan canas! Lo que, por cierto, espero que no suceda hasta dentro de muchos muchísimos años.

¡Mira que me advirtió que las carreteras eran secundarias y complicadas en algunos tramos! Pero es que una cosa son las carreteras secundarias y otra, esto...

Una nueva curva cerrada a la izquierda me hace apretar con fuerza la mandíbula; hay tan poco hueco que, por un momento, contengo la respiración. Gracias a Dios, y también a mi maravilloso padre que se empeñó en enseñarme a conducir por zonas no transitadas cuando tenía dieciséis, siempre he sido una buena conductora, por lo que consigo superar el momento sin demasiado drama. Sonrío, la mar de satisfecha de mi pericia al volante, mientras giro hacia una nueva curva, esta vez al lado opuesto, y justo en el instante en que voy a dejarla atrás, tres nuevos baches me hacen elevarme en el asiento hasta terminar casi con la cabeza estampada contra el techo.

¡Dios mío! Entre tanto giro y tanto salto me siento como si estuviese en un parque de atracciones.

Mi móvil comienza a sonar y desvío la vista un segundo hacia él para averiguar quién pretende interrumpir mi accidentado avance. No suelo responder llamadas mientras conduzco, pero al comprobar que se trata de mi anfitriona, deduzco que debe de estar preocupada por mi retraso; dada su vena teatral, es muy probable que esté imaginando que mi cuerpo se despeña por un acantilado, por lo que, resoplando, deslizo la mano por la pantalla para contestar.

De inmediato su melódica y aterciopelada voz me saluda en la distancia.

—¿Dónde estás? —se interesa.

—Llevo un rato preguntándome lo mismo.... —murmuro.

—¿No te habrás perdido? —pregunta con una mezcla de preocupación y diversión.

—No entiendo qué te hace pensar eso —replico con ironía.

—Echa un vistazo al GPS y dime qué pone —solicita expectante.

Obedezco. Observo el nombre del camino en el que me encuentro y elevo de nuevo los ojos hacia la carretera, dispuesta a compartir dicha información y con la esperanza de que, gracias a ella, mi amiga pueda guiarme a mi destino. No obstante, no tengo la oportunidad de decir ni mu, pues, justo al devolver la vista a la carretera, un bulto que emerge de la nada se lanza delante del coche a tan pocos metros de donde me hallo que me veo obligada a clavar el pie en el freno. Salgo impulsada hacia delante al mismo tiempo que los latidos de mi corazón se descontrolan, un grito agudo escapa de mis labios y mis ojos se abren de forma desorbitada antes de cerrarse con fuerza para evitar presenciar el golpe, que estoy segura se va a producir, pues soy consciente de que sí o sí voy a empotrarme contra lo que sea que acaba de aparecer ante mí.

Solo han pasado un par de segundos cuando el

vehículo por fin se detiene en seco; no obstante, se me han hecho más largos que una hora en el dentista, ¡y menos mal que llevaba puesto el cinturón de seguridad! Si no, para cenar tendría menú de cristales con limpiaparabrisas.

Todavía con la respiración agitada y temblando como una gelatina recién desmoldada, separo un párpado, temerosa de lo que me pueda encontrar, e inspiro con fuerza, aliviada al comprobar que delante del coche no hay nada.

La voz urgente de Skye intenta hacerme reaccionar, sacándome del estado de *shock* en el que me encuentro.

—¡Martina! ¡Martina! ¡¿Estás bien?! ¡¿Qué ha pasado?! ¡Martina! Responde, por favor —me apremia.

—Estoy aquí —balbuceo, paseando la vista alrededor sin comprender todavía muy bien qué es lo que ha ocurrido. ¿Cómo pretende ella que le dé una explicación si no lo entiendo ni yo?

De repente, una voz tan enfadada como profunda que vocifera palabras muy poco amables en inglés desde el lateral derecho del coche me sobresalta, haciéndome dirigir de inmediato la mirada en esa dirección.

Al hacerlo, me encuentro con el «supuesto» bulto azul que se ha cruzado en mi camino y que, para mi sorpresa, resulta ser un hombre envuelto en una especie de chubasquero que parece confeccionado con bolsas de plástico y que le cubre desde el cuello hasta las rodillas. El energúmeno, que no deja de berrear, prosigue tirado en el suelo y no parece tener la intención ni de levantarse ni de parar de despotricar.

A pesar de que cada una de sus palabras (por llamarlas de alguna forma) son dardos contra mis oídos, me siento aliviada al comprobar que ha conseguido hacerse a un lado a tiempo de evitar el choque, ya que, en caso de no haber sido así, el golpe habría sido brutal.

—¡¿Estás loca?! —brama desde su posición lanzándome miradas asesinas—. ¡Si no sabes ir en coche, ve en patinete o, mejor todavía, andando! ¡Tienes más peligro manejando un vehículo con ruedas que un niño jugando con una bomba nuclear! —Esas son algunas de las perlitas que salen de su boca y que, al instante, obran el milagro de transformar mi preocupación en indignación.

Pero ¿de qué va? ¡Si ha sido él quien se ha metido delante del coche en plena curva sin darme tiempo a reaccionar! ¡Suerte tiene de que no me lo haya llevado por delante! ¡Será estúpido!

—Martina, ¿puedes decirme qué demonios está pasando? —pregunta Skye desde el otro lado.

—Perdona, acabo de chocarme con una especie autóctona de la zona, luego te llamo —respondo mientras abro la puerta del coche, dispuesta a salir a decirle un par de cosas a ese maleducado que no deja de soltar un improperio tras otro.

—¿Una especia autóctona? —La pobre parece sorprendida—. ¡Ay, la leche! ¡¿No habrás atropellado a un ciervo rojo?!

—No, este no para de rebuznar; más que un ciervo, parece un asno —afirmo de mala gana mientras pienso que mi viaje en esta isla no ha podido empezar peor.

Primero me pierdo y ahora esto. Si nada más llegar ya me estoy metiendo en líos, miedito me da pensar qué más me puede pasar.

¡En mi casa, ahí es donde debería estar! ¡Tirada en el sofá, disfrutando de unas merecidas vacaciones! Pero claro, ¿quién puede decirle que no a su mejor amiga cuando esta le manda un billete de avión para que venga a verla porque necesita un favor?

Está claro que yo no. Sobre todo porque esa mejor amiga es la misma que se plantó en la puerta de mi casa cuando el cabronazo de mi exnovio decidió hace dos meses que la bañera de nuestra casa era el mejor lugar para tirarse a su secretaria. La que estuvo dos noches en vela ayudándome a preparar los últimos exámenes de la carrera y la que no se separó de mi lado en el hospital cuando una intoxicación de mejillones me tuvo «más pallá que pacá».

Skye y yo no podríamos ser más diferentes. Ella es la locura personificada, impredecible y extrovertida; es un culo inquieto que siempre tiene ganas de pasarlo bien y al que le chifla la improvisación. Yo soy todo lo contrario: calmada, serena y con las cosas siempre planificadas. Somos como el día y la noche, opuestas pero necesarias. Nos comprendemos, nos complementamos y sabemos que siempre siempre siempre nos vamos a apoyar.

Por ello, a pesar de que no ha querido soltar prenda y no tengo ni pajolera idea de para qué me necesita, aquí estoy. Con dos maletas, un coche de alquiler y más perdida que un pingüino en Nueva York, teniendo una discusión nada agradable con el primo chungo del enanito Gruñón.

Capítulo 1

Musgo

Martina

Intento mantener la calma, pero es difícil cuando «el hombre de plástico» no deja de soltar una burrada tras otra. Por eso, cada vez más alterada, indignada y con el corazón todavía martilleando con ferocidad contra mi pecho a causa del susto que me acabo de llevar, me bajo del coche dispuesta a decirle cuatro cosas al imprudente que se ha abalanzado sobre mí.

Sin embargo, durante un momento, al verlo todavía ahí tirado, la posibilidad de que esté herido y por eso no se haya levantado transforma mi cabreo en preocupación y, agobiada, me trago las palabras que estaba a punto de decirle al mismo tiempo que un ligero sentimiento de culpa se extiende por mi pecho cuando una molesta voz interior me recuerda que quizás, si no hubiese desviado la vista al teléfono, todo esto podría haberse evitado.

Voz que consigo ignorar en cuanto el personaje que tengo ante mis ojos se levanta de un salto, con una agilidad que ya quisiera yo, y prosigue con su sarta de improperios a la vez que me señala de forma amenazadora con el dedo índice, como si este fuese una ametralladora y yo un preso delante del paredón.

—¡O dejas de decir burradas o te juro que voy a terminar por lavarte la boca con jabón! —advierto cansada de escucharlo y elevando la voz para hacerme entender por encima de sus gritos.

Se ve que mi reacción no se la esperaba porque durante unos segundos (demasiado cortos para mi gusto), se queda callado, pero como por desgracia, tal y como decía mi madre, «la alegría dura poco en la casa del pobre», enseguida vuelve a empezar con sus idioteces el muy desgraciado.

—¿Lavarme la boca? ¡Lo que deberías lavarte son los ojos! ¡¿Es que acaso estás ciega?!

Por un instante me planteo la posibilidad de decirle que sí solo por ver la cara de pánfilo que se le quedaría, pero al final me contengo y me limito a decir sin dejar de sonreír:

—Mi vista es perfecta, aunque en momentos como este casi agradecería que no lo fuera.

—¡Entonces lo que pasa es que eres una insensata! ¿Dónde demonios te regalaron el carnet de conducir? —me increpa.

—¿Insensata, yo? ¡Perdona, pero el único inconsciente que hay aquí eres tú que vas por ahí tirándote delante de los coches! ¡Y por si te interesa, a conducir me enseñaron en una autoescuela, el mismo sitio donde te explican que antes de cruzar hay que mirar! —replico con sorna, alzando el mentón y cruzando los brazos sobre el pecho.

—¡¿Y el profesor sigue vivo?! ¡¿O al pobre también te lo cargaste antes de terminar la primera clase?! —bufa sacudiéndose con la mano izquierda la tierra de la especie de chubasquero/bolsa de basura que cubre su cuerpo, mientras su otro brazo permanece escondido bajo una parte del amplio plástico.

—Primero, no era profesor, sino profesora. Segundo, para tu información, sigue vivita y encantada de haberme conocido, y tercero, no sé a qué viene ese «también» cuando tú no tienes ni un rasguño —enumero entre dientes, ofendida.

El hombre aprieta la mandíbula con tanta fuerza que sus labios se convierten en una fina línea que pierde parte de su color mientras me recorre de arriba abajo con desaprobación. La intensidad de su mirada me incomoda, pero lo disimulo con facilidad y, dado que él no se molesta en ocultar el repaso que me está pegando, yo aprovecho para hacer lo mismo sin cortarme un pelo ni dejarme amilanar.

¡Vamos, hombre! Para chulo, déspota y prepotente ya tuve bastante con mi ex que, además de engañarme, intentó convencerme de que la culpa había sido mía y no suya por meter la lengua y otras cosas donde no debía. Así que si este piensa que por mirarme con esa cara de perdonavidas voy a amedrentarme, no se hace una idea de lo equivocado que está.

Tiene el pelo algo largo, alborotado y de un tono cobrizo con mil matices difíciles de diferenciar. Mal que me pese, su rostro, incluso a pesar de su evidente enfado, es atractivo. Mandíbula recta, barba de dos días y unos expresivos ojos verdes que en este momento llamean como si en sus iris se estuvieran celebrando las hogueras de San Juan.

En cuanto a su forma física, poco puedo imaginar, pues esa especie de chubasquero zarrapastroso bajo el que se esconde debe de ser, como mínimo, cinco tallas más grande de lo necesario, y eso, unido a las botas holgadas y llenas de barro que le llegan hasta las rodillas, hace que poco o nada pueda sacar en limpio sobre su complexión muscular.

En realidad, tampoco es que me importe, lo único que quiero es perderlo de vista y seguir mi camino de una buena vez, sobre todo cuando lo escucho sisear.

—Si sigo de una pieza y sin un rasguño, desde luego no es gracias a ti. ¿A dónde narices estabas mirando para no verme aparecer?

Siento cómo el rubor comienza a cubrir mis mejillas al recordar mi pequeño, pequeñísimo, casi inexistente momento de distracción con el móvil. No obstante, lejos de reconocer mi error, alzo la mandíbula manteniéndome en mis trece y suelto una mentira tan grande que haría que el mismísimo Pinocho se sintiese orgulloso de mí.

—¡Estaba mirando la carretera! ¡No es culpa mía que este camino sea como la entrada del infierno! ¡Llevo horas buscando la finca McLum House y lo único que veo son curvas, curvas y más curvas! —me defiendo, recordando el nombre de la propiedad de Skye.

Sus ojos se achican y, durante un momento, atisbo en ellos un rastro de sorpresa antes de que repita con un tono algo más relajado que parece dividido entre el enfado y la diversión:

—Turista, turista tenías que ser, no eres de aquí —proclama como si eso lo explicase todo—. Deberían quitaros el carnet de conducir en cuanto pisáis este lugar. Sois un peligro con patas.

Mi boca se abre de par en par. ¡Pero bueno! ¿Es que el género masculino en general se ha vuelto loco o es que todos los imbéciles me tienen que tocar a mí?

—Quizás sois vosotros, los lugareños, los que deberíais hacer un curso de educación vial. Igual así tendríais más cuidado antes de tiraros en plan kamikaze delante de un coche —respondo cuando consigo reaccionar.

—Hubieses tenido tiempo de sobra para frenar de haber estado pendiente del camino —me suelta en un tono condescendiente de lo más molesto.

—Dijo el energúmeno... —murmuro sin poder rebatir lo que acaba de decir.

—¿Qué me has llamado? —pregunta con un duro tono de advertencia.

—Ya me has escuchado. ¿O es que además de lavarte la boca necesitas que te lave los oídos?

—Voy a hacer como que no te he oído, o seré yo quien termine por hacerte cerrar la boca a ti —sisea dirigiendo su mirada a mis labios de tal forma que ahora sí siento la imperiosa necesidad de retroceder un paso.

Al darse cuenta de su pequeña victoria el muy... —no encuentro calificativo que le haga justicia—, sonríe muy pagado de sí mismo.

«¡No, si además de borde, déspota y maleducado ha resultado ser un creído! ¡Justito lo que le faltaba!», pienso, soltando un bufido que parece hacerle gracia.

—Para tu información, hay un buen motivo para que me «abalanzase» y cayese delante de tu coche —me informa, poniendo especial énfasis en esa palabra como recordatorio de que no está para nada de acuerdo con mi descripción del suceso.

—¿Cuál? ¿Librar al mundo de tu molesta presencia? —pregunto, dedicándole una sonrisa cargada de falsa inocencia.

—No, me temo que mi presencia en el mundo está más que justificada —contesta con retintín—.

Lo hice para evitar que convirtieses a Musgo en puré.

—¿Musgo? —repito extrañada—. ¿Quién es...?

—Este es Musgo —me interrumpe, sacando del interior del chubasquero su brazo derecho sobre el cual reposa un pequeño cachorrillo de cocker spaniel que, al verse en el exterior, eleva la cabeza olfateando el aire con su graciosa naricita y me observa con curiosidad.

—Estás insinuando que casi atropello a esta preciosidad —murmuro y palidezco mientras, de repente, siento un vuelco en el estómago.

—Exacto, de no ser por este... (¿cómo me llamaste, «energúmeno»?), esta preciosidad, como tú lo has calificado, ahora sería papilla de perrito.

Sus palabras me golpean y me repito de forma mental que a partir de ahora ni siquiera voy a sacar el puñetero móvil del bolso cuando me suba al coche, pero intento mantener la compostura para que no note cuánto me afecta la posibilidad de haber podido matar o herir al pobre animal.

—Tendrías que poner más cuidado y no dejarlo suelto por ahí, podría pasarle algo —lo acuso con firmeza.

—Este terrorista se escapó del jardín, estaba siguiéndolo cuando vi que una loca iba a atropellarlo, por eso salté de mi moto y me lancé sobre él, para intentar apartarlo. Por suerte para Musgo, mis reflejos, al contrario que los tuyos, sí parecen estar en plena forma... De no ser así, no me quiero ni imaginar qué habría sido de él —afirma hurgando en la herida.

—Podrías haber intentado alertarme de alguna manera —murmuro ya con menos convicción.

—Sí, claro, disculpe usted, la próxima vez le haré una pancarta con luces de neón —contesta en un tono cargado de sarcasmo que aumenta mi mal humor. Sobre todo porque me jode mucho, pero mucho, que tenga razón.

—Con sinceridad, espero que no haya próxima vez. Toparme contigo un día ha sido más que suficiente para todo lo que me reste de vida —comento entre dientes.

Él se encoge de hombros y sonríe con desdén.

—Disfruta de la isla, forastera, e intenta no atropellar a nadie más —dice, dándose la vuelta y dispuesto a irse.

—¿Podrías por lo menos indicarme cómo llegar a la dirección que estoy buscando? —pido malhumorada.

No me hace ni pizca de gracia pedirle ayuda, pero hace mucho frío y el cielo cada vez se oscurece más, por lo que prefiero tragarme mi orgullo a quedarme aquí tirada, en medio de la nada.

—Lo haría encantado, pero elijo quedarme callado, no sea que al final decidas lavarme la boca con jabón —afirma, girándose para mirarme una última vez, y suelta una sonora carcajada que me hace temblar de rabia antes de darse la vuelta para echar a caminar en dirección a una moto vieja que permanece tirada un poco más abajo y en la que hasta ahora no había reparado.

La levanta sin esfuerzo, con un solo brazo, como si en lugar de un vehículo fuese una ramita, mete al cachorro en un transportín de tela que yace en el suelo a su lado y se sube en el vehículo arrancándolo con presteza, mientras yo, incapaz de creer que sea tan zoquete como para dejarme tirada así, sin darme ningún tipo de ayuda o indicación, tiemblo de ira, cierro los puños a ambos lados del cuerpo y grito para hacerme escuchar por encima del rugido del motor.

—¡Prefiero morir congelada que recibir ayuda de un esperpento como tú! ¡Ojalá te empotres con esa moto, especie de cromañón!

Lejos de verse afectado por mis palabras, de contestar o de dignarse siquiera a darse la vuelta, el imbécil este levanta la mano para hacerme ver que me ha escuchado y acelera para largarse dejándome ahí, plantada en medio del camino, sin saber dónde demonios estoy.

—Ma-dre-mía —murmuro alzando los ojos hacia la imponente construcción de piedra, que se eleva con aire majestuoso y regio ante mí.

¡Un castillo! ¡Un puñetero castillo! Un castillo enorme con sus almenas y sus torres. ¡Pero si hasta tiene puente levadizo y todo!

La perplejidad me impide hacer otra cosa que no sea boquear como un pez mientras, impresionada, lo contemplo una y otra vez sin dar crédito a lo que tengo delante.

Es de noche, pero, tanto la luz de la luna que brilla en el cielo estrellado como la de los faroles y los focos colocados de manera estratégica por todo el jardín delantero en el que me encuentro, lo iluminan dándole un aire solemne y un aspecto elegante y distinguido.

Como puedo, salgo del coche y me apoyo en el capó sin apartar la vista de la estructura de piedra.

—¡Martina! ¡Por fin estás aquí! —La voz de mi amiga me hace volver en mí y dirigir los ojos a la inmensa puerta de madera por la que justo en este momento Skye sale y echa a correr en mi dirección—. ¿Qué haces ahí parada? ¡Te vas a congelar!

Mi cuerpo se estremece como si al escucharla acabara de percatarse de que, al estar a principios de febrero, las temperaturas en esta zona por la noche son extremadamente bajas.

Tiene razón, estoy helada, pero estaba tan alucinada que, hasta que ella no lo ha dicho, ni siquiera lo había notado.

—¡Menos mal que has llegado, menudo susto me diste, ya te estaba imaginando despeñada por un barranco! ¿Qué demonios te pasó? —protesta abrazándome con fuerza.

Una sonrisa se abre paso en mi rostro al percatarme de lo bien que la conozco.

—Ya te lo dije, me tropecé con un asno —respondo malhumorada al recordar mi encontronazo con el impresentable que se largó dejándome tirada en medio de la nada.

—¿Un asno? Aquí no hay asnos —replica extrañada y negando con la cabeza.

—Oh, sí, créeme, sí que los hay, solo que este era bípedo y gruñía sin parar.

—¡¿Perdona?! —cuestiona contemplándome como si estuviese ante un expediente X.

—Mejor no preguntes... Además, ¿cuándo pensabas decirme que vives en un castillo? —inquiero en tono acusador, intentando desviar el tema de la conversación al tiempo que le devuelvo el abrazo.

—Te dije que mi familia paterna desciende de uno de los clanes más antiguos de la isla y que nuestra casa era grande —comenta encogiéndose de hombros mientras camina hasta el maletero y lo abre dispuesta a sacar mi equipaje.

—¿Desde cuándo «casa grande» es sinónimo de «castillo»? —protesto, llegando a su lado para ayudarla con mis maletas.

—¡Bah, no es para tanto! —dice restándole importancia—. En cuanto lleves aquí un par de días, te acostumbrarás a su tamaño y te parecerá de lo más normal.

—Permíteme que lo dude —susurro, elevando la vista hacia las torres para después fijarla de nuevo en ella.

Se la ve pletórica, sus curiosos ojos azules brillan de felicidad por tenerme aquí, lleva su melena pelirroja recogida en una coleta alta y sus mejillas, normalmente pálidas, han adquirido un agradable tono rosado a causa de la emoción. Enfundada en un abrigo largo y unas botas que parecen de lo más calentitas, da saltitos a mi alrededor mientras aplaude ilusionada antes de añadir:

—¡Pues si esto te ha gustado, verás cuando te enseñe las cuadras y el resto de las tierras! ¡Tenemos un pequeño bosque con cascada! —afirma dedicándome una cálida sonrisa.

—¡Me estás vacilando! ¿Una cascada? ¿Tienes una cascada? —repito atónita.

—Bueno, no es solo mía, pertenece a mi familia, pero te encantará, es un lugar mágico, ya lo verás —me explica a la vez que empuja con fuerza la pesada puerta de madera maciza para adentrarse en un amplio recibidor de piedra.

—¡Vaaaaya! ¡Toda mi casa cabría en esta entrada! —afirmo paseando la vista a mi alrededor.

Lo cierto es que es imponente. Es una estancia muy amplia y, tanto las paredes como el suelo son de piedra, si bien este permanece cubierto casi por completo por una preciosa alfombra en tonos azules y verdes que le confiere un toque cálido y agradable y combina a la perfección con el enorme tapiz que cuelga de la pared izquierda, decorado con lo que imagino será el escudo de la familia.

Justo enfrente de él, un estandarte soporta el peso de una armadura que parece darnos la bienvenida y observarnos con atención.

Me siento intimidada, y no porque sea una persona materialista, que no lo soy. Nunca le he dado demasiada importancia a las posesiones materiales, soy de las que prefiere acumular momentos a pertenencias. Yo con tener lo necesario para poder disfrutar de una vida digna, cómoda y poder permitirme algún pequeño capricho como salir a cenar o ir al cine soy feliz.

Pero es que claro, teniendo en cuenta que lo que me encuentro en este recibidor, en lugar de un armario para los abrigos o un mueble donde apoyar las llaves, son tapices y armaduras... Esto impresionaría a cualquiera.

—Esta situación es de lo más surrealista, si de repente veo a Rapunzel descolgándose por la ventana para invitarme a tomar el té, te juro que no pienso inmutarme —comento a mi anfitriona que se carcajea por la ocurrencia y me guía hasta la escalera de madera que conduce al piso superior.

—La barandilla fue tallada a mano hace más de doscientos años —me explica con orgullo.

Acaricio con delicadeza la madera al tiempo que me fijo en el mimo y los detalles que componen su ornamentación.

—Y las alfombras que estamos pisando han sido traídas desde Irán —añade.

—Da pena pisarlas —murmuro contemplando con admiración sus hermosos motivos florales.

—¡Menuda tontería! ¡Cómo te va a dar pena pisarlas si esa es su función! —replica mi amiga echándose a reír.

—Se supone que soy tu mejor amiga, no comprendo que no me hayas comentado nada de esto antes... —refunfuño.

—Lo eres —me interrumpe con firmeza—. Si no te lo comenté, fue porque no salió el tema.

—¿De verdad pretendes decirme que durante los cuatro años que compartimos habitación en la universidad nunca encontraste la ocasión para contarme que te has criado en un puñetero castillo?

—Te hablé en muchísimas ocasiones de Escocia, de hecho, recuerdo haberte invitado a venir en las vacaciones de Navidad, Semana Santa y verano en cada uno de esos cuatro años que acabas de mencionar, pero tú nunca llegaste a aceptar.

—Tenía que trabajar durante las vacaciones para poder mantenerme el resto del año.

—Sí, claro, eso y que no te apetecía nada viajar.

—Eso también —admito a regañadientes.

—¿Hubieses venido si te hubiera dicho que vivía en un castillo?

—Lo más seguro es que no —reconozco después de sopesarlo durante unos instantes.

Como acabo de decir, no soy una persona a la que le impresionen los lujos. ¿Que me habría quedado impresionada al enterarme de que la casa de mi mejor amiga es un castillo? Sí. ¿Que eso me hubiese motivado a venir a Escocia? Lo cierto es que no.

Si no he venido antes es porque, en efecto, tenía que trabajar, pero también porque a mis veinticuatro años tengo más kilómetros y más horas de vuelo encima que una maleta de cabina. Mi padre es diplomático y, a causa de su trabajo, cuando era pequeña nos mudábamos a menudo. Tanto que quedé un poco hastiada de ir de aquí para allá.

De hecho, durante los primeros años de mi vida recibí educación a distancia por parte de diferentes tutores que mis padres contrataban. Eso provocó que me costase integrarme y hacer amigos cuando al fin comencé las clases presenciales durante los dos últimos años de instituto.

Sí, quedaba con gente y salía, no es que me diesen de lado ni me marginasen. Gracias a Dios nunca tuve problemas en ese sentido; no obstante, siempre sentí que no conectaba de verdad con nadie hasta que la primera semana de universidad conocí a Skye.

Esta loquita pelirroja de cabello rizado, imponentes ojos azules y un mar de pecas entró en mi vida como un huracán, poniéndolo todo patas arriba y convirtiéndose enseguida en mi mejor amiga. Mi única gran amiga en realidad.

—Pues por eso no te lo comenté, porque sabía que era una información irrelevante para ti y que no me serviría en absoluto para arrastrarte hasta esta parte del mundo —responde.

—Pero ahora estoy aquí... Y hablando de eso, ¿cuándo piensas decirme cuál es ese misterioso favor? —cuestiono.

Skye se queda en silencio y continúa avanzando por el largo pasillo del piso superior y, mientras aguardo su respuesta, me voy fijando en las espectaculares alfombras, los cuadros y las luces encastradas que ocupan las paredes que vamos dejando atrás al pasar por delante de las diferentes puertas. Entonces Skye se detiene delante de una de ellas.

—No seas impaciente, te prometo que pronto te lo explicaré todo. Ahora es tarde y, aunque me encantaría pasarme la noche entera charlando, tienes que estar cansada. Relájate y por la mañana nos pondremos al día, total, tenemos todo el tiempo del mundo —propone.

—Todo el tiempo del mundo no, tres semanas, tenemos tres semanas que es lo que duran mis vacaciones. Luego tengo que volver al periódico —le recuerdo.

—Uy, sí, a ese periódico en el que no te valoran y donde utilizan tu talento como periodista solo para llevarles los cafés —me pica poniendo los ojos en blanco—. Las dos sabemos que hace tiempo que tendrías que haberlos mandado a freír espárragos.

—Todo el mundo empieza desde abajo —rebato frunciendo el ceño.

Nos sostenemos la mirada.

Sé que en parte tiene razón. Hace algo más de un año que empecé a trabajar en el periódico y, durante todo este tiempo, más que trabajar como redactora me han convertido en una especie de chica de los recados, pero mantengo la esperanza de que, si tengo paciencia, un día llegará la oportunidad y podré demostrarles lo que valgo en realidad.

—Ya lo hemos hablado mil veces. Tendrías que centrarte en otra cosa, buscar algo que te motive de verdad y no pienso darme por vencida hasta que abras los ojos y los mandes a pasear —se reafirma ella—. Pero como soy un alma caritativa y sé que debes de estar agotada, por hoy podemos dejar esa discusión. Ahora bien —añade al verme soltar un suspiro de alivio—, ni sueñes que te vas a librar porque ya te digo que hablarlo lo vamos a hablar.

La miro con fastidio. ¡Oh, sí! ¡Seguro que lo haremos! Mi amiga es una de las personas más obstinadas que conozco y, cuando se le mete algo en la cabeza, no suele dejarlo pasar.

—Por ahora, esta es tu habitación y esa de ahí, la mía —me informa, señalando la puerta de al lado antes de apartarse para permitirme pasar a mí primero al que será mi cuarto durante las próximas tres semanas.

Miro a mi alrededor y no puedo evitar soltar un: «¡Vaya!».

—¡«Vaya» es una buena descripción! —se carcajea Skye mientras yo sigo contemplándolo todo con la boca abierta de par en par.

Es una habitación amplia en la que tanto sus paredes como el suelo son de piedra. Este, además, igual que ocurre en el resto de las zonas por las que he pasado, aparece cubierto por un tupida y mullida alfombra de pelo alto en tono verde agua.

La decoración es austera pero bonita. El armario, el escritorio y la estantería que cubre una de las paredes están tallados a juego en una preciosa madera color wengué.

El centro del espacio lo preside una inmensa cama cuyo edredón de plumas combina con las tonalidades de la alfombra, y justo frente a ella destaca lo que más me gusta y llama la atención: una preciosa chimenea de piedra en cuyo interior arden varios troncos que proporcionan una temperatura de lo más agradable a toda la habitación.

—Esa puerta da al baño, lo hemos remodelado hace poco. Te he dejado toallas limpias por si te apetece darte una ducha después del viaje, y en esa bandeja de ahí —me explica, señalando una fuente colocada sobre el escritorio—, tienes algo que Bonnie te ha preparado para cenar.

Sonrío al escucharla nombrar a la cocinera de la que tanto me ha hablado durante todos estos años. Lleva con ellos toda la vida y la quieren como si fuese una más de la familia.

—La buena de Bonnie, que siempre está en todo, supuso que tendrías hambre —comenta.

—No te haces una idea —admito, llevándome las manos al estómago.

Es cierto, hace horas que no pruebo bocado y podría zamparme una vaca entera.

—Descansa, Martina, y ya sabes: si necesitas algo, estoy a una puerta de distancia, mañana será un gran día —afirma, guiñándome un ojo antes de darme un sonoro beso en la mejilla. Después sale y cierra la puerta, dejándome sola.

Una sonrisa asoma a mi rostro cuando me dejo caer con pesadez sobre el cómodo colchón.

¡A saber lo que me tendrá preparado para mañana!

No tengo ni idea, pero, sea lo que sea, tendrá que esperar. Por el momento, lo único en lo que puedo pensar es en cenar algo, olvidar los nervios que he pasado antes y descansar...

Capítulo 2

Unas palomitas, por favor...

Cameron

Son poco más de las nueve de la mañana cuando echo un último vistazo al espejo de cuerpo entero que ocupa una de las puertas interiores del armario y asiento satisfecho ante la imagen que proyecta. Me dispongo a salir de la habitación.

Llevo varias horas levantado: he hecho deporte, me he duchado y, en un día normal, hace rato que habría salido hacia el trabajo; sin embargo, hoy... Digamos que me lo estoy tomado con un poco de calma porque, antes de irme, quiero ver de nuevo a Martina.

En realidad, teniendo en cuenta que nuestro primer encuentro no fue lo que se dice una fiesta, no es que arda en deseos de cruzármela de nuevo. Esa mujer a punto estuvo de atropellarme y, a pesar de ello, en lugar de mostrarse arrepentida se comportó como una auténtica desquiciada. ¿Por qué quiero verla entonces? Fácil, soy consciente de lo especial e importante que es para mi hermana y solo por ella, por lo mucho que la quiero, estoy dispuesto a olvidar lo ocurrido y volver a empezar.

Además, siendo sincero, tengo que reconocer

que ya me tomé mi pequeña venganza al dejarla allí en el camino sin ayuda para llegar hasta el castillo cuando sabía de sobra que este era el lugar que andaba buscando...

Mis labios dibujan una ligera sonrisa al recordar nuestra primera conversación.

Anoche, cuando un coche casi me lleva por delante, lo que menos podía imaginarme, incauto de mí, era que la malhumorada mujer que se apeó de él, lanzándome dagas por los ojos, era ni más ni menos que la adorada amiga de la que mi hermana lleva meses (desde que volvió de la universidad) hablándome sin parar.

¿Cómo demonios iba a relacionar a esa lunática con la tal Martina cuando mi hermana siempre la ha descrito como una chica responsable, relajada, calmada y reservada, y en cambio lo que yo tenía ante mis ojos era justo lo opuesto a todo eso?

¡Ni en broma me lo hubiese esperado! Al menos hasta que comentó que se había perdido y nombró la dirección a la que se dirigía, en ese momento todo cobró sentido.

Sumido en mis pensamientos, salgo al pasillo y comienzo a bajar las escaleras en dirección al comedor principal donde estoy casi seguro de que ambas estarán desayunando ya.

Empezaremos de cero, estoy dispuesto a olvidar el incidente del coche y hacer como si nada hubiese pasado.

No tenemos que ser amigos, ni siquiera es necesario que nos llevemos bien. Nuestra interacción será escasa. Yo me pasaré la mayor parte del tiempo trabajando y ellas haciendo turismo o lo que sea que quieran hacer. Casi no coincidiremos, por lo que solo tengo que llegar, presentarme y mantener con ella una conversación civilizada durante unos minutos. Con eso bastará. «*A priori* parece fácil», pienso cargado de optimismo mientras abro la puerta que da paso al comedor.

«¿Qué podría salir mal?», me pregunto confiado.

La respuesta me llega enseguida en forma de chocolate caliente cuando, nada más acceder a la estancia, la mismísima Martina, esa con la que quería tener una conversación breve y civilizada, choca de frente conmigo derramándome el contenido de la humeante taza que lleva en la mano por encima.

—¡Joder! —grito al sentir el contacto del líquido ardiendo sobre la piel.

—¡Oh, Dios! ¡Lo siento! ¡Lo sien...! ¡Túúú! —grita interrumpiendo su disculpa en el instante en que, al elevar la mirada que había puesto sobre la mancha que se extiende por mi camisa, se encuentra con mi reprobatoria mirada.

—¡¿Eres tú?! ¿Quién? ¿Cómo? —balbucea negando con la cabeza, desconcertada, a la vez que retrocede un paso para observarme con detenimiento, como si intentase averiguar si soy real o solo una broma pesada de su imaginación.

—¿Os conocéis? ¿De qué conoces a mi hermano Cameron? —pregunta Skye extrañada y se levanta de la silla para acercarse a nosotros.

—¡Es el bípedo que gruñe! —me acusa Martina, señalándome con el dedo sin apartar los ojos de mí.

La estudio, extrañado, sin entender de qué demonios habla. ¿«Bípedo que gruñe»? ¿Qué narices dice esta loca?

—¿El asno? —pregunta mi hermana entre divertida y sorprendida—. ¿Mi hermano es el asno?

Su amiga, que parece incapaz de expresarse con un mínimo de lógica a causa de la sorpresa, se

limita a asentir de forma enérgica sin dejar de se-
ñalarme.

—¿Asno? ¿Quién es un asno? —pregunto, entrecerrando los ojos al anticiparme a la respuesta.

—Por lo visto tú —responde Skye conteniendo
a duras penas la risa.

—¿Me llamaste «asno»? Así que, no contenta
con estar a punto de matarme, ¿encima tienes la
poca vergüenza de insultarme? —increpo a Martina quien, aunque durante unos segundos parece
algo abochornada, enseguida se recompone.

—¿Poca vergüenza? ¿De verdad tú vas a tener la
cara dura de hablarme a mí de poca vergüenza?
Mira, bonito, «sinvergüenza» debería ser tu segundo nombre —declara con énfasis.

—¿Y puedo saber por qué? —indago haciéndome el inocente.

—¡¿Que por qué?! ¿En serio me está preguntan-
do por qué? —repite dirigiéndose a Skye.

—Eso parece —responde ella, encogiéndose de
hombros cada vez más entretenida.

—¡Me dejaste tirada en medio de la nada! ¡Te
dije que estaba buscando esta dirección y, en lugar
de indicarme cómo llegar, me dejaste allí a mi
suerte! —afirma elevando la voz.

—¡NOOO! —exclama mi hermana abriendo los
ojos de par en par.

—¡Sííí! —asiente ella moviendo la cabeza con
vehemencia en señal afirmativa, como si al hacerlo consiguiese dar más fuerza a su acusación.

—¡Ya te vale, Cam! —me reprocha Skye que se
posiciona del lado de su amiga.

¡Manda huevos! Desde luego, ¡ten hermanos
para esto! Yo limpiándole los mocos cuando era
pequeña y, a la mínima, va y se cambia de bando.

—¡No seáis exageradas! Estabas a quinientos

metros y la carretera es de sentido único, no había pérdida posible, sabía que cualquiera podría encontrar el camino, incluso tú —me defiendo.

Su mirada se intensifica y, de reojo, la veo apretar los puños a ambos lados del cuerpo.

—¿«Incluso tú»? —sisea repitiendo las palabras que yo acabo de pronunciar con un velado tono de advertencia—. ¿Podrías explicarme qué quieres decir con «incluso tú»?

Durante unos segundos sopeso mis opciones.

Este debería ser el momento de calmar los ánimos y firmar la pipa de la paz. Sobre todo porque, teniendo en cuenta que durante varias semanas vamos a compartir el espacio, lo más inteligente sería disculparme y dejarlo estar. Sin embargo, hacerla rabiar me produce una excitante diversión que hacía tiempo que no sentía y por ello no puedo parar. Me siento como si ella fuese dinamita y yo un pirómano a punto de prender la mecha para hacerla explotar.

—Es evidente que hábil, lo que se dice hábil, no eres. Tenías un GPS y te perdiste igualmente —anuncio con una ligera sonrisa pícara dibujada en mis labios.

Sosteniéndole la mirada, percibo como su cuerpo comienza a temblar y... ¡Bum! Mecha prendida y todo salta por los aires.

—¡Eres un un...! —grita enfadada.

—Si necesitas ayuda con los adjetivos, puedo regalarte un diccionario —la interrumpo muy pagado de mí mismo al ver que está tan exaltada que le resulta imposible encontrar la palabra exacta.

—¡Maleducado! ¡Eres un maleducado, un desagradable y un borde! —escupe con ira.

—Ni que tú fueses un pastelito de fresa, todo amor y dulzura, ¡no te digo! —replico con una mezcla de diversión y enfado por los bonitos calificativos que me acaba de dedicar.

—¡Cromañón, neandertal! —me acusa.

—¡Dijo la mataperros! —contraataco.

—¡Yo no he matado a ningún perro! —se defiende, apretando los puños todavía con más fuerza.

—Gracias a que este cromañón se tiró delante de tu coche —le recuerdo, señalándome a mí mismo con ambos pulgares—. Estabas en los mundos de Yupi; si no llega a ser por mí, ahora serías la Freddy Krueger de los cachorros.

—Ehhh, bueno, puede que en eso parte de la culpa sea mía; si no la hubiese llamado por teléfono, no se habría despistado y...

—¿Estabas hablando por teléfono? ¿No se supone no apartaste la vista de la carretera en ningún momento? ¡Eres una mentirosa! ¡Estabas hablando por teléfono y por eso no me viste aparecer! —interrumpo a mi hermana repitiendo lo que Martina afirmó anoche una y otra vez, al mismo tiempo que esbozo la sonrisa triunfal de quien sabe que acaba de anotar el punto de partido.

Ella ladea la cabeza en dirección a Skye, quien le responde con un gesto de disculpa al comprender que acaba de meter la pata, y aprovecho este momento entre las dos para contemplarla con atención.

Es bonita. Tiene el pelo muy liso, por debajo de los hombros, y de un brillante color miel. Unos preciosos ojos de la misma tonalidad que el chocolate fundido rodeados de infinitas pestañas y unos labios tan rojos como las fresas maduras que contrastan con su piel, pálida, fina y delicada.

No es baja, pero, aun así, sigo sacándole una cabeza y viste de manera informal, con unos vaqueros y un jersey de lana que se adaptan a su cuerpo marcando unas curvas suaves y bien delineadas.

De repente, su mirada se desvía de mi hermana para clavarse de nuevo sobre mí y, con un suave rubor tiñendo sus mejillas y los labios apretados, afirma en tono seco y airado:

—Puede que yo me distrajese un segundo, pero tú también deberías mirar por dónde vas. ¡No puedes ir por la vida como un loco!

—¿Que yo ando como un loco? ¿Has visto cómo me has puesto? —interrogo, señalando la mancha marrón que cada vez se extiende más—. ¡Eres tú la que debería llevar incorporada una señal luminosa de advertencia encima de la cabeza! ¡Eres un peligro con patas para el resto de la humanidad!

—¡Mira, guapo, aquí el único que tendría que llevar un cartel eres tú! Uno bien grande que pusiese con letras fosforitas: «Precaución, animales sueltos». Y, por si no lo pillas, ya te lo aclaro yo: ¡lo de animal no va por Musgo, seguro que él es más listo que tú y tiene más educación!

—Ehhh, chicos... Esto se está poniendo muy interesante, pero ¿podríais darme un par de minutos para ir a por unas palomitas antes de empezar el segundo *round*? —interviene Skye que se lo está pasando en grande.

—¡No! —gritamos ambos a la vez girándonos hacia ella.

—¡Vale, vale! Solo era una opción... —musita encogiéndose de hombros.

Observo a Martina con atención. El brillo de sus ojos me recuerda al de una pantera a punto de abalanzarse sobre su presa, pero, por desgracia para ella, yo también he salido de caza y no estoy dispuesto a darle ventaja ni a recular. O eso creo hasta que, al fijar la mirada en sus labios, mis pensamientos toman una dirección equivocada y peligrosa que me hace replantearme mi postura y admitir que, al menos por ahora, lo mejor es poner distancia y dejarlo pasar.

Aun así, me niego a abandonar la habitación sin propinarle la estocada final; por ello, con aire decidido, comienzo a desabrochar los botones de la camisa que ella me ha manchado mientras camino hacia la puerta y, al pasar por su lado, me inclino y susurro en su oído en un tono tan sugerente como demoledor:

—Gracias por lo de guapo, me encantaría poder decirte lo mismo, pero, a diferencia de ti, yo no suelo mentir.

En cuanto pronuncio la última palabra, continúo mi camino sin mirar atrás, tampoco lo necesito para sentir los puñales que sus ojos lanzan a mi espalda.

Sonrío satisfecho; para ser nuestro primer encuentro después de la aventura en la carretera, no ha ido tan mal. Es evidente que lo de olvidar el pasado y ser civilizados no ha funcionado y estoy seguro de que el de hoy no será nuestro último enfrentamiento, pero, por el momento, este lo he ganado yo.

Acelero el paso por las escaleras de camino a mi habitación. Se me ha hecho tarde y todavía tengo que cambiarme.

—¡Cam! ¡Cameron! —La voz de Skye hace que me detenga en seco y me giro justo a tiempo para verla alcanzar la escalera y ponerse a mi lado.

—¿Qué ha sido eso? —me pregunta.

—¿El qué? —contesto como si no tuviese ni idea de a qué se está refiriendo.

—Venga, Cam, no te hagas el loco conmigo.

—La única loca aquí es tu amiga. ¿No se supone que era el *summum* de la calma, un remanso de paz y tranquilidad?

—¡¿Ves?! ¡A eso me refiero! ¡Tú nunca eres así con nadie! ¡Eres la persona más diplomática que conozco! ¡Te reúnes casi a diario con gente que no soportas, auténticos tiburones de los negocios que ni siquiera aguantas y cada uno de ellos piensa que te cae fenomenal!

—¿Estás pidiéndome que sea hipócrita con tu amiga?

—¡Por supuesto que no! ¡Lo único que quiero es que te contengas un poquito y guardes las formas como lo haces en el trabajo!

—Tú lo has dicho: el trabajo es trabajo, aquí estoy en casa —replico molesto al ver su gesto disgustado—. Además, te recuerdo que ella fue quien empezó. Ayer casi me mata y hoy me ha embadurnado de chocolate.

—Lo único que te pido es que seas un poco amable con Martina, para mí es importante que esté aquí, me ha costado años convencerla y no quiero que, ahora que la tengo aquí, por tu culpa se largue.

—Años en los que todavía conservábamos la paz sin turistas malhumoradas rondando por cada rincón —comento arrugando el gesto.

—Esa turista, como tú la llamas, es mi mejor amiga. La que estuvo conmigo cada día intentando que me sintiese como en casa —susurra—. Es una persona muy especial, a la que adoro, y si no es mucho pedir, me gustaría que la tratases como tal. O por lo menos que intentases ser un poquito más amable con ella.

—La verdad es que no entiendo por qué sois tan amigas, no pegáis nada.

—Nos complementamos —me corrige.

—Si tú lo dices...

—Lo digo, y eso debería bastarte. Prométeme que a partir de ahora vas a comportarte.

—Lo intentaré —concedo al final, dejando caer los brazos a ambos lados del cuerpo—. Pero no puedo prometerte nada, tu amiga parece tener el don de sacarme de mis casillas, eso sin contar con que es demasiado divertido hacerla enfadar.

—¡Cam! —protesta, dándome un golpe en el brazo antes de echarse a reír y negar con la cabeza.

Respondiendo a su sonrisa, me inclino sobre ella para darle un beso en la mejilla y continúo subiendo la escalera.

—¡Si vas a Inverness, dales a papá y a mamá un beso de mi parte! —grita a mi espalda.

—Lo haré —respondo antes de abrir la puerta y adentrarme en mi habitación, mi refugio, y mucho me temo que el único lugar en el que podré estar tranquilo durante las próximas tres semanas.

Capítulo 3

Apache y Zar

Martina

—¡Será cretino! ¡El muy egocéntrico! «Me gustaría decirte lo mismo, pero, a diferencia de ti, yo no suelo mentir» —repito, imitando su voz mientras pongo caras y camino sin parar por mi habitación, lugar al que me escabullí para poder rumiar a gusto en cuanto Cameron abandonó el comedor con su hermana corriendo tras él—. ¿Quién demonios me habrá mandado venir aquí? ¡Con lo tranquila que estaba yo en mi casita! —me pregunto alzando ambos brazos al cielo.

—Yo, tu mejor amiga que te adora y que va a encargarse de que pases unas semanas inolvidables.

Me vuelvo al escuchar a la pobre Skye que me observa apoyada en el marco de la puerta con los brazos cruzados sobre el pecho.

—Desde luego, los primeros días están resultando difíciles de olvidar —refunfuño, dejándome caer cuan larga soy sobre la mullida cama.

—No hagas caso a mi hermano. Te prometo que acabo de leerle la cartilla y, a partir de ahora, será mucho más amable —asegura, acercándose para tumbarse a mi lado.

—Veo mucho más factible que una hiena se vuelva vegetariana a que tu hermano sea amable.

—¿Estás comparando a mi hermano con una hiena? —pregunta arqueando las cejas divertida.

—Quita, quita. Nooo, claro que no, jamás lo haría. Esos pobres animalillos no se merecen tal agravio —respondo de inmediato como si la simple idea me resultase insoportable.

Mi amiga se tapa la boca con la mano para evitar que se le escape una carcajada.

—Mira, sé que es tu hermano y que esta también es su casa, por lo que, probablemente, no debería hablar así de él, pero es que no me cabe en la cabeza que podáis compartir genes, no pegáis nada —protesto ahogando un quejido.

—Esas palabras me suenan... —murmura ella, poniendo los ojos en blanco.

—¿Cómo? —cuestiono extrañada.

—Nada, olvídalo —se apresura a restarle importancia haciendo un gesto con la mano antes de añadir—: Lo único que digo es que Cam y tú habéis empezado con mal pie, por eso y solo por eso entiendo que no te hayas llevado una buena impresión de él, pero si le das una oportunidad, estoy segura de que incluso llegará a caerte bien.

—Lo dudo.

—Te lo digo en serio, por norma general es encantador.

—¿Encantador? Será de serpientes porque de otra cosa... —rebato incrédula.

Me cuesta reconocerlo y, por supuesto, no pienso admitirlo en alto así me corten la lengua, pero lo cierto es que el muy jodido es tan guapo como insoportable. Ya que además de esos intensos ojos verdes que ya descubrí en nuestro primero encuentro, de su pelo cobrizo y su atractivo rostro, hoy, embutido en un traje de diseño en lugar de escondido bajo esa especie de capa de plástico que lo cubría ayer, sí se podía intuir un cuerpo de lo más trabajado y definido.

—No es por defenderlo —dice Skye interrumpiendo mis pensamientos—, pero reconoce que tampoco tú sueles ponerte como lo has hecho hoy. Te conozco desde hace años y nunca te había visto cabrearte ni gritar de esa manera.

—Es cierto —admito, sentándome en la cama para masajearme la sien con los dedos de una mano—, ¿qué puedo decir? Por lo visto, tu hermano saca lo peor de mí.

—¡O lo mejor! ¡Yo me lo he pasado fenomenal presenciando ese combate cuerpo a cuerpo que os habéis marcado para comenzar el día! ¡Si empezáis así el desayuno, imagínate lo que puede dar de sí la cena! —se cachondea.

—¡Ja, ja, ja, me alegro de haber contribuido a tu diversión! —respondo con ironía.

—Mujer, ya sabes que soy de risa fácil. ¡Anímate! —me pide, empujándome de forma ligera con su brazo—. Te prometo que lo pasaremos genial.

La observo de medio lado y, como me ocurre siempre que estamos juntas, mi ánimo mejora de forma inmediata. Es el superpoder de Skye, tiene la virtud de sacar el lado bueno de cada situación y de hacérselo ver a los demás, así se empeñen en cerrar los ojos para no poder apreciarlo. Podríamos estar perdidas en medio del océano y ella encontraría la forma de hacerme reír.

—Todavía no me has dicho cuál es ese favor taaannn importante —le recuerdo con curiosidad.

De inmediato su expresión se torna soñadora y sus ojos destellan un brillo de ilusión iluminando una mirada que me recuerda bastante a la de cierto *highlander* arrogante y déspota con el que he tenido la desgracia de cruzarme esta mañana... Su mero recuerdo me incomoda, por lo que decido alejarlo lo máximo posible de mis pensamientos y centrarme en las palabras de mi amiga, pues, conociéndola, a saber qué diantres estará tramando.

—Lo sabrás dentro de poco, de momento solo te diré que tengo entre manos un proyecto muy especial —susurra con cierto nerviosismo.

—Define «especial»... —murmuro con desconfianza.

—Lo siento, pero no puedo decirte más. Te prometo que muy pronto te enterarás —anuncia moviendo la cabeza con fuerza en señal de negativa.

—¿Me estás vacilando? —pregunto—. ¿Me has arrastrado hasta aquí y ahora no vas a contarme nada?

—¡Por supuesto que te lo voy a contar! Pero todavía no —asevera—. Mientras tanto, las dos disfrutaremos de este hermoso lugar. Me siento muy afortunada de haber crecido aquí. Estos parajes son mágicos, Martina, y nada me gustaría más que compartirlos contigo para que puedas llegar a conocerlos y disfrutarlos igual que lo hago yo.

—Me mata la curiosidad —admito, volviendo a ese asunto del que ella se niega a hablar.

—Lo sé, solo te pido un poquito de paciencia —dice con una sonrisa pícara.

—Sabes que de eso, por norma general, voy sobrada; sin embargo, ha sido poner un pie en estas tierras y parece que me la he dejado toda en el avión —confieso soltando un bufido.

—Solo tienes que disfrutar y dejarte llevar por la energía de este lugar; además, unas semanas lejos de ese trabajo que te consume te vendrán fenomenal

—asegura ella, arrugando la nariz con gracia—. Quién sabe, puede que estos días sean lo que necesitas para decidirte a hacer eso que en realidad quieres y no te atreves.

La miro poniendo los ojos en blanco.

Desde que hace algún tiempo fantaseé con ella sobre la posibilidad de trabajar como periodista *freelance*, mi queridísima amiga se ha convertido en la voz de mi conciencia y aprovecha cualquier ocasión que se le presenta para recordármelo. Hace un par de meses incluso se ofreció a asociarse conmigo, lo cual sería fantástico si no fuese porque vivimos a un océano de distancia.

—Sé que no te gusta mi trabajo, me lo dejas claro cada vez que tienes la oportunidad.

—Y lo seguiré haciendo, es mi deber como mejor amiga —afirma con convencimiento.

—Pero estoy convencida de que antes o después me darán una oportunidad —rebato.

—Lo dudo —murmura ella.

La observo frunciendo el ceño y ella levanta ambas manos para defenderse.

—¡¿Qué?! ¡Es cierto! Esa oficina en la que trabajas está llenita de dinosaurios que no han evolucionado nada en los últimos diez años y que no serían capaces de distinguir tu talento así se lo estampases en la cara.

—Es lo que hay —replico alzando el mentón.

—¡Esa no es la actitud! De todas formas, no te preocupes; si eso es lo que quieres, estoy segura de que a tu vuelta el archivo estará esperándote exactamente igual que lo dejaste. Mientras, aprovechemos estos días juntas, tomémonos estas semanas como una aventura, un viaje de amigas, una experiencia para compartir momentos maravillosos en la tierra que me vio crecer —me propone—.

¡Visitaremos cada zona, cada lugar, descubrirás a través de tus ojos y mis recuerdos cada rincón de esta maravillosa isla y te enamorarás tanto de ella que te aseguro que, pasadas estas tres semanas, no te querrás marchar! —exclama emocionada, dando ligeros saltitos a la vez que aplaude con efusividad.

—¿Ese famoso proyecto no será convencerme para que me quede aquí y formemos una asociación? Porque si esa es la idea, desde ya te digo que...

—No, tranquila, ese no es mi proyecto, pero ahora que lo dices, que sepas que, si decides hacerlo, tampoco me voy a oponer —deja caer.

—Mi vida está en Madrid.

—Estoy segura de que, si buscamos la palabra «vida» en el diccionario, la definición que aparece es justo lo contrario de lo que tú haces allí —protesta.

La observo conteniendo una sonrisa. Su entusiasmo es contagioso y, aunque me mosquea un poco que subestime mi día a día y no suelte prenda de ese misterioso proyecto en el que quiere que la ayude, ¿quién podría decirle que no?

—¡Qué demonios, lo pasaremos bien! —exclamo tras unos segundos.

Ella lanza un grito de satisfacción y se tira a abrazarme.

—¡Esa sí es la actitud! ¡Ahora sí estás preparada!

Me echo a reír y le devuelvo el abrazo.

—¿Eres consciente de que cada vez que me dices eso suelo acabar arrepintiéndome? —pregunto.

—Esas son habladurías sin importancia —responde, saltando de la cama—. Prepárate, ponte unas zapatillas cómodas y te espero en la puerta principal en cinco minutos.

—¿A dónde vamos? —pregunto imitándola.

—Lo sabrás cuando lleguemos allí, solo te digo

que te va a encantar. ¡Vamos a empezar estas vacaciones a lo grande! —asegura, guiñándome un ojo antes de añadir—: Te doy cinco minutos, ni uno más, no hay tiempo que perder.

La veo salir de mi habitación a toda velocidad y, tal y como Skye acaba de ordenar, me pongo unas deportivas cómodas, me lavo los dientes y me abrigo con un plumífero de color verde eléctrico que me encanta y me resulta la mar de cómodo, por lo que me parece de lo más apropiado para la ocasión. Después, decido coger una pequeña mochila que tuve la precaución de traerme para ir más ligera cuando saliésemos de excursión y meto en ella el móvil y la cartera antes de hacer un último repaso mental para confirmar que no me olvido nada.

A toda prisa, salgo de la habitación y bajo las escaleras que conducen al piso de abajo y a la entrada, asombrada por que mi amiga (que por normal general tarda lo indecible en prepararse) ya esté allí, esperándome con cara de felicidad y lista para salir.

—¡Verás lo que te tengo preparado! —comenta, abriendo la puerta en cuanto llego a su lado.

Salimos del castillo, ella irradiando alegría y yo ansiosa por descubrir qué me deparará este primer día en la isla de Skye.

—¡Que no! —afirmo con rotundidad.

—¡Que sí! —responde ella frunciendo el ceño.

—¡Estás flipando si piensas que me voy a subir ahí!

—Tú eres la que va a flipar cuando lo pruebes, ya verás, te va a encantar, es una experiencia que no te puedes perder —asegura comenzando a impacientarse.

Hace más de diez minutos que salimos del castillo y llegamos a las cuadras situadas en la parte trasera, a pocos metros del jardín posterior, y la loca de mi amiga lleva desde entonces tratando de convencerme de que me suba en uno de los dos gigantescos caballos que, pacientes, esperan a su lado.

Son preciosos; uno es un magnífico palomino que se distrae olfateando el pelo de su dueña y el otro, un impresionante semental tan negro como una noche sin estrellas que intimida solo con verlo.

—¡Gracias por la oferta, pero prefiero perdérmela y seguir de una pieza! —digo con cara de susto, retrocediendo un paso sin apartar los ojos del precioso e imponente animal que tengo delante.

—¡Por lo menos inténtalo! Apache y Zar son muy mansitos, ¿lo ves? —trata de persuadirme señalando al palomino y al otro, respectivamente, a la vez que acaricia al primero que parece encantado.

—¡Lo siento, pero no! —repito—. ¡No me gustan los caballos!

—¿Cómo puedes decir eso? ¡Son unos animales preciosos y la mar de inteligentes!

—Es cierto, lo son —admito—. Y también rápidos e impredecibles.

—Estos no, son muy dóciles, te aseguro que no te va a pasar nada, confía en mí —me pide poniendo un puchero.

—Por supuesto que no me va a pasar nada, pero porque no me voy a montar —le aclaro empecinada, con la vista clavada en el precioso caballo negro que, como si hubiera entendido lo que acabo de decir y pretendiese expresar su disconformidad, lanza un potente relincho que me pone los pelos como escarpias y golpea el suelo con la pata. Retrocedo en el acto un par de pasos más.

—Pero, vamos a ver, ¿alguna vez has montado? —insiste mi anfitriona quien, por lo visto, no piensa cejar en su empeño.

—No, ni lo he hecho ni pienso hacerlo ahora. —Me muestro firme.

—Y si no lo has probado, ¿cómo puedes atreverte a decir de forma tan contundente que no te gusta?

—Tampoco he probado a caminar descalza sobre brasas y te aseguro que «sé» que no me gusta —replico encogiéndome de hombros.

—¡Menuda comparación! —Bufa poniendo los ojos en blanco—. Ir a lomos de un caballo es una forma genial de recorrer las tierras del castillo para disfrutar de sus paisajes a la vez que respiramos un poco de aire puro.

—Lo siento, pero no me vas a convencer.

—Eres más terca que una mula —refunfuña.

—Le dijo la aguja al dedal —recito, retándola con la mirada.

Durante unos segundos, ninguna de las dos dice nada, permanecemos en silencio con los ojos fijos cada una en la otra; pero enseguida vuelve a la carga, cosa que, por otro lado, ya me esperaba porque, seamos sinceras, lo cierto es que, si yo soy cabezota, ella lo es incluso más.

—Solo te pido que lo pruebes una vez, te prometo que, si no te gusta, no volveremos a montar, pero es que galopar a toda velocidad a lomos de un caballo, con el aire fresco acariciándote la cara es una sensación de plenitud y de libertad tan excitante y embriagadora que todo el mundo debería experimentarla al menos una vez en la vida.

—Si juntando en la misma frase las palabras

«galope» y «velocidad» creías que ibas a convencerme, siento decir que estás chalada.

—¿Qué tengo que hacer para que te animes? —Suspira.

—Me temo que nada —contesto—. Lo siento, pero prefiero ir caminando.

—Tardaríamos demasiado —protesta—. La zona que quiero enseñarte está alejada del castillo.

—¿Y en coche? ¿No podemos ir en coche?

—Podemos —asiente.

—¡Perfecto entonces! —Respiro aliviada.

—El único problema es que ese cochecito tan mono que has alquilado no sirve para los caminos por los que nos tenemos que meter y el todoterreno se lo ha llevado mi hermano, pero si prefieres ir en coche antes que dar un relajante paseo a caballo, puedo llamarlo y pedirle que nos lo traiga de vuelta. ¡Igual hasta se apunta y se viene con nosotras! —exclama como si de repente le entusiasmase la idea mientras me regala una sonrisa tan inocente y angelical como falsa.

—Gracias, pero paso —respondo fingiendo un estremecimiento.

—¿Entonces nos quedamos con la opción del caballo? —pregunta encantada, pues ya sabe cuál va a ser mi respuesta.

—Qué remedio... —murmuro resignada.

—Sabía que entrarías en razón —se carcajea ella.

—Mujer, es que me has dado a elegir entre Guatemala y Guatepeor. —Bufo, acercándome al animal para que me explique cómo tengo que subir.

Con esfuerzo, me acomodo en la silla, meto los pies en los estribos y sujeto las riendas como mi *mejor examiga* me indica que haga.

—Esto se mueve demasiado —murmuro concentrada apretando las piernas con fuerza y rígida como una tabla.

—Se supone que tiene que moverse; si no, es un poco complicado que pueda avanzar —se cachondea la muy petarda subiendo al otro animal.

—Muy graciosa, pero que sepas que eres un mal bicho —aseguro haciéndome la enfadada.

Desde aquí arriba se ve todo muy alto, pero ya estoy en la silla y, de momento, el caballo no ha salido desbocado ni nada que se le parezca, por lo que parece que la cosa no va tan mal. Incluso me atrevo a agarrar las riendas con una sola mano para acariciar durante unos segundos el suave pelaje del animal.

—Lo sé, pero me quieres igual —responde ella, dando un ligero toque a Zar que sale caminando de la cuadra seguido por Apache.

Que sea lo que Dios quiera, pero como me caiga del caballo, a la loca esta la mato, juro que la mato, la remato y después la vuelvo a matar.

Al verse en el exterior, los caballos aceleran el paso y suelto un gemido mientras me pregunto: «¿Quién me habrá mandado a mí hacerle caso a la loca de Skye?».

Capítulo 4

Una salida inesperada

Cameron

¡Menudo día de mierda! Empezó mal y, lejos de ir mejorando, con el paso de las horas no hizo más que empeorar.

El fatídico derramamiento de chocolate sobre mi camisa fue el desencadenante de una serie de acontecimientos gracias a los cuales a la hora de la comida mi jaqueca ya era brutal. Y, lejos de amainar, el dolor no hizo más que aumentar, provocándome unas ganas casi incontenibles de arrancarme la cabeza de cuajo solo por terminar de una vez con esa maldita tortura.

Primero llegué tarde a la reunión que tenía programada a primera hora y, si ya de por sí no soporto llegar tarde, cuando hablamos de una reunión de trabajo con ni más ni menos que Travis Peterson, CEO de la compañía IG, ya ni te cuento.

Siempre he pensado que el último en llegar parte con desventaja; parecerá una tontería, pero es cierto que, cuando ya estás preparado de antemano, cuentas con unos valiosísimos segundos de margen que te permiten estudiar a tu oponente. Sé que no estoy hablando de un combate, no obstante, las reuniones de negocios, y más cuando estas son con Travis Peterson, alias la Hiena, son lo más parecido a una pelea que pueda existir.

Pues bien, hoy fue él quien contó con esos importantísimos segundos de ventaja y el simple hecho de saberlo ya me puso de mal humor. Por si eso fuese poco, sus pretensiones para llevar a cabo la fusión que estamos negociando eran tan desproporcionadas que resultaban insultantes, y por ello tuve que hacer un titánico esfuerzo para no mandarlos a él y a su empresa directos a la mierda y, por supuesto, lo más lejos posible de mi despacho. Por suerte, conseguí hacerlo entrar en razón y la cosa, al menos de momento, parece haberse calmado.

Como si eso no bastase, mi secretario (sí, he dicho «secretario» y no «secretaria»), Magnus, quien por norma general es superprofesional y eficiente, anda un poco descentrado estos días. Acaba de convertirse en papá y las largas noches que él y Megan (su mujer) pasan en vela están pasándole factura, y el pobre, que a duras penas consigue no quedarse dormido por los pasillos, empieza a olvidarse de cosas importantes como, por ejemplo, imprimir los contratos que debía tener listos en mi despacho al mediodía.

Gracias a ese retraso, tuve que revisar los papeles mucho más tarde de lo previsto y mi hora de comer se redujo a un café y un par de galletas que encontré en uno de los cajones de mi escritorio.

A la reunión programada para la tarde sí llegué puntual; no obstante, la que se retrasó en ese caso fue la otra parte. Una hora me tuvo esperando para al final llamar diciendo que habían cancelado su vuelo y que teníamos que aplazarla.

Y ¿qué iba a hacer, pedirle que viniese en balsa?

Pues nada, armarme de paciencia y posponer la dichosa reunión.

A última hora me tocó estudiar las propuestas de mi equipo de *marketing* para nuestra próxima campaña comercial y resultó que ninguna de las opciones planteadas se adaptaba a la idea que quiero plasmar; eso supuso volver a revisar con ellos los puntos fuertes y débiles de la campaña durante horas, intentando transmitirles el concepto que estamos buscando y que no habían conseguido encontrar.

Por si no fuese suficiente, me tiré más de dos horas examinando documentos y, cuando quise darme cuenta, eran más de las nueve y media de la noche, estaba muerto de hambre y dentro de mi cabeza mis neuronas parecían estar montándose una fiesta con fuegos artificiales.

«Por suerte, el día ha terminado», pienso exhalando con fuerza.

¡Me muero por llegar a casa, darme una ducha, cenar algo caliente y echarme a descansar!

Cruzo el puente que me conduce a la entrada principal del castillo y, casi como por arte de magia, comienzo a sentirme mejor.

Este lugar siempre ha sido mi hogar, mi refugio del resto del mundo; he viajado por más de medio planeta, el trabajo en la empresa de mi familia me ha llevado a visitar lugares impresionantes como Londres, Nueva York, Múnich, París o Pekín y reconozco que cada uno de ellos tiene una belleza y un encanto que te atrapa. Sin embargo, yo sería incapaz de imaginarme viviendo en ningún otro sitio porque me resultaría imposible alejarme de aquí. Esta isla, con sus valles, sus bosques, sus castillos y sus verdes paisajes es un paraíso, un paraíso terrenal que muy pocos tenemos la fortuna de poder disfrutar.

En cuanto aparco y apago el motor, me bajo del coche y me dirijo a la entrada, atravieso el umbral y, sin detenerme, subo la escalera y camino derecho a mi habitación.

Sin perder un solo segundo, me deshago de la ropa y me meto en la enorme ducha efecto lluvia que me recibe dejando caer el agua caliente sobre mi cuerpo, relajando mis tensionados músculos y provocándome un suspiro de placer.

No sé cuánto tiempo permanezco bajo el agua, disfrutando del calor que acaricia mi piel, pero, cuando al fin me decido a salir, mi dolor de cabeza ha disminuido de forma considerable y me siento mucho mejor.

Más relajado, me seco a conciencia y me pongo unos vaqueros y una sudadera para bajar a picar algo antes de meterme en la cama para ver una serie en la tele o ponerme a leer.

Cualquier otro día buscaría la compañía de mi hermana para hablar con ella un rato; no obstante, teniendo en cuenta que lo más seguro es que esté con su invitada, hoy no lo haré, prefiero estar solo.

Me ha costado demasiado deshacerme de ese dichoso dolor de cabeza que lleva taladrándome el cráneo durante todo el día como para arriesgarme a que, tras pasar más de un minuto con la española, el dolor vuelva a aparecer.

Echo un vistazo a la pantalla del reloj; dada la hora, estoy bastante seguro de que ambas habrán cenado, por lo que o estarán en el salón o habrán ido a dar una vuelta o ya se habrán retirado. Con un poco de suerte (de esa que lleva todo el día dándome esquinazo), ni siquiera la veré.

Bajo la escalera y me dirijo a la cocina; en cuanto abro la puerta, un delicioso olor me hace la boca agua.

—¿Qué maravilla has preparado hoy, Bonnie? —pregunto a la mujer que, atareada como está delante de los fogones, todavía no ha reparado en mi presencia.

—Costillas al horno con verduras y patatas —responde, dándose la vuelta en cuanto escucha mi voz.

—Nos mimas demasiado —la reprendo de forma cariñosa y me acerco para depositar un suave beso en su mejilla.

Ella me guiña un ojo con aspecto cómplice.

—¡Es mi trabajo! ¿Quién va a hacerlo si no lo hago yo? —pregunta.

Bonnie es nuestra cocinera desde antes de que mi hermana y yo hubiésemos nacido siquiera. Ha estado con nosotros toda nuestra vida y tanto Skye como yo sentimos por ella el mismo cariño que ella siente por nosotros; por eso, a pesar de que cuando mis padres se mudaron a Inverness le ofrecieron irse con ellos o retirarse, ella se negó a abandonar el castillo y se quedó.

Es una mujer alta y robusta, tiene un precioso cabello blanco que siempre siempre lleva recogido en un moño; sus ojos son castaños y risueños y suele llevar un delantal de corazones de colores porque dice que, cuando cocinas con alegría, la comida sabe mejor.

—¿Hace mucho que Skye y su amiga han terminado? —pregunto, tomando asiento en uno de los taburetes de la enorme isla que ocupa el corazón de la habitación.

—En realidad, todavía no han cenado —responde.

—¿Y eso?

—Salieron por la mañana temprano a montar a caballo y todavía no han regresado. Supongo que pararon a tomar algo por ahí.

—Es muy raro —murmuro, desbloqueando el teléfono para buscar el número de mi hermana.

—Está con su amiga, querrán ponerse al día y recuperar el tiempo que han estado separadas.

—Skye no suele salir a estas horas sin avisar —replico en tono preocupado al comprobar que su teléfono está apagado.

—Eres demasiado sobreprotector con ella. Ya no es una niña —me reprende.

—Puede que no, pero sigue teniendo el mismo sentido común que cuando lo era —refuto molesto cuando, al intentar ponerme en contacto con ella de nuevo, me salta el buzón de voz—. ¿Sabes dónde está Malcom? —pregunto refiriéndome a su hijo que, además de encargarse del jardín y los animales, resulta que es mi mejor amigo.

—Iba a echar un último vistazo a las cuadras antes de irse a dormir.

—Voy a buscarlo —anuncio saltando del taburete.

—¿Por qué no cenas algo primero? —sugiere dejando patente en su tono de voz que estoy exagerando.

—Después —respondo mientras abandono ya la cocina.

A toda velocidad, salgo del castillo y lo rodeo para dirigirme a los establos, tal y como Bonnie me ha indicado. Enseguida encuentro a Malcom que está reponiendo el heno de una de las cuadras.

—¿Y esa cara? —se interesa con el ceño fruncido en cuanto me ve aparecer.

—¿Sabes algo de Skye? —pregunto como única respuesta.

—Salió a dar una vuelta en caballo con su amiga. Por lo que me comentó, quería enseñarle la zona.

—Todavía no han vuelto —afirmo mientras cojo el móvil para intentar ponerme de nuevo en contacto con ellas.

Nada; al igual que las veces anteriores, me salta el contestador.

—No consigo hablar con ella. —Tanto el tono de mi voz como la rigidez de mi cuerpo expresan la preocupación que siento.

—Tranquilízate, seguro que lo único que ocurre es que se han entretenido más de la cuenta por ahí —comenta Malcom.

—¿A estas horas? ¿Sin avisar y montadas a caballo? Lo dudo —objeto.

—Cam, los dos sabemos que cuando Skye sale a cabalgar, pierde la noción del tiempo —afirma, acercándose y colocando una mano sobre mi hombro—. Además, tu hermana sabe manejarse por estos parajes mejor que tú y yo juntos. Eres demasiado sobreprotector —repite las palabras de su madre con una sonrisa.

—¡No lo soy! —protesto.

—¿Que no? ¡Pero si cuando empezó a salir, tú le ponías más problemas que tus padres! ¡Por no hablar de que muchas noches terminabas siguiéndola sin que se diese cuenta!

—Es mi papel como hermano mayor.

—Amigo, siento decírtelo, pero tú has llevado ese papel a otro nivel. —Sonríe y niega con la cabeza.

Lo contemplo con mala cara. No pretendo ser controlador ni autoritario, de hecho, creo que no lo soy en absoluto, pero Skye es mi debilidad, mi ojito derecho. Le llevo cinco años y tengo grabado a fuego en mi mente el día que mis padres volvieron con ella del hospital.

Yo estaba sentado en un sillón delante de la chimenea del salón. Ella lloraba con fuerza y, justo entonces, mis padres la pusieron sobre mi regazo. Recuerdo su olor, recuerdo aguantar la respiración y también recuerdo que, en el momento exacto en que sus pequeños deditos se aferraron con fuerza a mi mano, el llanto cesó.

En ese momento, me pareció el mayor de los tesoros y me prometí a mí mismo que siempre siempre la iba a cuidar. A día de hoy, todavía me lo sigue pareciendo y sigo cuidándola o, por lo menos, eso intento, porque a veces ella me lo complica demasiado...

—Es verdad que puede llegar a perder la noción del tiempo, pero nunca se quedaría hasta tan tarde por ahí sin avisar. No es propio de ella.

—Eso es cierto —admite Malcom, rascándose la cabeza con aire pensativo—. A lo mejor se ha quedado sin batería.

—Puede, y seguro que tienes razón y no les ha pasado nada, pero, aun así, voy a salir a buscarlas.

—Cogemos el coche y voy contigo —afirma de inmediato.

—Gracias, pero no es necesario, vete a descansar —ofrezco—. Además, prefiero ir a caballo, si se han metido por el bosque, hay zonas a las que con el coche no se puede llegar.

—Cierto, y en cuanto a lo de dejarte solo... ¿Me tomas el pelo? Ahora que has conseguido preocuparme a mí también, no podría pegar un ojo sin asegurarme de que están bien —asegura.

Asiento y no añado nada más. Malcom tiene razón, lo conozco, los tres hemos crecido juntos en el castillo, pues, como hijo de Bonnie y de nuestro antiguo jardinero, fallecido hace un par de años, siempre ha vivido aquí.

Es mi mejor amigo, pero también adora a mi hermana y sé de sobra que nunca se quedaría tranquilo ante la más mínima posibilidad de que alguno de nosotros necesitase ayuda o estuviese mal.

Por eso, lejos de insistir, lo sigo y, a los pocos minutos, ambos hemos cogido gruesos abrigos para protegernos del frío y, con los caballos ensillados, salimos al galope en busca de Martina y Skye.

Recorremos las zonas de cultivo, también vamos al bosque del castillo e incluso nos acercamos hasta la cascada que se oculta en lo más profundo del interior, pero nada, no hay rastro de ellas por ningún lado.

Cuando nuestras opciones se acaban, detenemos los caballos y, durante unos segundos, nos quedamos quietos uno al lado del otro. Llevamos más de una hora buscándolas y estoy empezando a asustarme de verdad.

—¿Dónde demonios se habrán metido? —murmuro molesto y cada vez más preocupado.

—No tengo ni idea, lo cierto es que no pensé que se hubiesen alejado tanto —reconoce Malcom que hace ya rato ha comenzado a inquietarse también—. Se me está ocurriendo... —musita.

—¿Qué? —pregunto impaciente.

—¿Habrán ido a Kilt Rock?

—¿A Kilt Rock? —repito en un tono cargado de escepticismo—. Ni en broma.

—Es uno de los lugares preferidos de tu hermana —me recuerda.

—Cierto, pero por lo que te dijo antes de salir, era la primera vez que Martina montaba a caballo. Dudo mucho que se haya atrevido a llevarla hasta allí, y menos de noche.

—Eso es verdad, me pidió el palomino porque es uno de los caballos más mansos que tenemos —corrobora—. Pero tal vez no la llevó hasta allí de noche, quizá fueron de día y después, por algún motivo, se les hizo tarde para volver.

Sopeso las palabras de mi amigo. Tiene razón, Kilt Rock es uno de los sitios preferidos de mi hermana y, por lo tanto, uno de los primeros lugares que estaría deseando enseñarle a su amiga. Pero es imaginármelas solas y de noche en ese gigantesco acantilado que, con forma de *kilt*, se eleva metros y más metros sobre el nivel del mar y me pongo enfermo.

—Por su bien, de verdad espero que no se les haya ocurrido ir hasta allí porque te juro que, como hayan tenido tan poco sentido común, cuando las encontremos el que va a rematarlas voy a ser yo —murmuro poniendo de nuevo el caballo en marcha, seguido por mi amigo.

Lo azuzo, lo azuzo para que corra más y más. La noche no es especialmente fría para ser febrero en las Highlands, pero, según nos acercamos a la zona marítima, el viento sopla con más fuerza golpeándonos el rostro, colándose por nuestras ropas, envolviéndonos y empujándonos hacia atrás.

No hay luz, pero por suerte el cielo está despejado y las miles de estrellas que brillan en él nos alumbran mientras la luna hace la función de linterna, bañándolo todo con un enigmático tono plateado que le confiere al paisaje un aspecto todavía más inquietante e irreal.

Conforme avanzamos hacia nuestro destino, cada nuevo soplo de aire cargado de humedad trae consigo el olor, salado e inconfundible, del mar.

—¿Las ves? —grito para hacerme oír por encima del silbido del aire.

—¡No! —contesta él en el mismo tono tratando de escudriñar el horizonte.

—¡Tomemos la dirección de Portree! Si les ha

ocurrido algo, lo más lógico es que hayan ido hacia allí —indico y él asiente—. Si no las encontramos, volveremos al castillo y solicitaremos ayuda para buscarlas.

Mi estómago se contrae ante esa posibilidad y noto cómo, de repente, me siento incapaz de respirar con normalidad.

«Que no les haya pasado nada, no puede haberles pasado nada, no puede haberles pasado nada», me repito una y otra vez, cual mantra, intentando calmar mis nervios y mi angustia para poder pensar con claridad.

—¡Cameron! ¡Allí! —vocea Malcom mientras señala dos puntos que se mueven a lo lejos al mismo tiempo. Acto seguido apremia al caballo para que aumente la velocidad.

Contengo la respiración al tiempo que rezo y suplico que por favor sean ellas, y continúo con la mirada fija en esos dos puntos que se vuelven más reconocibles a medida que avanzo, hasta que consigo distinguir que, en efecto, se trata de mi hermana y su amiga.

Casi de forma inmediata, la angustia que me oprime el pecho se transforma en alivio y este en un cabreo de dimensiones estratosféricas cuando veo a esas dos inconscientes caminando, solas, sin caballos y en medio de la noche.

—Me las cargo —le digo a Malcom, colocando el caballo a su lado—. Te juro que me las voy a cargar.

Él, que también parece mucho más tranquilo y relajado, sonríe con aire socarrón antes de afirmar:

—Siento decirte que en eso estás solo, amigo; soy de naturaleza pacífica, mucho me temo que no voy a poder ayudarte, eso sí, si admites un consejo, yo que tú respiraría hondo antes de hablar.

Capítulo 5

Kilt Rock

Martina

—¡Sabía que no tenía que haberte hecho caso en eso de alejarnos tanto a caballo! ¡Tenía que haber imaginado que no era una buena idea venir hasta aquí! —protesto al sentir el fuerte viento empujándome hacia atrás.

—¡No seas muermo! No es para tanto, seguiremos con el paseíto y en nada llegaremos a Portree, ya lo verás —responde Skye intentando animarme.

Por toda respuesta, me limito a poner los ojos en blanco.

—Además, no me dirás que esta pequeña caminata no ha merecido la pena y que no te lo has pasado bien —añade mi amiga, aferrándose a mi brazo con una alegre sonrisa dibujada en sus labios.

Vale, es cierto. Admito que al principio todo iba bien, de hecho, podría decirse que todo iba incluso mejor que bien.

Para mi sorpresa, aunque al subirme al caballo mi cuerpo estaba más rígido que una pared de cemento armado, en cuanto pasaron unos minutos y empecé a relajarme, me di cuenta de que ahí arriba no se estaba tan mal. Incluso comencé a disfrutarlo, y no es por presumir, pero tengo que decir que, para ser la primera vez que montaba, se me dio fenomenal.

Tal y como la loca de mi amiga había afirmado, la sensación de moverse a lomos de un caballo es algo difícil de describir, dudo que pueda encontrar las palabras que le hagan justicia; sin embargo, sí que puedo asegurar que nunca, en mis veinticuatro años de vida, había disfrutado de una sensación de libertad así. Tan intensa, pura y liberadora.

Al percatarse de que le estaba cogiendo el gustillo, mi emocionada anfitriona me llevó por las zonas que forman parte de los terrenos del castillo.

Es un paraje bucólico y su hermosura me cautivó desde el primer instante.

Lo recorrimos todo, desde las zonas de cultivo en las que cientos de ovejas pacían apaciblemente hasta el pequeño y frondoso bosque, el cual, pintado de decenas de diferentes tonalidades de verde y salpicado de curiosas flores silvestres y gruesos troncos, me hacía retroceder hasta algún lugar de la infancia, haciéndome sentir como la niña que se cree la protagonista de un cuento encantado cada vez que inspiraba su aroma a tierra mojada, a hierba húmeda y a naturaleza en flor o escuchaba el sonido de los pajarillos que nos sobrevolaban al cantar.

Cuando empezamos a sentir hambre, paramos en un claro, una hermosa pradera con vistas a una pequeña cascada tan bonita que cortaba el hipo. El paseo nos había abierto el apetito, así que extendimos una manta sobre la mullida hierba y enseguida dimos buena cuenta de las delicias de las que Skye se había aprovisionado antes de salir del castillo.

Después, decidimos descansar un rato y así,

sentadas sobre la improvisada manta impermeable que hacía las funciones de mantel, estuvimos charlando cubiertas con mantas térmicas. Y tanto charlamos que el tiempo, más que pasar, voló.

Cuando, bastante después, vimos la hora casi era media tarde y mi amiga propuso que nos acercásemos a Kilt Rock.

Durante el tiempo que pasamos juntas en la universidad, Skye me habló mil veces de ese curioso acantilado. Sé que es uno de sus lugares favoritos y por ello me moría de ganas de ir allí, no obstante, la idea de hacerlo a media tarde, cuando en Escocia anochece tan pronto... No me entusiasmaba demasiado.

Mostré mis dudas al respecto, pero, por supuesto, ella insistió y, cómo no, al igual que ocurre casi siempre, al final la muy lianta se salió con la suya y me convenció.

Con una mezcla de recelo y curiosidad, me subí de nuevo al caballo y comenzamos a recorrer a paso ligero un camino que no nos llevó más de media hora.

Sin palabras, así fue como me quedé cuando llegamos a Kilt Rock. Muda, con un nudo de emoción oprimiéndome la garganta y sintiéndome tan diminuta como si acabase de convertirme en una hormiguita y estuviese al lado de un gigante, pero a la vez más conectada con el universo de lo que jamás pensé que me podría sentir.

Decir que el sitio es impresionante sería quedarse muy, pero que muy lejos de la realidad.

Imponentes paredes de una roca que parece esculpida por ángeles se elevan cientos de metros sobre el nivel de un embravecido mar cuyas olas golpean contra las piedras más bajas sin piedad.

En silencio, disfrutando del espectáculo que se

extendía ante nosotras, nos apeamos de las monturas y tomamos asiento sobre una roca que sobresalía del suelo, una al lado de la otra, dejándonos cautivar por unas vistas en las que el mar infinito, cargado de fuerza y belleza, y el horizonte se unían creando una estampa mística y cautivadora.

—Recuerdo pasar sobre este acantilado cada mañana de domingo, lloviese, nevase o hiciese sol —susurró ella, echando la cabeza hacia atrás a la vez que cerraba los ojos e inspiraba con fuerza para impregnarse del delicioso aroma salado que nos envolvía antes de proseguir—. Era un ritual que Cameron y yo compartíamos con mi abuela. —Una sonrisa tan nostálgica como feliz iluminó su rostro y tanta luz desprendía que, a nuestro alrededor, a pesar de estar anocheciendo, parecía que acabase de salir de nuevo el sol—. Desde antes incluso de que levantásemos un palmo del suelo, cada domingo por la mañana ella preparaba su receta especial de bizcocho de frutas, llenaba un enorme termo de chocolate y aquí nos plantábamos los tres.

»Extendía una manta impermeable como la que usamos antes, justo en aquel punto de allí —me indicó, señalando una zona un poco alejada de la que nos encontrábamos y mucho más próxima al borde del acantilado—. Nos sentábamos juntos y, mientras nos comíamos el manjar que nos había preparado, Cam y yo charlábamos sin parar. —Sus ojos se clavaron en los míos y, a través de ellos, pude comprobar de primera mano la felicidad que esos instantes habían supuesto y todavía suponen para ella—. Después, cuando ya no nos entraba ni una miga de bizcocho más y la última gota de chocolate se había acabado, nos íbamos a jugar y ella se quedaba durante un buen rato mirando el mar.

—La observé con atención mientras sus ojos se humedecían a causa de la añoranza.

»Nunca faltó a nuestra cita, incluso cuando la enfermedad que se la llevó estaba consumiéndola y ya casi no podía mantenerse en pie, se las apañó para que alguien nos trajese a este lugar.

—Debió de ser una gran mujer —murmuré.

—Lo era —aseguró Skye asintiendo—. Tenía la virtud de saber verle el lado positivo a toda persona o situación.

—En eso te pareces a ella —afirmé.

—Eso quiero pensar —susurró—. La echo mucho de menos.

—No me extraña que tu abuela disfrutase en este lugar —admití embriagada.

—Era más que eso. —Mi amiga sonrió—. Mi abuela decía que todos necesitamos recargar las pilas de vez en cuando y que cada uno debe encontrar su forma de hacerlo. Para ella, el mar era su batería particular.

»Cuando venía aquí, se llenaba de energía, de fuerza y, después de un rato en este acantilado, parecía capaz de comerse el mundo —aseguró—. Fueron momentos muy especiales los que compartimos sobre esta enorme roca y, aunque ya no la tenga a mi lado, esos instantes siguen grabados en lo más profundo de mi alma, pues muchos de ellos me han convertido en la persona que soy —aseguró sin molestarse en limpiar la lágrima que recorría su mejilla.

—¿No volvisteis a venir después de morir tu abuela? —pregunté en voz baja.

—Por supuesto que sí. Tanto Cam como yo continuamos con la tradición de venir los domingos por la mañana hasta que me fui a la universidad, pero nunca volvió a ser lo mismo desde que la abuela se fue. Compartirlo con ella era lo que lo convertía en algo mágico y especial.

Asentí comprendiendo a qué se refería y, consciente de que la visita la había afectado, decidí dejarle unos minutos de soledad para que pudiese disfrutar de esos recuerdos tan importantes para ella.

—Quiero acercarme un poco más al borde para sacar unas fotos —anuncié poniéndome en pie, y me sacudí los pantalones con ambas manos—. ¿Tienes ahí tu móvil? El mío está en la mochila que dejé colgada en la silla del caballo.

—Claro, toma —dijo ella tendiéndomelo—, pero te advierto que casi no tengo batería.

—No te preocupes, seguro que para sacar un par de fotos aguantará —le aseguré.

Cogí el teléfono y, con él en la mano, me acerqué al precipicio que unía el abismo con el mar. Vista desde tan cerca, la caída y la fuerza con la que el agua golpeaba las rocas resultaba todavía más impactante.

—¡Ten cuidado! —me advirtió Skye que se levantó enseguida para unirse a mí.

—Tranquila, estoy bien —le respondí.

—No te acerques tanto al borde, podrías perder el equilibrio o resbalar o vete tú a saber —insistió aproximándose.

—Estoy haciendo unas fotos preciosas —comenté emocionada en tanto me giraba un poco para captar otra perspectiva.

Al final, haber llegado hasta allí parecía estar siendo una buena idea, ya que las dos estábamos disfrutando, cada una a su manera, del momento. Skye navegando en sus recuerdos y yo capturando el instante en forma de foto.

Sin embargo, de pronto, sin previo aviso, dos

disparos seguidos de relinchos asustados sonaron a nuestras espaldas, cogiéndonos a ambas por sorpresa y rompiendo la magia del momento. Trastabillé hasta perder la estabilidad.

Por un terrorífico segundo, creí que me precipitaría al mar, pero por suerte mi amiga consiguió agarrarme y tirar de mí hacia atrás antes de que eso sucediese de verdad.

—¡Mierda! ¡Los caballos! —gritó entonces, dándose la vuelta al escuchar cómo los animales, asustados por el ruido, escapaban despavoridos al galope.

Durante un par de minutos, ambas los seguimos, corriendo tras ellos con la esperanza de que en algún momento detuviesen o aminorasen su marcha de forma que pudiésemos alcanzarlos. Pero hacía rato que los habíamos perdido de vista, por lo que al final, conscientes de que seguir corriendo era un sinsentido, nos detuvimos, exhaustas y sin aliento.

—Déjalos, no los vamos a coger —jadeó ella.

—Lo siento mucho —me disculpé afligida.

—¿Por qué? ¿Es que acaso tú disparaste esa escopeta? —murmuró haciendo un gesto con la mano para restarle importancia mientras intentaba recuperar el aliento.

—No, pero si no nos hubiésemos alejado tanto de ellos para hacer esas fotos, podríamos haber evitado que escapasen cuando sonó el disparo —comenté.

—No somos pitonisas, era imposible imaginar que ocurriría algo así. Ya no es habitual que haya cazadores por esta zona y mucho menos en esta época del año —me explicó antes de añadir—: Tranquila, pediremos ayuda. Dame el móvil.

Se lo tendí y se apresuró a desbloquearlo para marcar el número de su hermano, pero, antes de terminar de teclear siquiera, tres pitidos nos indicaron que la batería acababa de pasar a mejor vida.

—¡Mierda! —susurró Skye alzando la vista de la pantalla con cara de circunstancias.

Comenzaba a hacerse de noche, hacía frío y a nuestro alrededor, y cuando digo «alrededor» me refiero a kilómetros a la redonda, no parecía haber nada ni nadie a quien poder recurrir.

—¿Qué hacemos ahora? —pregunté preocupada—. Tú teléfono acaba de morir, el mío se ha ido de paseo con los caballos y, corrígeme si me equivoco, pero creo que una cabina de teléfono por aquí no hay.

—Tranquila, iremos caminando —afirmó ella con voz solemne.

—¡¿Al castillo?! —cuestioné asustada—. ¡Hace un frío de muerte!

—No, mujer, eso está demasiado lejos; nos acercaremos a Portree que es el pueblo más cercano —me tranquilizó ella echando a andar.

Un alivio momentáneo me inundó por dentro. El problema es que solo fue eso, momentáneo, pues se esfumó en cuanto la vi morderse el labio inferior.

Mala señal, esa era una muy, pero que muy mala señal.

—¿Skyeee? —pronuncié su nombre en tono de advertencia y ella de inmediato se hizo la loca.

—Mmmmm —respondió sin mirarme a la cara y acelerando un poco el paso.

—Define «cercano» —exigí, pues comenzaba a sospechar.

—Unos pocos kilómetros —murmuró en un tono casi imperceptible.

—Define «pocos» —repetí, cada vez más alarmada.

—Pppssshhh, es que eso de las cantidades es tan subjetivo... —comentó encogiendo los hombros.

—Skyeee —advertí de nuevo tras pararme en seco y cruzar los brazos sobre mi pecho.

—Tranquilaaa, en un par de horas llegaremos —afirmó como si tal cosa, enganchándose a mi brazo para tirar de mí y hacerme caminar de nuevo.

Un gemido escapó de mis labios y cerré los ojos con fuerza.

—¡Vamos a morir congeladas o, en el mejor de los casos, cogeremos una hipotermia y terminaremos pasando la noche en el hospital! —vaticiné agobiada.

—¡Venga, mujer! ¡No seas exagerada! ¡Pero si es un poco de frío nada más! ¿Dónde está tu espíritu aventurero? —trató de animarme.

—En mi casa, con la mantita, tirado en el sofá —respondí haciendo un puchero que le arrancó una sonrisa.

—Cuanto más rápido caminemos, más calor tendremos y antes llegaremos —me apremió.

Y eso fue lo que hicimos, ponernos a caminar, y eso es justo lo que seguimos haciendo: caminar, caminar y caminar sin parar. ¡Y coge la tía y me dice que si no creo que el paseíto ha merecido la pena! ¡La madre que la parió!

—Te responderé cuando lleguemos al castillo, eso si antes no nos despeñamos, nos congelamos o, peor todavía, algún animal salvaje nos devora —replico.

—¡Animal salvaje! ¡Qué imaginación, por Dios! —Sonríe y, a pesar de que hace un rato que no siento los dedos de los pies, acabo haciéndolo yo también.

Es incorregible, un caso aparte, pero creo que esas son precisamente dos de las razones por las que la quiero tanto.

Ya estoy abriendo la boca para responder cuando escuchamos el sonido de los cascos de algún caballo que se acerca. Ambas nos damos la vuelta al instante, aliviadas de que por fin aparezca alguien a quien poder pedirle ayuda.

—¡Mierda! —siseo al comprobar que la ayuda en cuestión no es otra que Cameron, quien nos observa como si quisiese matarnos con sus propias manos mientras cabalga a toda velocidad hacia nosotras, acompañado de un hombre que galopa a su lado montado en un precioso caballo blanco.

—¡Oh, sí, mucha mierda! —susurra mi amiga en mi oído antes de que alcancen una distancia desde la que puedan escucharnos—. ¿Has visto la cara de mi hermano?

Asiento.

—¿Y a que de repente ya no te parece tan mal plan lo de morir devorada por un animal salvaje?

«Incorregible, está visto que esta chica es incorregible. Solo a ella se le ocurriría ponerse a bromear en un momento así...», pienso, arrugando la nariz y negando con la cabeza.

Es cierto que la cara de su hermano da miedo... Pero al menos nos ha encontrado y, tal como estamos... cualquier ayuda es buena, no creo que podamos permitirnos el lujo de ponernos quisquillosas.

—¿Se puede saber qué hacéis caminando solas por esta zona en medio de la noche? ¿Es que os habéis vuelto locas? —nos increpa el susodicho que salta del caballo en cuanto se acerca a nosotras.

El otro hombre observa la escena ocultando una sonrisa y sin descender de su montura.

—Tranquilo, estamos bien —intenta calmarlo mi amiga—. Tuvimos un pequeño percance, nos acercamos a Kilt Rock y, justo cuando nos asomamos al acantilado, sonó un disparo y los caballos se escaparon. Mi móvil se quedó sin batería y el de Martina está en su mochila, que por desgracia va colgada en la silla.

—¿Vosotras dos os hacéis una idea del susto que me habéis dado? —pregunta, regañándonos como si fuésemos dos niñas pequeñas que acaban de portarse mal.

—¿De verdad crees que era nuestra intención quedarnos tiradas y tener que ir andando? —intervengo molesta por su tonito condescendiente.

Él me fulmina con la mirada y Skye se apresura a intervenir.

—Íbamos de camino a Portree, desde allí pensábamos llamar a casa para pedir ayuda —explica.

—Menuda idea —bufa él.

—Hombre, mejor que quedarse esperando en el acantilado... —afirma su acompañante, echándonos un cable por el que ambas le dedicamos una deslumbrante sonrisa de agradecimiento.

—Martina, este es Malcom —me presenta Skye—. Uno de nuestros mejores amigos desde que éramos niños, y también el encargado de los caballos y el jardín del castillo.

El chico levanta una mano a modo de saludo sin dejar de sonreír. Su expresión es de lo más afable y enseguida congeniamos.

Rubio, con un color de ojos que bajo la luz de la luna no consigo distinguir al cien por cien, pero que juraría varía entre el azul oscuro y el gris, tiene una sonrisa contagiosa y un cuerpo digno de cualquier revista de moda que se precie. Está claro que su trabajo es muy físico y eso se nota.

—Encantado, Martina, la pesada que tienes por amiga me ha hablado mucho de ti. Estoy deseando conocerte mejor —bromea.

Por toda respuesta, Skye le enseña la lengua y él suelta una sonora carcajada.

—Que sí, que sí, que sí. Ya tendréis tiempo de poneros al día una vez lleguemos a casa, ahora lo más importante es recuperar los caballos e irnos de aquí —salta Cameron, alias Míster Simpatía.

—Vosotros volved tranquilos, yo iré a por ellos —se ofrece Malcom.

—Quita, quita, yo te acompaño por si necesitas ayuda. Ya he presenciado un combate durante el desayuno y con uno al día tengo suficiente —le dice la traidora que tengo por amiga mientras nos mira de forma alternativa a su hermano y a mí.

—¡Es culpa suya, siempre se me lanza encima! —me acusa Cameron señalándome con el dedo.

—Pero ¡qué jeta tienes! ¡Si eres tú quien siempre se abalanza sobre mí! —rebato indignada.

—¿Ves a lo que me refiero? —pregunta Skye a Malcom que nos observa divertido desde el caballo blanco.

—Lo veo, lo veo —responde asintiendo y dedicándole una mirada cargada de complicidad.

—¿Creéis que podréis llegar a casa sin que haya derramamiento de sangre? —cuestiona mi amiga con aire cómico.

Su hermano alza ambas manos como si quisiera dar a entender que la cosa no va con él.

¡Tendrá morro el tío!

Yo cruzo los brazos sobre el pecho y suelto un sonoro bufido.

—Bien, pues entonces allí nos vemos —se despide la muy ingrata tomando la mano que su amigo le ofrece para ayudarla a subir a su caballo. Con toda la naturalidad del mundo, haciendo gala de la enorme amistad que los une, ella se aferra a su cintura y, sin perder un solo segundo, Malcom espolea al caballo que sale al trote antes de ponerse enseguida a galopar y, antes de poder darme cuenta, aquí me quedo, perdida un segundo día en medio de la nada, solo que esta vez, en lugar de estar sola, estoy acompañada de un neandertal.

Capítulo 6

Una larga caminata

Cameron

En cuanto mi hermana y Malcom se alejan, observo a Martina de soslayo. No parece en absoluto contenta de estar conmigo y, aunque no sé por qué, eso me molesta y me hace gracia a partes iguales.

Desde luego, orgullosa es un rato, tanto que, a pesar de que (teniendo en cuenta la forma en que su cuerpo se encoge) resulta evidente que está muerta de frío y de lo cansada que debe de sentirse, en cuanto se percata de que la estoy contemplando, alza el mentón en actitud desafiante y, tras cruzar los brazos sobre el pecho, comienza a andar con paso firme, como si tuviese alguna idea de a dónde va.

Contengo una sonrisa y carraspeo para llamar su atención. Ella se detiene en seco y se gira para dedicarme una mirada desafiante.

—Vas en dirección contraria, es por allí —le advierto señalando justo el lado opuesto.

Soltando un bufido de lo más cómico y sin mediar palabra, se da la vuelta y se pone a caminar hacia donde acabo de indicarle.

—Sería mucho más rápido en el caballo —comento con aire inocente, a pesar de que algo me dice que la idea no le va a gustar.

De nuevo, Martina se detiene, esta vez contemplándome como si me hubiese vuelto loco.

—¿Estás sugiriendo que nos subamos los dos ahí encima? —pregunta, señalando el único animal que nos acompaña, mientras en su rostro se dibuja una mueca de rechazo tan evidente que me resultaría ofensiva si no viniese de quien viene.

Cualquiera que viese su cara de susto pensaría que acabo de proponerle ir a lomos de un dragón alado o subirse encima de un león.

—¿Ves algún otro caballo por aquí? —cuestiono con insolencia y finjo buscar a mi alrededor; después, paso las riendas por encima de la cabeza del animal para sostenerlas con una mano mientras camino hasta ella.

—Es evidente que no.

—Entonces, sí, estoy sugiriendo justo lo que acabas de decir —afirmo.

—Ni muerta voy a subirme contigo a ningún sitio y mucho menos ahí —asegura, señalando con un movimiento de cabeza al animal que, como si acabase de entender lo que nuestra invitada ha dicho, suelta un bufido y patea el suelo—. Prefiero ir caminando —añade Martina poniéndose de nuevo en marcha.

—¿Ves? ¡Ya lo has ofendido! —exclamo alcanzándola.

—Lo dudo —murmura sin mirarme siquiera.

Su actitud me resulta ridícula y atractiva a la vez, y lo más desconcertante es que no tengo ni idea de por qué.

—¿Te das cuenta, amigo, de lo que tengo que aguantar? —pregunto al animal, que de nuevo suelta un bufido haciéndome sonreír—. Mujeres... —comento solo por darme la satisfacción de hacerla rabiar.

—No, si encima va a resultar que eres un misógino y un machista —la escucho susurrar.

—No sabes cuánto te equivocas, siento veneración por el sexo femenino —la contradigo.

—Seguro que sí —vuelve a musitar ella negando con la cabeza—. No me sorprende viniendo de un tipo como tú.

—¿Un tipo como yo? ¿Acaso crees que me conoces? —pregunto sorprendido por la seguridad que imprime a tal afirmación.

—Por supuesto que te conozco. No he necesitado más que verte un par de veces para calarte —declara ella colocándose frente a mí para enfrentarme.

—¿Y podrías, por favor, ser tan amable de ilustrarme? ¿Cómo se supone que soy? —inquiero con cierto tono de advertencia.

—Un tipo egocéntrico acostumbrado a que todas las mujeres babeen a su paso, el típico tío que se cree el ombligo del mundo solo por ser guapo. Un chulo y un prepotente acostumbrado a conseguir siempre lo que quiere y al que le repatea no tener razón.

—¡Vaya! No sé si sentirme ofendido o halagado de que te hayas tomado la molestia de analizarme tanto. Además, claro está, de que es la segunda vez en un solo día que me llamas guapo, he debido de impresionarte un montón —replico y suelto un silbido de admiración.

—No te vengas arriba, no he necesitado más de cinco segundos para llegar a esa conclusión.

—¿Y no te has parado a pensar que quizás la egocéntrica eres tú por atreverte a emitir juicios sobre personas que apenas conoces con tanta facilidad? —la increpo, más molesto de lo que me gustaría por ese ofensivo repaso que me acaba de pegar.

No digo que sea un santo, pero desde luego no me considero egocéntrico ni prepotente, y mucho menos machista. ¿Un poco chulo? Quizás, pero nada comparado con todo lo que ella acaba de soltar...

—Tú has sido el que ha preguntado, yo me he limitado a contestar —responde como si la cosa no fuese con ella.

Mis ojos atrapan los suyos, le sostengo la mirada y un calor extraño me recorre por dentro al tiempo que la tensión se vuelve palpable a nuestro alrededor.

—Mira... Para serte sincero, me importa más bien poco lo que opines o dejes de opinar sobre mí —afirmo al final con voz áspera—. Lo que sí quiero es llegar a casa de una buena vez, así que súbete al caballo —ordeno con voz seca.

—Ya te he dicho que no voy a subir. Iré caminando —me repite con firmeza.

«¡Maldita sea! ¡Será terca!», pienso comenzando a perder la paciencia y a cabrearme de verdad.

—No seas necia. ¿Tú sabes la distancia que hay?

—No soy necia, sino precavida. Ayer me dejaste tirada, ¿por qué debería fiarme de ti? ¡Eres muy capaz de lanzarme del caballo abajo!

—¡Y dale! ¡Primero, yo nunca haría eso! ¡Vale que eres una insoportable, pero jamás te pondría en peligro, ni a ti ni a nadie, por eso te repito por última vez que si ayer te dejé allí, fue porque estabas a puntito de llegar, y era obvio que enseguida lo ibas a encontrar! —repito y suelto un bufido.

—¡Pero yo no lo sabía! ¡No tenía ni idea de dónde estaba! —insiste ella molesta—. Y para que lo sepas, ¡aquí solo hay un insoportable y no soy yo!

—¡Pues más a mi favor, yo no te aguanto y tú a mí tampoco, por eso cuanto antes lleguemos, mejor! —le espeto exasperado.

—¡Que no! —exclama poniéndose a andar de nuevo.

Inspiro hondo, cuento hasta diez, repaso las tablas de multiplicar, las preposiciones y los pronombres para intentar que mi voz suene calmada cuando vuelvo a hablar.

—Mira, Martina, estamos lejos de casa, es de noche y lo más sensato es que te subas conmigo al caballo para poder regresar.

—Ya te he dicho que prefiero ir caminando —responde obcecada.

—Estás siendo muy poco razonable —digo cada vez más irritado.

Ante mi comentario, ella se limita a hacer un mohín mientras comienza a imitarme en susurros consiguiendo que, a pesar de mi cabreo, toda mi atención se desvíe a sus labios. Unos labios de lo más impertinentes, pero también rosados y apetecibles que me encantaría hacer callar...

Molesto y ofuscado por el cosquilleo que recorre mi cuerpo al fijar mis ojos sobre la boca de esta testaruda deslenguada, me subo al caballo de un salto obteniendo por parte de mi acompañante una mirada asustada.

—Tranquila, no voy a dejarte aquí tirada —aseguro adivinando sus pensamientos.

—Muy amable —murmura ella en tono irónico.

—No te equivoques, bonita, no es amabilidad, sino instinto de supervivencia. Skye me mataría con sus propias manos si se enterase de que he vuelto a dejar sola a su amiga del alma. Aunque la verdad, pensándolo bien, soy yo el que debería matarla a ella por hacerme cargar contigo —murmuro de mala gana.

Ella deja caer los brazos a ambos lados de su cuerpo apretando los puños y frunce el ceño mientras yo permanezco alerta esperando una respuesta que no llega.

Durante un rato, ambos caminamos en silencio; Martina, con la vista clavada al frente, enfadada, avanzando con paso firme y decidido, y yo, maldiciendo por dentro porque esa cabezonería suya al no querer subirse al caballo hará que nos retrasemos muchísimo más.

—¿Estás bien? —pregunto al cabo de unos minutos cuando, al contemplarla de reojo, percibo que su expresión ha pasado del enfado al abatimiento.

Sin apartar la mirada de ella, la veo parpadear varias veces antes de elevar, extrañada, la vista hacia mí como si mi pregunta la hubiese tomado por sorpresa.

Después de permanecer durante unos segundos meditando su respuesta, contesta:

—Sí, es solo... —Suelta un suspiro de tristeza antes de terminar la frase— ... que espero que los caballos estén bien y no les haya ocurrido nada malo. No me perdonaría que alguno de ellos resultase herido.

Ahora el sorprendido por su respuesta soy yo.

Esa sincera preocupación por dos animales a los que apenas conoce cuando está muerta de frío y pasándolo mal me resulta enternecedora y, a pesar de intentar ignorarlo, siento como por cada célula de mi cuerpo se extiende una cálida sensación.

—Puedes estar tranquila, Malcom y Skye los encontrarán y, de todas formas, aunque no lo hiciesen, a estas alturas es muy probable que Zar y Apache ya hayan llegado o estén llegando a casa —afirmo en tono amable intentando calmar su preocupación.

—¿Ellos solos? ¿Cómo van a encontrar el camino de vuelta a casa ellos solos desde tan lejos? —pregunta incrédula.

—No deberías subestimarlos, los caballos son animales muy inteligentes y tienen un gran sentido de la orientación, mucho mejor que el de muchas personas —aseguro, esbozando una sonrisa socarrona.

—¿Lo dices por mí? —murmura, achicando los ojos.

—¿Te das por aludida? —replico, intentando contener la risa.

—¡Por supuesto que no! —Resopla—. Aunque puedo llegar a entender que tú sí te sientas en inferioridad de condiciones si te comparas con ellos. —El tono belicoso de su voz me hace romper a reír.

¡Qué poco ha durado nuestro momento de paz!

—Es increíble lo fácil que resulta hacerte saltar, y eso que, según mi hermana, eras «un remanso de paz» —comento.

—¡Y lo soy! ¡Pero es que a tu lado ni el santo Job conseguiría mantenerse en calma! ¡Me pones de los nervios! —exclama justificándose.

Saber que de alguna forma la afecto y consigo alterarla me resulta... No sé si «excitante» es la palabra exacta, pero, desde luego, no me deja indiferente y, lejos de apagar las brasas que surgen entre nosotros, con cada nueva respuesta continúo echando leña a la hoguera para aumentar su calor.

No, si al final egocéntrico no, pero masoca va a resultar que soy un rato.

—Ahora lo entiendo —afirmo, fingiendo el mismo asombro que sentiría si acabase de descubrir la fórmula de la Coca-Cola con la simple intención de picarla un poco más.

—¿Qué entiendes? —pregunta poniéndose en guardia tras detenerse para enfrentarme de nuevo.

—Nada, nada —respondo con un deje insolente, disimulando una sonrisa.

—No, nada no, ¿qué entiendes? —repite.

—Lo que tú has dicho —respondo.

—¿Y qué se supone que he dicho, según tú? —me increpa.

—Acabas de admitir que mi cercanía te «altera» —respondo, dando a la palabra un doble sentido que, por supuesto, ella pilla al vuelo, a la vez que alzo las cejas divertido y esbozo una sonrisa pícara y sugerente.

Martina abre los ojos de par en par y boquea repetidas veces sin dar crédito antes de contestar.

—¡Yo no he dicho eso!

—Claro que sí, pero tranquila, no hay por qué avergonzarse, suelo causar ese efecto. Es lo que tenemos los guapos egocéntricos como yo —afirmo, usando los apelativos con los que hace unos minutos ella misma me describió.

Es tarde y deberíamos seguir caminando, lo sé. Estamos retrasándonos y es por mi culpa. No obstante, esto es tan divertido que no puedo parar. Sobre todo porque, después del mal rato que pasé al pensar que podría haberles ocurrido algo cuando no las encontré en casa... Ahora me lo estoy pasando genial y, aunque la voz sensata de mi conciencia me dice que deje de vacilarle, mi lado kamikaze me incita a continuar.

—¡Lo que yo dije fue que me ponías de los nervios! —protesta incrédula.

Fijo la mirada en esos ojos que con tanta intensidad parecen querer fulminarme y afirmo con voz tranquila y pausada:

—Para el caso, es lo mismo.

—¡No, de eso nada! ¡Y para que lo sepas, no tengo ni idea del efecto que sueles causar o dejar de causar, pero lo único que me generas a mí es rechazo y repulsión!

Observo su gesto, fingiéndome serio y ofendido, a la vez que mi sonrisa se amplía todavía más al comprender la ventaja que sin darse cuenta siquiera me acaba de dar.

—¿Estás segura de lo que acabas de decir? —pregunto.

—Segurísima —responde con demasiada efusividad.

—Mentirosa —la acuso entrecerrando los ojos.

—No estoy mintiendo. Yo NUNCA miento.

Achico los ojos como si estuviese meditando sobre lo que acaba de decir.

—Si lo que dices fuera verdad, si mi presencia no te afectase en absoluto tal y como afirmas, no deberías tener ningún problema en subirte conmigo a este caballo —aseguro señalando la montura.

—¡Y no lo tengo! —suelta ella toda llena de razón.

Es evidente que su lengua ha sido más veloz que su cerebro, pues todavía no ha cerrado la boca cuando la expresión de su rostro muda en otra de pavor al ser consciente de que acaba de meter la pata.

—Demuéstralo —la reto.

—No tengo nada que demostrar, y menos a ti —responde, intentando recular al verse atrapada en un berenjenal del que no voy a dejarla escapar con tanta facilidad.

—Esa es la excusa de los que saben que no dicen la verdad —insisto muy pagado de mí mismo.

—Eres odioso —farfulla entrecerrando los ojos.

—¿No querrás decir «adorable»?

—No, quiero decir «odioso» —repite entre dientes.

—Un odioso que está esperando a que subas al caballo... A no ser, claro, que mi presencia te afecte tanto que no soportes compartir conmigo este espacio —susurro, dejando en el aire una provocación implícita.

La escucho resoplar y veo la duda dibujada en su cara antes de aproximarse. Sus propias palabras le han hecho perder esta batalla y lo sabe.

—¡Ayúdame! —exige extendiendo la mano.

La agarro con firmeza y eso basta para que la sonrisa se borre de mi rostro y se me pasen de golpe todas las ganas de vacilar, ya que, en el mismo instante en que mis dedos rozan su piel, una descarga eléctrica me traspasa recorriéndome el cuerpo de arriba abajo y advirtiéndome de que el error que acabo de cometer es garrafal.

Ajena a todo esto, Martina se sienta a mi espalda e intenta agarrarse a la silla sin éxito.

—Te recomiendo que te sujetes fuerte a mí —sugiero tratando de sonar impasible.

—Ni de coña —replica con rotundidad.

—Como quieras —contesto encogiéndome de hombros—. Pero no me culpes cuando acabes en el suelo.

La escucho exhalar con fuerza y, para mi sorpresa, me descubro a mí mismo conteniendo la respiración hasta que, pocos segundos después, sus brazos rodean mi cintura aferrándome con fuerza y lanzando un latigazo de deseo a una zona muy concreta de mi cuerpo, a la vez que siento cómo se aceleran los latidos de mi corazón.

¡Mierda! Al final, Martina tenía razón: hubiese sido mejor ir caminando; puede que así lleguemos antes, pero no me cabe ninguna duda de que el tiempo que dure el viaje va a convertirse para mí en una eterna tortura.

Capítulo 7

¿Por qué no me quedaré callada?

Martina

¡Si es que ya lo dice mi madre!: «Hija, hay que pensar antes de hablar». ¡Y lo hago, de verdad que, por norma general, lo hago! Suelo ser una persona de lo más cauta y comedida, que mide sus palabras y prevé las posibles consecuencias de sus actos. Sin embargo, por lo visto, justo hoy, mi lengua ha decidido marcarse un esprint ganando a mis neuronas, que debían de estar echándose una siestecita y, como resultado, aquí estoy.

Sentada sobre un caballo, en mitad de la noche y compartiendo espacio vital con un hombre que me pone de los nervios y me provoca un sinfín de sensaciones contradictorias de lo más frustrantes e incómodas, pues, si bien es cierto que en parte no lo soporto, también lo es que su proximidad, su olor y su forma de sonreír logran que cientos de mariposas aleteen en mi estómago sin parar.

Respiro hondo tratando de alejar está incómoda sensación, procuro distraerme con cualquier cosa para no ser tan consciente de cómo su olor a jabón y a limpio penetra por mis fosas nasales embotando mis sentidos, ni de su proximidad o de la forma en que su fuerte cuerpo se mueve con firmeza y seguridad a escasos centímetros del mío acompasándose al galope del caballo.

¡Me afecta, a pesar de que yo me haya empecinado en asegurar que no, claro que me afecta! ¡¿Cómo no me iba a afectar?! ¡Soy humana! ¡Y, aunque no lo fuese, este hombre sería capaz de alterar a una estatua de piedra!

Su sola presencia es un peligro para la salud mental del género femenino en general y para la mía en particular. Por ello, a partir de ahora, cuanto más lejos me mantenga de él, mucho mejor.

Recuerdo la corriente eléctrica que me recorrió el brazo y que por poco me hace apartarme de un salto cuando sus dedos atraparon mi mano para ayudarme a subir y me estremezco de arriba abajo.

De repente, el caballo aumenta la velocidad sacándome del mundo onírico y devolviéndome al real. Un giro cerrado a la derecha me hace inclinarme de forma peligrosa hacia ese lado y, de manera inconsciente, me aprieto más contra su espalda sintiendo cada uno de los duros y marcados músculos que se esconden bajo su cazadora y su jersey.

Una señal de alarma se ilumina en alguna parte de mi cerebro recordándome eso de que «cuanto más lejos, mejor», pero la ignoro.

Al fin y al cabo, voy encima de la grupa de un caballo, a pelo, sin estribos ni silla y, por suerte o por desgracia, a lo único a lo que puedo aferrarme para no terminar dando con el culo en el suelo es a él. Así que... mejor agarrarse bien tal y como él mismo me dijo cuando monté.

El animal sigue su camino sin detenerse, corriendo por senderos que discurren entre los árboles y, poco tiempo después, advierto que acabamos de entrar en las tierras del castillo, momento en el que, lejos de aminorar la velocidad, Cameron parece azuzarlo para que corra un poco más, a tal velocidad que, pocos minutos después, dejo escapar un suspiro de alivio al contemplar de nuevo el imponente castillo que se eleva ante nosotros.

Me doy cuenta de que, en lugar de dirigirse a las cuadras, Cameron se encamina hacia la puerta principal y, al llegar a esta, frena al animal.

Justo entonces la puerta se abre y Skye sale disparada por ella.

—Dime, por favor, que los encontrasteis —pido con voz angustiada en cuanto llega a nuestro lado.

—Por supuesto que sí; los fugitivos estaban ahí, tan tranquilos, pastando en la zona norte de los campos de cultivo.

—¿Volvieron ellos solos? —pregunto asombrada.

Mi amiga asiente con orgullo esbozando una sonrisa que incluso en medio de la noche se ve dulce y clara.

—Te dije que lo harían —me recuerda Cameron, quien me mira fijamente una vez que me he deslizado hasta el suelo.

—Lo hiciste —reconozco—. Pero la verdad es que me resultaba difícil de creer.

—Deberíais entrar —sugiere—. Martina tiene que estar congelada.

—¿Y tú? —pregunta su hermana.

—Voy a ir primero hasta las cuadras —nos informa.

Ella asiente y, cogiéndome del brazo, me conduce hasta la puerta principal.

Ha sido un día diferente e intenso... en todos los sentidos, pero ahora solo puedo pensar en darme una larga ducha de agua caliente que me haga dejar de temblar.

Apenas son las cinco de la madrugada cuando, sobresaltada por el sonido que provoca una ráfaga de viento golpeando con fuerza contra mi ventana, abro los ojos de par en par y me arrebujo todavía más bajo las mantas.

La temperatura de la habitación es agradable, a pesar de que el fuego de la chimenea debe de haberse consumido hace rato; no obstante, un estremecimiento recorre mi cuerpo al escuchar el silbido del aire que, iracundo y solitario, simula el aullido de un lobo enfurecido en medio de la noche.

Cierro los ojos tratando de volver al mundo de los sueños, pero los acontecimientos ocurridos hace apenas unas horas se abren paso en mi somnolienta mente despejándome por completo. Ofuscada al comprender que, al menos de momento, no volveré a dormirme, me giro hacia la ventana para observar un inquietante cielo negro y nublado en el que esta noche ni siquiera las estrellas consiguen abrirse paso.

Una nueva ráfaga de viento se estrella en el cristal y un nuevo temblor asola mi cuerpo al tiempo que mis pensamientos vuelan hasta los caballos, de cuya huida todavía me siento responsable.

«Si no me hubiese alejado de ellos..., podríamos haberlos alcanzado», me repito, molesta conmigo misma por haber sido tan descuidada.

Suspiro con fuerza deseando que a los pobres animales no les haya pasado nada en su huida. Sé que Skye confirmó que los habían encontrado, pero ¿y si alguno de ellos resultó herido durante su espantada y no me lo dijo para no preocuparme? Conociéndola, es muy capaz de omitir ese detalle para que yo no me sienta culpable.

A pesar de estar cada vez más convencida de que me será imposible conciliar el sueño de nuevo, hago un último intento. Cierro los ojos y procuro dejar la mente en blanco para ver si con un poco de suerte Morfeo se apiada de mí.

Pero ¡nada! Veinte minutos y muchas vueltas después, me incorporo frustrada con mi prolífica imaginación que no deja de proyectar imágenes de lo más dañinas y angustiosas en las que Zar y Apache resultan heridos de diversas formas mientras están nerviosos y asustados en esta desapacible noche.

Una desagradable zozobra trepa por mi pecho y salto de la cama empujada por la necesidad de comprobar con mis propios ojos que ambos animales se encuentran tranquilos y bien.

Decidida, me pongo las zapatillas, me cubro con el abrigo más grueso que he traído conmigo para protegerme del frío y activo la linterna del móvil para salir de mi habitación y dirigirme a la de Skye, quien, como no podía ser de otra forma (en mi vida he conocido a nadie que tenga un sueño tan profundo como ella), duerme como un oso pardo en plena hibernación.

Con cuidado de no hacer ningún ruido fuerte, pues quiero despertarla, pero no matarla de un susto —y tampoco es plan de sobresaltarla—, me acerco y le toco el hombro a la vez que susurro su nombre, pero lo único que consigo es que se dé la vuelta para acomodarse en otra posición.

Suelto un bufido y pongo los ojos en blanco, no soy tan ingenua como para pensar que iba a conseguirlo a la primera y no pienso darme por vencida con tanta facilidad, por lo que la zarandeo un par de veces más obteniendo el mismo resultado. Lo único que consigo tras mucho insistir es un leve parpadeo y un par de frases inconexas que pronuncia mientras, lejos de despejarse, busca una posición más cómoda para continuar sumida en un placentero sueño.

¡Es inútil! Cuando está así, no hay forma de despertarla, y en caso de lograr hacerlo, sé por experiencia que si mi amiga no disfruta de unas horas mínimas de sueño, se pone insoportable, convirtiéndose en la versión gore del Monstruo de las Galletas después de una semana a dieta de azúcar, por lo que al final decido que lo más sensato es marcharme y dejarla en paz.

Con el mismo cuidado con el que entré, salgo de su habitación y apoyo la espalda en la puerta, mordiéndome el labio durante unos segundos mientras decido qué hacer.

Tengo dos opciones: volver a mi cama para disfrutar del calorcito de mi cómodo colchón o montarme una excursión nocturna a las caballerizas para comprobar que los dos fugitivos que anoche nos dejaron tiradas están bien.

Las sopeso dubitativa. La primera idea me resulta de lo más tentadora, sobre todo teniendo en cuenta el poco cariño que le tengo a la oscuridad... Si a eso le sumamos que fuera hace un viento y un frío de mil demonios y que estoy en un castillo que apenas conozco... No hay que ser muy listo para sumar dos más dos y deducir que esta opción tiene todas las de ganar.

No obstante, en este caso, las ansias de comprobar que esos pobres animales están bien y no se han hecho daño superan al miedo, así que, resoplando, enfoco el pasillo con la linterna y me dirijo a las escaleras para deslizarme con cuidado por ellas.

Una vez en la planta baja, sin pararme a pensarlo demasiado para no correr el riesgo de cambiar de idea, me encamino directamente a la puerta principal y la abro con delicadeza. Intento no hacer ruido, pero no puedo evitar que la antigua madera y las enormes bisagras que la sostienen protesten.

Me encojo conteniendo la respiración a la vez que rezo para que el sonido no haya despertado a nadie. Y por supuesto, cuando digo «nadie», me refiero a Cameron. ¡Si en condiciones normales ya es un borde y un desagradable de mucho cuidado, no me lo quiero ni imaginar recién levantado, sobre todo si comparte el mismo mal despertar que su querida hermana!

¡Vamos, es que era lo que me faltaba, tener que aguantarlo en plan energúmeno por haberlo desvelado!

Casi puedo verlo ante mí, con su cara avinagrada, ese ceño fruncido que siempre lo acompaña y esos profundos e insoldables ojos verdes que lanzan dagas mientras me fulminan con la mirada.

Sacudo la cabeza con fuerza para deshacerme de esa imagen y, después de unos segundos en los que permanezco inmóvil sin escuchar el más mínimo sonido proveniente del piso superior, salgo afuera.

Una fuerte ráfaga de viento me recibe en cuanto pongo un pie en el exterior, recordándome dónde estoy, y enseguida me veo envuelta por un aire tan puro como gélido que me provoca cierta sensación de dolor cuando, al penetrar por mis fosas nasales, desciende hasta mis pulmones colándose por cada recoveco de mi ropa y borrando de mi cuerpo cualquier posible rastro de calor.

Con paso firme y sin achicarme, rodeo la casa en dirección a las cuadras mientras una de mis temblorosas manos sostiene el móvil con el que alumbro el suelo y la otra aprieta el chaquetón con la inútil esperanza de insuflar a mi cuerpo algo de abrigo y calor.

Acelero el paso todo lo que mis entumecidas piernas me permiten al tiempo que el aire se escurre entre mis labios en forma de vaho hasta fusionarse de nuevo con el exterior.

Solo cuando alcanzo la entrada de las caballerizas me permito reducir el paso y exhalar aliviada. Han sido solo unos metros, pero en medio de la oscuridad y del frío me siento tan cansada como si acabase de correr media maratón.

Abro la puerta de metal y enciendo la luz que ilumina la estancia. Es un lugar alargado y ancho, con cuadras a ambos lados desde las que sus curiosos ocupantes se asoman para darme la bienvenida y saludarme.

Alguno relincha intentando reclamar mi atención, otros, en cambio, ni se inmutan por mi presencia. Todos son preciosos, pero, lejos de detenerme a contemplarlos, me dirijo directa a la zona del fondo donde, si todo va bien, Apache y Zar deberían estar descansando.

Según me aproximo, mi corazón se acelera y lo más curioso es que no soy consciente de que estoy conteniendo la respiración, hasta que, al ver la cabeza del palomino, que me recibe con un alegre relincho, asomándose por la cuadra, lo dejo salir todo de golpe.

Pocos segundos después, alertado por su amigo, también Zar hace acto de presencia haciéndome sentir un alivio inmediato.

—Buenos días, chicos, menuda juerga os habéis montado, ¿eh? —los saludo a ambos, acariciando con dulzura la frente de Zar, que enseguida huele mi mano en busca, con toda probabilidad, de algo rico que llevarse a la boca—. Desde luego, estáis hechos unos Houdinis de mucho cuidado —continúo hablándoles mientras Apache golpea con la pata la puerta de su cuadra para hacerme saber que él también quiere un poco de atención.

El animal me empuja la mano con suavidad en cuanto se la acerco, y me arranca una risa, y sigo acariciándolo con cariño sin dejar de hablarles a los dos.

—Eres muy guapo, pero que muy muy guapo.

—Gracias, me lo dicen a menudo, pero nunca me canso de escucharlo, y no voy a negar que empezar así el día me encanta.

Una voz conocida suena a mi espalda haciéndome pegar un respingo y, al darme la vuelta, descubro a Malcom, quien, a pocos pasos de distancia, me mira divertido de arriba abajo, con los brazos cruzados sobre el pecho y una alegre y pícara sonrisa dibujada en sus labios.

—Siento decepcionarte, pero me refería al caballo —respondo sonriendo yo también.

—¡Uhhh! —dice, golpeándose con el puño a la altura del corazón, a la vez que cierra los ojos y se echa hacia atrás como si acabase de recibir una puñalada—. Eso duele. En fin, imposible competir con tanta belleza —dice, guiñándome un ojo mientras señala al animal. Luego me mira de nuevo de arriba abajo a la vez que se muerde la parte interior de la mejilla para contener una carcajada que me hace recordar que todavía llevo puesto el pantalón de franela del pijama; que, con toda probabilidad, tengo pelos de loca y cara de recién levantada mientras, por el contrario, él va impoluto con sus botas, los vaqueros y una cazadora y parece de lo más despejado.

—¡No me digas que tenías tantas ansias por salir a cabalgar de nuevo que has decidido hacerlo de madrugada y ni siquiera te has cambiado! —bromea.

—Ehhh, va a ser que no —respondo de inmediato—. Solo quería comprobar que estaban bien —añado devolviendo la atención al animal, sin dejar de acariciarlo—, ¿Y tú? ¿Qué haces aquí a estas horas?

—Lo mismo —confiesa, agrandando su sonrisa y acercándose a acariciar a Zar que, complacido, se deja mimar—. No nos costó demasiado encontrarlos; tal y como imaginábamos, estaban cerca de casa y dimos pronto con ellos, pero se llevaron un buen susto y, cuando los dejé en las cuadras, todavía estaban bastante agitados, por lo que me levanté hace un rato para venir a asegurarme de que seguían bien.

Durante un rato, los dos permanecemos en silencio, disfrutando del momento en compañía de los animales, hasta que su voz resuena juguetona a mi lado.

—Me alegra comprobar que vosotros también llegasteis sanos y salvos. Skye tenía serias dudas de que consiguieseis hacerlo sin despellejaros.

—No me des ideas... —murmuro.

Él se echa a reír antes de añadir:

—Cam es buena gente; todavía no lo conoces, pero te aseguro que es un buen tipo, solo estaba preocupado.

—Si tú lo dices... —contesto encogiéndome de hombros, pues sé que es su mejor amigo y, por lo tanto, ni me parece objetivo ni creo que vaya a compartir mi opinión sobre él.

De forma involuntaria, el recuerdo de nuestra vuelta a casa juntos a lomos del caballo se abre paso en mi mente y, a pesar del frío que entumece mi cuerpo, siento cómo mis mejillas se tiñen de cierto rubor a la vez que una incómoda y cálida sensación se extiende por mi pecho.

Procurando disimular mi reacción, concentro toda mi atención en Apache, que parece super-complacido con mis atenciones, mientras busco ansiosa una forma de desviar mis pensamientos a cualquier otra cosa que no sea nuestro paseo noc-turno y lo que este provocó en mí.

—¿Y tú? ¿Qué hay de ti? ¿También eres un buen tipo? —bromeo, en parte porque tengo curiosidad por conocer más sobre él y en parte porque estoy deseando hablar de cualquier tema, persona o situación que no sea el hermano de mi mejor amiga.

—Lo intento, al menos la mayor parte del tiem-po —responde mientras esboza una sonrisa franca y traviesa que de inmediato me hace sentir a gusto en su compañía.

Lo observo abiertamente y le devuelvo la sonri-sa, convencida de que vamos a llevarnos bien.

Malcom desprende seguridad y una familiari-dad que hace que, a pesar de que apenas lo conoz-co, enseguida me sienta a gusto en su compañía. Todo en él destila buen rollo, lo que lo convierte en una persona con la que da gusto estar.

—Skye nos contó que de pequeña viajabas mu-cho y que por eso ahora no te gusta hacerlo —co-menta.

—Es cierto, el trabajo de mi padre nos tenía siempre de aquí para allá y, aunque pueda parecer divertido, tanta mudanza, maleta y trasiego termina por cansar.

Él asiente con aire comprensivo.

—¿Y tú? ¿Siempre has vivido aquí? ¿Nunca te has mudado a otro lado, ni siquiera a estudiar? —cuestiono con curiosidad.

—Siempre; desde que mis padres comenzaron a trabajar en el castillo cuando yo tenía dos años, esta isla se convirtió en mi mundo y lo cierto es que nunca he sentido la necesidad de buscar algo fuera o dejar este lugar atrás. Estoy convencido de que lejos de aquí no podría ser feliz.

—Pero... Skye me dijo que estudiaste Ingeniería Agrónoma —murmuro pensativa, recordando una conversación que tuve una vez con mi amiga en la que me comentaba lo orgullosa que estaba de él por el hecho de haberse licenciado.

—Es verdad, conseguí sacarme la carrera por la universidad a distancia y, cuando me licencié, combiné mi trabajo en el castillo con las prácticas en varias granjas de la zona. Skye y Cameron eligieron universidades lejos de Escocia, pero yo prefería quedarme aquí. De esa forma podía seguir trabajando mientras estudiaba.

—¡Vaya! Debió de ser difícil, duro y muy sacrificado —admito con admiración—. Tiene mucho mérito haber sacado una carrera a la vez que estabas trabajando.

De nuevo una sonrisa sincera ilumina la comisura de sus labios.

—Cuando haces lo que te apasiona, el trabajo deja de ser un sacrificio y se transforma en diversión. Yo tengo la enorme suerte de disfrutar cada día de lo que hago y por eso me considero un privilegiado.

En silencio, lo observo abrir la puerta de la cuadra

de Zar mientras sus palabras cobran fuerza en mi cabeza y una indignada voz interior me pregunta en qué momento exacto ha dejado mi trabajo de ser una pasión para convertirse en un sacrificio y, sobre todo, ¿cuánto estoy dispuesta a sacrificar?

Capítulo 8

Un café con estornudos

Cameron

Entro en el comedor con la esperanza de disfrutar de un rato tranquilo y relajado. Por eso, cuando antes de dirigirme al bufé que Bonnie prepara con esmero cada mañana echo un vistazo a mi alrededor y compruebo que todavía no hay nadie, sonrío complacido. Los demás deben de seguir durmiendo, por lo que, con un poco de suerte, esta mañana sí que podré tomarme el desayuno sin sobresaltos indeseados.

Aspiro con fuerza para deleitarme con el delicioso aroma a café recién hecho que impregna la habitación, me sirvo una taza acompañándola de un par de tostadas, aún calentitas, y me siento en la mesa dispuesto a disfrutar de la primera comida del día.

Me entretengo untando el pan con la mermelada de fresa casera que nosotros mismos elaboramos en el castillo cada temporada mientras pienso en todo lo que tengo por delante esta mañana.

Es hacerlo y sentir como un brutal chute de energía me recorre de arriba abajo haciéndome esbozar una sonrisa ilusionada.

Debería de estar agotado, pues, entre mi salida nocturna de anoche para encontrar a mi hermana y a la loca de su amiga y que después, cuando volvimos al castillo, en lugar de irme a la cama me entretuve con Malcom en las cuadras ayudándolo a calmar y a atender a Zar y a Apache, no debo de haber dormido más de tres horas. Sin embargo, esta mañana ni siquiera he necesitado que sonase la alarma para saltar de la cama y, lejos de sentirme cansado, la adrenalina fluye por mis venas y me encuentro a tope de energía.

Es un día importante, ya que, después de varias semanas de locos en la oficina en las que apenas he tenido tiempo para respirar, hoy al fin voy a poder dedicarme a revisar ese proyecto personal que tan entusiasmado e ilusionado me tiene, y la simple perspectiva de pasarme por allí me tiene emocionado como un niño pequeño e incapaz de dejar de sonreír.

Hace tres años que empezó todo. Si bien es cierto que la idea de elaborar un *whisky* diferente al que hemos estado produciendo hasta ahora llevaba desde mucho antes rondándome la cabeza, hasta entonces no tenía ni los conocimientos suficientes, ni el equipo, ni el capital necesario para embarcarme en un plan tan ambicioso y complejo como ese.

Ahora, en cambio, después de mucho trabajo, esfuerzo e incontables sacrificios, el sueño, mi sueño, está a punto de convertirse en realidad. Dentro de muy poco, ese *whisky* tan especial y diferente en el que llevo años trabajando con tanto mimo, esmero y cuidado, esa elaboración que he visto nacer y en la que he volcado mi alma, revisando personalmente cada detalle, solucionando cada contratiempo y dándole mi toque personal está a punto de ver la luz. Y no podría sentirme más orgulloso de haberlo logrado.

Ha sido una apuesta arriesgada y soy consciente de que todavía tiene que pasar las exigentes cribas de mi familia y del resto de la sociedad y de que, para poder considerarlo un éxito, deberá consolidarse en el mercado, pero si las cosas salen como espero habré conseguido crear desde cero un nuevo sello que marcará la diferencia y que espero se convierta en mi aportación al legado familiar.

Mis pensamientos se ven interrumpidos por unas sonoras carcajadas que provienen del pasillo y traslado la vista de la tostada a la puerta por la que, un par de segundos más tarde, aparecen un sonriente Malcom y Martina que, riéndose a mandíbula batiente, lo observa encantada.

Están tan absortos el uno con el otro que ni siquiera han reparado en mi presencia, lo cual, por algún extraño motivo, me molesta.

¿Desde cuándo estos dos han cogido tanta confianza?

Con el ceño fruncido, me tomo unos momentos para contemplarlos antes de hacerles notar que estoy aquí.

En lo que respecta a mi mejor amigo, tanto su ropa como su aspecto son los habituales en él. A Martina no la conozco tanto, pero dudo mucho que la pinta que lleva ahora sea la que se gasta cualquier día normal. Todavía va con el pantalón del pijama, tiene el pelo enmarañado y la cara sin una gota de maquillaje, lo que le da un adorable y natural aspecto de recién levantada. De hecho, si no fuese porque las zapatillas de ambos están llenas de barro, pensaría que acaba de salir de la cama.

«¿De dónde demonios vienen juntos a las ocho

de la mañana?», me pregunto, intentando convencerme de que ni la respuesta a esa cuestión ni la camaradería y familiaridad que percibo entre ellos me molesta o me afecta lo más mínimo.

Al fin y al cabo, ¿por qué iban a afectarme?

Incómodo, carraspeo para llamar su atención y, en cuanto reparan en mi presencia, ambos dejan a un lado su conversación para fijar su atención en mí.

—Buenos días, Cam —me saluda Malcom, alejándose de Martina para acercarse a la cafetera dispuesto a servirse un café.

—Buenos días —respondo sin apartar los ojos de la chica cuya expresión risueña ha mutado en una de hastío y acritud en cuanto su mirada se ha cruzado con la mía.

Achico los ojos y me muerdo la lengua al verla dirigirse también al bufé sin molestarse siquiera en saludar.

No pienso admitirlo, pero me jode un huevo y parte del otro que mire a mi amigo como si este acabase de descubrir la penicilina y que, en cambio, cuando me mira a mí, lo haga con esa cara, como si acabase de tragarse medio limón.

—¿Y Skye? ¿Todavía no ha bajado? —se interesa él, acercándose a la mesa seguido de Martina que también ha elegido tostadas y, al igual que ayer, una taza de humeante chocolate.

—No, debe de seguir durmiendo —respondo escueto, pues gracias a ellos parte de mi buen humor se ha esfumado. ¡Manda narices, con lo contento que estaba yo!

—Estoy seguro de que en una vida anterior fue una marmota —comenta, guiñando un ojo a su nueva amiga, quien enseguida sonríe ante la broma.

—¿Y vosotros? ¿De dónde venís con esas pintas? —pregunto, ignorando el comentario antes de llevarme el café a los labios como si la cosa no fuese conmigo.

—De las caballerizas. Nos encontramos allí de madrugada y después estuvimos limpiando y dando de comer a los caballos.

—¿Os encontrasteis en las cuadras de madrugada? ¿Estuvisteis limpiando a los caballos? —repito mirándolos a ambos de manera alternativa, sin saber cuál de las dos afirmaciones me sorprende más.

—Exacto —corrobora él—. Como ayer Zar y Apache estaban bastante nerviosos, decidí levantarme antes de tiempo para acercarme a echarles un vistazo, y ni te imaginas mi sorpresa al comprobar que Martina había tenido la misma idea que yo y se me había adelantado.

—¿Tú te levantaste de madrugada para ir a ver a los caballos? —cuestiono de nuevo, mirándola incrédulo.

—No sé por qué te sorprendes tanto, estaba preocupada y quería comprobar que estaban bien —responde encogiéndose de hombros a la vez que se afana en untar una de sus tostadas.

—Pues hombre, teniendo en cuenta que ayer ni siquiera querías subirte a uno..., un poco sorprendente resulta, la verdad —replico analizando su expresión—. Y si tengo que ser sincero, tampoco te imagino limpiando caballos.

Martina apoya la tostada en el plato y cruza las manos sobre la mesa antes de contestar con cierta indignación.

—Que no me sintiese segura a lomos de un caballo porque nunca me había subido en uno no implica que no me preocupe por su estado —afirma con vehemencia—. Y en cuanto a lo de limpiar, estoy acostumbrada a trabajar duro, nunca se me han caído los anillos por hacerlo y no se me van a caer ahora.

Asiento dándole a entender que comprendo su razonamiento, pero no digo nada más; en cambio, la dejo que vuelva a su tostada mientras yo la observo de reojo con una mezcla de sorpresa, admiración y otro sentimiento suave y dulce que no consigo catalogar y que provoca ciertos estragos en mis entrañas.

Lo de haber ido en medio de la noche para ver a los caballos y asegurarse de que estuviesen bien me parece un detallazo por su parte. Sobre todo, teniendo en cuenta que la ventolera que hacía fuera más que a salir invitaba a quedarte acostado y bien tapadito en la cama. Sin duda eso dice mucho de ella. No mucha gente lo haría, y menos cuando los animales no son suyos ni los conoce prácticamente de nada.

—Buenos días —nos saluda una voz de ultratumba desde el quicio de la puerta.

Los tres levantamos la vista y nos encontramos a Skye que se acerca a la mesa arrastrando los pies, con muy mala cara, como si fuese un alma en pena.

—¿Ya estamos en Halloween y no me he enterado? —pregunta Malcom con el ceño fruncido al ver su aspecto.

—No me encuentro demasiado bien —admite ella, dejándose caer en una de las sillas y apoyando la cabeza contra el respaldo.

Recorro con la mirada su pálido rostro, observando con disgusto las nada saludables ojeras que enmarcan sus vidriosos ojos y su nariz enrojecida de tanto sonarse.

—¡Tienes fiebre! —exclama Martina tocándole la frente.

—Creo que anoche me cogió un poquito el frío, he debido de pillar un resfriado.

—¡Tienes que volver a la cama! —le ordena nuestra invitada.

—¡Ni hablar! ¡Hoy quería llevarte a Fairy Pools! Son las piscinas de las hadas, ya verás, seguro que te encantan —replica con los ojos medio cerrados antes de deleitarnos con dos fuertes estornudos que la hacen contraer el rostro en un gesto de dolor antes de echar mano de una servilleta de papel para sonarse.

—¿Estás de broma? —la increpo—. El único sitio al que tienes que ir es a tu habitación.

—Estoy de acuerdo —corrobora Martina, dándome la razón por primera vez desde que la conozco.

—¡Vaya, hombre! Cuando se trata de llevarme a mí la contraría, sí. Ahí sí os ponéis de acuerdo vosotros dos, ¿no? —refunfuña Skye señalándonos con el dedo índice.

—Es que solo hace falta un poco de sentido común para darse cuenta de que así no puedes salir de casa —asegura Malcom—. ¿Te has puesto el termómetro?

—No, pero tranquilos, acabo de tomarme un paracetamol, seguro que en un rato me encuentro mejor —rebate ella, que cabezota es un rato.

—¡Y dale! ¡Que así no puedes salir! ¿Y si por andar donde no debes te pones peor? —digo, intentando hacerla razonar.

Ella niega con la cabeza y abre la boca dispuesta a replicar de nuevo, pero justo entonces, Bonnie aparece con una bolsa que apoya en la mesa del bufé mientras tararea una canción.

—Aquí te dejo unos bocadillos para tu día libre, Camer... —comienza a decir, interrumpiéndose en cuanto posa los ojos sobre Skye, quien vuelve a estornudar estremeciéndose de la cabeza a los pies.

—¡Pero, criatura! ¿Qué te ha pasado? —le pregunta preocupada mientras se acerca y posa los labios sobre su frente—. ¡Estás volando de fiebre! ¡Vete ahora mismo a la cama!

—Eso mismo le he dicho yo —corrobora Martina.

—Son solo unas decimillas —replica la muy terca; se encoge de hombros e intenta disimular el temblor de su cuerpo.

—¡Unas decimillas, dices! ¡Pero si tiene la frente tan caliente que podríamos fundir chocolate en ella! —exclama Bonnie exasperada y con los brazos en jarras.

—Skye, no seas tozuda y vete a descansar —insiste Martina con tono firme—. Tenemos tiempo de sobra para recorrer la isla y hacer todas las excursiones que quieras.

—Lo siento, pero me niego a desperdiciar un día entero solo por un poquito de fiebre —anuncia la aludida, obstinada, negando con la cabeza.

—¡Y dale! —bufa su amiga achicando los ojos—. ¡No pienso permitir que salgas de casa en esas condiciones! ¿Se puede saber cuándo has perdido el sentido común? Eso si es que alguna vez lo has tenido, claro.

—Creo que se me perdió en el acantilado —bromea ella y esboza un intento de sonrisa que se queda en eso, un intento.

—¡Vuelve a la cama ahora mismo o te juro que me vuelvo a mi casa! —la amenaza su invitada, enfadada al ver que por las buenas no va a hacerla cambiar de opinión.

—Sois una pandilla de histéricos —nos acusa mi hermana, cruzando los brazos sobre su pecho segundos antes de soltar otro desmedido estornudo que la hace encogerse de nuevo. Sus dientes comienzan a castañear.

Contemplo su piel cada vez más pálida y me levanto de la silla dispuesto a zanjar de una vez por todas esta estúpida discusión.

—¡Se acabó! ¡O te vuelves a tu habitación ahora mismo o te juro que te arrastro hasta allí y te encierro en ella! —la amenazo con una mezcla de preocupación y enfado.

—Como si tuvieses la llave —murmura, arrugando la nariz antes de coger otra servilleta de papel para sonarse de nuevo de forma estridente—. Pero está bien; ya que tanto insistís, me iré a la cama —acepta al final.

—Menos mal. —Suspiro dejándome caer de nuevo en la silla—. Empezaba a pensar que te habías vuelto loca de remat...

—Solo si tú te encargas de enseñarle a Martina Fairy Pools tal y como yo tenía planeado —añade sin darme tiempo a terminar la frase.

El alivio por ver que había entrado en razón se torna en frustración y la observo como si ahora sí hubiese perdido la cabeza por completo.

—Ya me parecía a mí raro que cediese con tanta facilidad —murmura Bonnie con una ceja alzada.

—Si piensas que voy a someterme a esa manipulación barata, es que la fiebre te está afectando más de lo que pensaba —respondo con firmeza—. Sabes que no cedo a los chantajes, y mucho menos contigo.

—Es que no lo estás enfocando bien, no te lo tomes como un chantaje, sino como una negociación —me corrige la muy descarada—. Tú quieres que yo me vaya a la cama y yo quiero que acompañes a Martina; favor por favor, hermanito, favor por favor —dice con un brillo divertido bailando en sus enrojecidos y aguados ojos al tiempo que pone cara de no haber roto un plato en su vida y me dedica su sonrisa más inocente y angelical.

—«Hermanita» —siseo poniendo especial énfasis en el mismo apelativo que ella acaba de usar—, puedes ahorrarte esa cara de niña buena, puede que con el resto surta algún efecto, pero ya deberías saber que conmigo no cuela.

—Anda que no... —murmura Malcom con guasa aguantando la risa. Molesto, le dedico al Judas de mi amigo una mirada de reproche y el muy traidor aparta la vista como si la cosa no fuese con él.

Es verdad y sabido por todos que tengo cierta debilidad por mi hermanita pequeña y que, desde que éramos unos enanos, con un par de sonrisas, un abrazo y unos pucheros casi siempre ha conseguido todo lo que quiere de mí, siempre y cuando sus peticiones sean razonables. El problema es que esta no lo es, por eso mismo, dudo de que este sea el mejor momento para sacarlo a colación.

—Venga, Cam, hazlo por mí —me pide ella, intensificando la sonrisa antes de empezar a toser otra vez.

—Estoy muy liado —replico alzando el mentón.

—Tienes el día libre —rebate.

—Sí, pero voy a ir a la bodega —le recuerdo.

—¡Perfecto entonces! —contesta aplaudiendo entusiasmada—. Martina puede acompañarte a la bodega y después os acercáis a Fairy Pools.

Abro la boca sin terminar de creerme lo que acabo de escuchar. ¿De verdad esta loca pretende que meta a su amiga en *mi* bodega cuando sabe de sobra que, a excepción de las escasas personas que me ayudan en el proceso, solo a ella y a Malcom les he permitido poner un pie allí? ¡Ni siquiera mis padres la han visitado todavía! ¡Y no será porque no me lo hayan pedido!

—No me parece una buena idea —aseguro con voz firme y disgustada.

—Pues a mí me parece una idea fantástica, al fin y al cabo, no hay una gran distancia entre los dos lugares. Podéis ir a la bodega y después os acercáis hasta allí. Es un sitio estupendo para comer —interviene el traidor de Malcom que, por lo visto, hoy se ha levantado con ganas de tocarme los cojones. Lo fulmino con la mirada.

Aprieto la mandíbula, molesto por la insistencia de estos dos, y observo de reojo a Martina, quien, desde hace un rato, permanece callada. La maravillosa idea de su querida amiga parece disgustarla tanto como a mí. Su forma de apretar los labios, la expresión de contrariedad en su cara y la forma en que me mira son indicativos de lo poco que le apetece pasar el día junto a mí.

Y es precisamente por todo eso, y por qué no decirlo, también por mis ganas de llevarle la contraria, por lo que al final, contra todo pronóstico y para sorpresa de los presentes, me decido a aceptar la petición de mi hermana.

—Está bien. Martina puede venir conmigo —accedo entre dientes.

Skye comienza a aplaudir, se la ve feliz, todo lo contrario que a la aludida que, elevando sus ojos hacia mí para observarme como si de repente acabasen de salirme dos cuernos y un rabo, alza la voz para hacerse escuchar por encima de las palmas.

—Gracias, pero no hace falta. Yo tampoco creo que sea una buena idea —asegura.

—¡Por supuesto que hace falta, es una idea genial! —la contradice su adorada amiga.

—Estoy segura de que tu hermano está muy

ocupado y no quiero ser una carga —insiste en un tono de advertencia que me resulta de lo más divertido—. Me quedaré en el castillo y si me apetece, iré a dar una vuelta por el jardín.

—¡Tonterías! ¡Tú no eres ninguna molestia! ¿Verdad que no, Cam? —replica Skye después de estornudar un par de veces más.

La observo mover las manos de manera inconsciente y, como revolviéndose en la silla, empieza a ponerse cada vez más nerviosa.

Por primera vez desde que comenzó esta discusión, Martina fija sus ojos en los míos. Su mirada es transparente, tanto que no me cuesta más de un segundo leer todo lo que se esconde en ella. Quiere que la ayude, se siente arrinconada y busca mi apoyo para escapar de esta situación, pero ni de coña pienso ponérselo tan fácil. Es más, estoy comenzando a disfrutar de la conversación...

—Como he dicho antes, me parece bien que Martina me acompañe. A no ser, claro, que para ella sí que suponga un problema venir —espeto desplegando una sonrisa gamberra que la hace fruncir los labios evidenciando que para nada era esa la respuesta que esperaba.

—¡Todo arreglado entonces! —exclama Skye levantándose de la silla.

—No voy a ir —asegura Martina imitándola.

Las dos se enzarzan en un duelo de miradas, hasta que mi hermana se encoge de hombros y anuncia con voz despreocupada:

—No pasa nada, si no quieres ir con Cameron, no vayas. Subiré a mi habitación, me vestiré y me iré a hacer la excursión que teníamos pendiente, contigo o sin ti —la amenaza.

Martina tuerce el gesto, ofuscada, sin duda porque es consciente de que no tiene nada que hacer, esta batalla la perdió antes de empezar a librarla. Ella lo sabe y nosotros también. Al final, tras unos tensos segundos, exhala un largo suspiro de resignación.

—Está bien. Iré con Cameron.

—Es una buena decisión; como tu mejor amiga, te prometo que lo pasarás bien —afirma Skye antes de llevarse de nuevo un pañuelo a la nariz.

—¿Quién dice que seas mi mejor amiga? —murmura ella molesta.

—Me quieres, no puedes evitarlo, es un hecho —responde mi hermana—. Ahora, con vuestro permiso, creo que tengo que meterme en la cama, no me encuentro demasiado bien, ya me contaréis. —Y sin más, satisfecha de haberse salido con la suya, la muy lianta se despide, dándonos la espalda.

Segundos después, Martina continúa con la mirada clavada en el lugar por donde Skye acaba de desaparecer, por lo que carraspeo para llamar su atención por segunda vez.

—Nos vamos en diez minutos —anuncio una vez sus ojos vuelan hasta mí.

—Solo necesito dos, me lavo los dientes y estoy lista —asegura.

—No es que me importe, cada uno tiene sus gustos, pero quizás deberías cambiarte el pantalón... —sugiero, fijando la vista en la prenda con una sonrisa vacilona.

Por la sorpresa que se dibuja en sus ojos y el rubor que colorea sus mejillas, deduzco que ella se había olvidado por completo de ese detalle en cuestión.

De mala gana, se termina el chocolate y, todavía con las mejillas sonrojadas, me dedica una mirada airada y sale del comedor en dirección a su habitación.

La veo alejarse y no puedo evitar sonreír.

¡Qué puedo decir, esta chica despierta una parte competitiva y puede que algo puñetera que no sabía que había en mí!

Sin duda, será un día cuando menos... interesante.

Capítulo 9

La bodega

Martina

¡Pues nada, que mi querida amiga ya me la ha vuelto a liar! Porque vale, reconozco que lo de ponerse enferma no ha sido culpa suya, ¡pero lo de coaccionarme y casi obligarme a ir con su hermano sí que lo es! Podríamos haber dejado la excursión para otro día, pero nooo, por sus narices que tenía que ser hoy.

¡Y no es que no tenga ganas de ir, por supuesto que me apetece visitar Fairy Pools! ¡Entre lo mucho que Skye me ha hablado de ese sitio y lo que he podido ver en fotos, tiene que ser un lugar precioso que me muero por ver! ¡Pero es que yo quería verlo con ella, con ella, no con Cameron!

—¿Vas a seguir rumiando durante mucho rato? —pregunta él al momento, tratando de ocultar una sonrisa y sin apartar la vista de la estrecha carretera por la que vamos transitando. Como si mis pensamientos acabasen de invocarlo.

Han pasado casi diez minutos desde que salimos del castillo y, aunque todavía nos encontramos dentro de los terrenos de su familia, ya estamos en una de las zonas más alejadas.

Molesta tanto por el hecho de que mi acompañante haya decidido romper el agradable silencio en el que ambos permanecíamos sumidos desde que nos subimos al coche como por que tenga la cara dura de usar para referirse a mí la palabra «rumiar», frunzo el ceño y le dedico una mirada que pretende dejar en evidencia lo poco que me apetece hablar con él.

—Yo no rumio, pienso, que no es lo mismo —lo corrijo.

—Claro que lo haces, llevas rumiando y bufando desde que salimos del castillo —me asegura, observándome durante unos segundos de medio lado—. Rumias tanto que estoy seguro de que en otra vida fuiste una vaca.

Incrédula ante lo que acaba de soltar por esa boquita que Dios le ha dado, aprieto la mandíbula conteniéndome para no entrar al trapo.

«No voy a entrar, no voy a entrar, no voy a entrar», me repito cual mantra una y otra vez echando mano de mi lado zen, ya que una parte de mí, la más racional y coherente, está convencida de que lo dice solo para provocarme y no pienso darle el gustazo de conseguir alterarme.

Por lo que inspiro, espiro, inspiro, espiro, inspiro, espiro, y me muerdo la lengua intentando no mirarlo. Esa es la idea: no hacerle caso, pasar de él y de sus groserías, y la teoría me la sé que no veas, lo malo es que mis ojos, que son unos traidores y al parecer van por su cuenta, ignoran todas las indicaciones que les doy y vuelan directos hasta su cara.

¡Y claro! Como soy racional, pero tampoco un vegetal, es ver esa sonrisita de suficiencia que se gasta y entro, ¡vamos que si entro! Entro con todo el equipo, como una manada de elefantes pisando una vajilla de porcelana.

—Eso explicaría muchas cosas, todo el mundo sabe que a las vacas los moscardones como tú nunca les han gustado. Quizás ese sea el motivo de que tu presencia me resulte tan insoportable —siseo alzando la barbilla.

Un brillo divertido baila en sus ojos cuando estos se vuelven un momento hacia mí y sé que ha conseguido justo la reacción que esperaba.

—¿Siempre eres tan picajosa?

—Lo cierto es que solo cuando tú estás cerca.

—Me halaga saber que te afecto tanto.

—No debería, conseguir sacarme de mis casillas no es una virtud.

—¿Quién lo dice?

—Cualquiera con un mínimo de sentido común.

—Siempre he pensado que el sentido común está muy sobrevalorado, a veces es bueno mandarlo de vacaciones y dejarse llevar.

—Entonces una de dos: el tuyo o se ha cogido una excedencia permanente o se ha perdido en una isla y no sabe regresar.

La carcajada sincera y algo ronca que emana de su pecho nos envuelve espesando el aire, colándose en mi cuerpo y, de una forma incomprensible, provocando una extraña y agradable sensación en mi interior.

Su buen humor es contagioso, al menos eso tengo que reconocerlo, y quizás por ello parte de mi crispación se esfuma al mismo tiempo que la comisura de mis labios se curva en una tímida sonrisa.

—¡Vaya! ¿Es posible que te esté viendo sonreír? ¿Puede ser que te estés riendo conmigo? —pregunta de buen humor haciéndose el sorprendido.

—Contigo o de ti, quién sabe —contesto medio

en serio medio en broma, sin bajar del todo la guardia.

—De cualquiera de las dos formas, te sienta bien —asegura, buscando de manera involuntaria mi boca con su mirada.

Son solo un par de segundos, un momento fugaz, efímero y ligero, pero, en el instante exacto en que sus ojos acarician mis labios, algo en mi pecho se contrae y un calor intenso asciende por mi cuerpo coloreando mis mejillas de un rubor que intento ocultar desviando la vista con rapidez hacia la ventana.

—Te propongo algo —dice Cameron un par de minutos después, rompiendo la tensa calma que se ha instaurado entre los dos tras nuestro breve momento de cordialidad—. Dado que, gracias a mi queridísima hermana, nos guste o no, pasaremos las próximas horas juntos, igual deberíamos hacer un esfuerzo por llevarnos mejor.

—¿Me estás ofreciendo una tregua? —pregunto solo para asegurarme de que lo estoy entendiendo bien.

—Exacto, firmemos la pipa de la paz —asiente con la atención fija en la cerradísima curva a la izquierda que está a punto de tomar—. Estoy seguro de que el día será mucho más llevadero para ambos si los dos ponemos un poco de nuestra parte.

—¿Cuándo dices «ambos» te refieres a que tú también lo harás? —cuestiono con cierta desconfianza sin dar del todo mi brazo a torcer.

—Te prometo que seré un buen chico, educado, inofensivo, y que no te chincharé más —afirma, alzando su mano derecha en señal de juramento a la vez que despliega una pícara sonrisa tan atractiva y convincente que con ella, el muy puñetero, sería capaz de vender hielo a un esquimal.

Mientras espera mi respuesta, Cameron concentra su atención en el camino, que parece volverse todavía más estrecho y complicado, y yo aprovecho para concentrar la mía en él.

Dice que será un buen chico, educado e inofensivo, ¡ja! Estoy segura de que los términos «buen chico» y su nombre son imposibles de relacionar. En cuanto a lo otro, lo de educado, no puedo discutirlo, pero lo de inofensivo...

Su pelo, su expresión, su forma de mirar, su cuerpo... Todo en él resulta atractivo y puede que incluso peligroso, pero, desde luego, no inofensivo; es más, estoy segura de que referirse a él con esa palabra podría considerarse una nueva forma de blasfemar.

No obstante, como eso no pienso admitirlo en voz alta y lo de la tregua no me suena nada mal, me limito a asentir.

—Trato hecho, firmemos la pipa de la paz o, por lo menos, intentémoslo —accedo.

Complacido, chasquea la lengua y tuerce los labios en otra sonrisa tan desenfadada e intensa que podría desarmar a cualquier mujer del mundo con ojos en la cara, al tiempo que alarga su mano hacia mí dispuesto a sellar el pacto de forma oficial.

Confiada y divertida por su reacción, la estrecho con decisión sin imaginarme que acabo de cometer un gran error, ya que, en cuanto rozo su piel, una corriente eléctrica me recorre el brazo haciéndome dar un respingo y contener la respiración.

Contrariada e intentando disimular el efecto que ese minúsculo e inocente contacto físico ha provocado en mi cuerpo, aparto la mano con rapidez e intento concentrarme en cada árbol, hierba o copo de nieve (que otra cosa no habrá, pero nieve la que quieras y más) que vamos dejando atrás, como si memorizarlos fuese una cuestión de importancia vital.

También Cameron permanece con la mirada clavada al frente, sin decir nada y, aunque intento no hacerlo y me repito que no debería importarme, no puedo evitar preguntarme si también él lo habrá sentido o yo habré sido la única afectada.

Decidida a no pensarlo ni darle más vueltas, sacudo la cabeza con fuerza.

De repente, me percato de que nos adentramos en un camino que conduce a una enorme nave de color azul y pregunto, presa de una enorme curiosidad:

—¿Dónde estamos?

—En mi bodega —exclama con orgullo.

—¿Tu bodega? —repito extrañada. Es cierto que antes, cuando Skye insistió para que me acompañase, él mencionó que tenía que ir a la bodega, pero, por lo que yo tengo entendido, las bodegas de la familia se encuentran cerca del castillo y este lugar está cerca del río, casi en el límite de sus territorios—. ¿No se supone que las bodegas están cerca del castillo? —pregunto dando voz a mis pensamientos.

—Las de la familia sí, pero esta es diferente, esta es cosa mía —me explica apagando el motor. Después, sale del vehículo—. Y para que lo sepas, eres una de las primeras personas que van a poner un pie en su interior —añade levantando las cejas.

—Debería sentirme afortunada entonces —bromeo sin saber hasta qué punto está de guasa.

—Deberías —afirma él, dirigiéndose a la entrada principal de la inmensa nave.

Al llegar, contemplo cómo Cameron teclea un

código de seis números en un sofisticado dispositivo de seguridad y, acto seguido, la puerta comienza a abrirse con lentitud para permitirnos entrar.

—Las damas primero —ofrece echándose a un lado.

No tengo ningún problema con que me cedan el paso, no obstante, si eso mismo me lo llega a decir hace una hora, le hubiese recriminado lo arcaico y antiguo que es ese comentario solo por fastidiarlo y meterme con él. Pero como recuerdo que estamos en medio de una tregua que yo acepté firmar, decido callarme, hacerle caso y avanzar.

—¡Hala, la leche! —exclamo en un impulso contemplando admirada lo que se extiende ante mis ojos al encontrarme en el interior.

—Gracias —responde en tono divertido.

Me vuelvo hacia él en busca de respuestas y me doy de bruces con unos ojos que brillan orgullosos e ilusionados y una expresión eufórica que le otorga un aire mucho menos serio y más cercano del que suele transmitir.

Desde luego, si esto es obra suya o ha tenido algo que ver con su diseño y su construcción, no es para menos. El sitio es, cuando menos, impresionante.

Techos gigantes, suelos de cemento pulidos, vigas de hierro y madera al descubierto... Sí, es una nave, pero puedo afirmar sin temor a equivocarme que los salones de muchas casas (entre ellos el mío) no están decorados con tanto gusto y detalle como este recinto industrial.

—Bienvenida a mi pequeño proyecto personal —comenta extendiendo los brazos al tiempo que comienza a caminar.

—Está claro que la palabra «pequeño» tiene un significado muy diferente para nosotros dos

—murmuro, logrando que se gire para regalarme un gesto divertido.

—Como te dije antes, vas a tener el honor de ser una de las primeras personas en probar el *whisky* de elaboración propia que estoy fabricando —comenta—. Es un producto diferente y, si todo va bien y el resultado es óptimo, será muy distinto tanto en cuerpo como en sabor —confiesa—. Llevo muchos años trabajando y preparándome para poder conseguirlo.

Continuamos caminando hasta llegar a unos enormes tornos ante los que Cameron se detiene.

—Aquí es donde empieza todo, con el malteado —explica señalando las enormes máquinas—. En esos tornos trituramos la cebada para, justo después, conseguir que se convierta en malta gracias al agua y al calor; así, las enzimas transforman el almidón en azúcar permitiéndonos obtener un mosto llamado Wort —continúa hablando mientras señala el humeante líquido que utilizan para esta parte del proceso—. El agua es un elemento fundamental de la elaboración y lo más importante es que no hay dos iguales. Cada río contiene una dureza y un pH diferente al resto y es fundamental elegir bien cuál se va a utilizar, pues todos esos aspectos definirán en gran medida el cuerpo, la calidad e incluso el sabor del producto final.

—Por eso has montado aquí la nave, tan lejos del castillo —digo en voz baja, inmersa por completo en su explicación sin perder detalle de lo que ocurre ante mis ojos.

—Chica lista —asiente—. El agua de este pequeño río es muy especial y, dado que vamos a depender de ella en gran medida, me pareció mucho más práctico instalarnos cerca —afirma antes de seguir caminando a otra zona en la que vuelve a detenerse ante otros enormes recipientes que me recuerdan a cacerolas gigantes.

—El mosto resultante del proceso anterior lo traemos a este punto para añadirle las diferentes levaduras que van a fermentarlo convirtiendo el azúcar el alcohol —continúa dándome todo tipo de detalles cada vez más emocionado—. Gracias a esto, después de cuarenta y ocho horas se obtiene una especie de cerveza de unos ocho grados de alcohol.

—¿Ya se podría beber? —pregunto interesada.

—No te lo recomiendo —responde poniendo una mueca antes de volver a ponerse en marcha y detenerse frente a unos alambiques de cobre.

—En estos alambiques, gracias al calor y a la condensación, destilamos la bebida anterior dos veces para obtener un aguardiente de veintiún grados en la primera destilación y de sesenta y cinco en la segunda.

—¿Hay que destilarlo dos veces? —pregunto enarcando las cejas y me acerco más para observarlo todo mejor.

—Todo el *whisky* escocés pasa siempre dos destilaciones —afirma sonriente—. Una vez terminado este proceso, obtenemos una bebida que todavía no puede considerarse *whisky*, pues para ello necesita un último paso que, por cierto, en mi opinión, es uno de los más importantes —asegura, avanzando hacia la parte central de la nave, donde tiene que volver a introducir de nuevo un código en otra puerta para que esta se abra y nos dé paso a otra estancia muy diferente a todo lo que me ha mostrado hasta ahora.

Es una zona muy amplia ocupada casi en su totalidad por enormes barricas de roble, a excepción de un extremo del lateral derecho en el que descansa un sillón estilo Chester acompañado de una pequeña mesa de cristal.

Elevo la vista y contemplo admirada el altísimo techo recubierto por completo de madera envejecida de roble de cuyo centro cuelgan dos grandes lámparas que desprenden una agradable luz tenue otorgando al lugar cierto aire de calidez e intimidad.

Sin perder detalle de todo lo que me rodea, aspiro con fuerza embriagándome con el intenso pero agradable aroma que componen la mezcla del licor, la madera y ciertos efluvios frutales que no logro diferenciar.

—Como podrás imaginar, el paso que falta es introducir la bebida en las barricas donde deberá permanecer un mínimo de tres años para impregnarse de los matices, aromas y sabor que debe adquirir, alcanzando así la calidad suprema que quiero conseguir antes de que pueda comercializarse —dice mientras avanza entre ellas, hasta que se detiene junto a una de las más apartadas.

—La madera afecta al sabor de la bebida, ¿verdad? —pregunto, acariciando una de las superficies con las yemas de los dedos.

—Por supuesto, pero no solo eso es importante; para conseguir el sabor deseado, es fundamental elegir y mezclar con cuidado las diferentes maltas que queremos utilizar —anuncia la voz suave y firme de una mujer que avanza hacia nosotros desde uno de los laterales.

Tan concentrada estaba que no había reparado en ella, pero, cuanto más se aproxima, más dudas me entran de si lo que estoy viendo es una persona real, un holograma o si quizás estoy teniendo una visión.

La chica que tengo ante mis ojos es perfecta, ideal y estupenda. Tanto que, si como decía Cameron, en otra vida yo fui una vaca, ella mínimo tuvo que ser un unicornio, una sirena o cualquier otro tipo de ser sobrenatural.

La susodicha es altísima, estilizadísima, pero con unas curvas que ya quisiera cualquier circuito de fórmula uno; con unos ojazos azules de impresión y una piel tan blanca como un copo de nieve recién caído del cielo. ¡Vamos que ni hecha a la carta hubiese podido salir mejor!

—¡Juls! Qué bien que ya estés aquí —la saluda Cameron acercándose a abrazarla con afecto.

—Hay mucho que hacer, estaba demasiado nerviosa como para quedarme en la cama —responde la mujer, que lo observa con evidente cariño antes de posar su curiosa mirada sobre mí.

—Ella es Martina, es la mejor amiga de mi hermana, está pasando con nosotros una temporada —se apresura a presentarme él al ver su expresión extrañada.

—¡Ahhh! —exclama la rubia sin esconder su disconformidad por mi presencia—. ¿Una turista? En-can-ta-da —dice en mi dirección, hablando exageradamente despacio y alzando la voz como si en lugar de extranjera, pensase que soy medio idiota.

—Es un placer conocerte —respondo en inglés para que vea que puedo comunicarme con ella sin necesidad de hacer el paripé.

—Martina, te presento a Juls, es ingeniera química y una gran experta en cebada. Ha sido mi mano derecha durante todo este tiempo, sin ella nada de lo que ves hubiese sido posible —la alaba Cameron, dejando patente la admiración que siente por ella.

¡Vaya por Dios! Así que no solo es guapa, también es inteligente...

Observo a la rubia que me estudia con detenimiento y con cierta desconfianza, alterando su armonioso rostro.

La chica se dirige hacia mí diciendo algo que no comprendo, lo cual ya son ganas de tocar las narices cuando ha visto que puede hablarme en inglés, por lo que alzo una ceja en dirección a Cameron esperando una traducción.

—Martina no habla escocés, pero, como has podido ver, domina el inglés —le explica él, dirigiéndose a ella en lugar de traducirme lo que la rubia acaba de decir.

La chica asiente esbozando una mueca condescendiente antes de dirigirse otra vez a mí.

—Te decía que debes de ser muy convincente para lograr que Cameron te haya traído aquí. —El tono de su voz hace evidente lo disconforme que está con esa decisión y me hace sentir incómoda y fuera de lugar, pero ni muerta pienso hacérselo notar.

—Ni te imaginas lo equivocada que estás, en realidad quien me convenció para que lo acompañase fue él a mí —le aclaro, disfrutando unos segundos del desconcierto que mis palabras le provocan, antes de añadir—: Aunque reconozco que me alegro de haber venido porque todo lo que he visto hasta ahora me parece impresionante y sin duda muy interesante.

El orgullo ilumina el rostro de Cameron confiriéndole un aspecto todavía más atractivo de lo normal. Acto seguido, se aleja de la rubia indicándome que lo siga.

—Prueba esto —me pide tendiéndome un poco del preciado líquido proveniente de una de las barricas después de verterlo en una fina copa de cristal.

Estudio con interés la intensa tonalidad ámbar de la bebida con matices dorados y aprecio el fuerte y agradable olor que desprende antes de acercármela a los labios.

No suelo beber, pero no hace falta ser ningún entendido para comprender que lo que estoy probando es excepcional; incluso alguien inexperto en la materia como yo distinguiría enseguida los múltiples matices que la bebida va depositando en el paladar.

—¿Qué te parece? —pregunta Cam, dejando entrever cierta ansia en su voz.

—No soy ninguna entendida...

—Ya imagino, ya... —me interrumpe la rubia que cruza los brazos sobre su pecho de mala gana.

—Pero tampoco es necesario serlo para saber que esto es una pasada —termino la frase con los ojos fijos en Cam, pasando por alto el comentario de la chica de forma deliberada.

—¿De verdad lo piensas? —pregunta él mientras coge entre sus dedos la copa que sostengo para saborearlo al igual que acabo de hacer yo.

A puntito estoy de reafirmarme cuando la tal Juls, a quien por cierto parece no interesarle ni gustarle lo más mínimo nuestra conversación, le da por colocarse entre los dos.

—Cameron, hay un par de cosas que tenemos que comentar lo antes posible... —deja caer, mirándome como si fuese una mosca a la que es necesario aplastar.

—Por supuesto —acepta él sin darse cuenta de que lo único que pretende la ingeniera, a la que no parezco haberle gustado ni un poquito, es llevárselo de aquí—. ¿Te importa esperarme un rato? —me pregunta—. Si quieres, puedes dar un paseo hasta la zona del río, es un lugar precioso y está a tan solo unos metros.

—Tranquilo, no hay problema —aseguro, dedicándole una sonrisa despreocupada a la vez que veo como ella lo engancha del brazo para arrastrarlo justo en la dirección opuesta.

Una vez los dos han desaparecido, me dispongo a desandar mis pasos en dirección a la entrada de la nave encantada de poder perder de vista a esa maleducada que, para ser sincera, no me ha caído nada, pero que nada bien.

Todavía con la imagen de la mujer unicornio en la cabeza, abandono el local.

Inspiro con fuerza y recorro los alrededores con la mirada; todo está blanco y cubierto de nieve, pero, como todavía está blanda, es bastante fácil caminar, por lo que acepto la sugerencia de Cameron y decido encaminarme hacia el río, cuyo curso descubro enseguida gracias al murmullo que me llega desde lo lejos indicándome el rumbo que debo tomar.

Tal y como suponía, lo encuentro a pocos metros y, en cuanto consigo divisarlo, me quedo por completo obnubilada por su encanto.

No es demasiado ancho ni tiene excesiva profundidad, pero, como Cam asegura, es un lugar precioso cuyas orillas lucen enmarcadas por árboles de diferentes tamaños salpicados de copos blancos que se entremezclan con infinidad de rocas dispersas también por el agua, muchas de ellas cubiertas, en gran parte o en su totalidad, por verde musgo y colocadas como si intentasen frenar la corriente que discurre entre ellas a toda velocidad.

Sonrío y, ayudándome de una rama para no perder el equilibrio ni resbalar, me aproximo hasta acuclillarme; deslizo los dedos dentro del agua helada mientras, relajada, cierro los ojos y elevo la cara al cielo olvidándome de todo lo que no sea disfrutar de la delicada y suave caricia que los tenues rayos del sol escocés, que hoy ha conseguido abrirse paso en el cielo, deja sobre mi piel.

Capítulo 10

Bailando con las hadas

Cameron

Contento y satisfecho por los resultados de esa reunión de más de hora y media en la que tanto Juls como yo hemos supervisado los últimos detalles de la producción, salgo al exterior y tomo una bocanada de aire permitiéndome unos segundos para disfrutar de la pureza y el frescor del viento de las Highlands antes de ir en busca de Martina.

Siempre he pensado que en esta isla se respira mejor. Aquí el aire es diferente al del resto del mundo. Más puro, más vivo, más real.

Inmerso en mis pensamientos, camino hasta el río, situado a pocos metros de la bodega, y echo un vistazo a mi alrededor en busca de mi acompañante, quien, por supuesto, como no podía ser de otra forma, no está donde se supone que tendría que estar.

Observo la hora en la pantalla del móvil y resoplo preguntándome dónde se habrá metido. Suponiendo que pueda haber encontrado alguna zona por la que cruzar al otro lado, me aproximo más al agua y escruto ambas orillas en busca de alguna señal que me indique dónde encontrarla; pero nada, ni rastro.

Algo inquieto, me reprendo por no haber tenido la precaución de pedirle su número de teléfono y me planteo la posibilidad de llamar a Skye para que se ponga en contacto con ella y le pregunte dónde está, pero, como soy consciente de que si le digo que he perdido a su amiga, la conversación va a acabar muy mal, decido guardarme esa carta en la manga y seguir buscándola un poco más.

«¿Dónde demonios se habrá metido?», me pregunto mientras sigo por la senda que transcurre en dirección descendente. «¡Mira que le dije que me esperase en el río! Por favor, que no le haya pasado nada, por favor que no le haya pasado nada», me repito cada vez más preocupado mientras continúo la búsqueda.

Una sensación de angustia comienza a ramificarse en mi pecho aumentando mi nerviosismo, pero procuro mantenerme calmado y racional.

Estamos en un sitio seguro, para nada peligroso; sin embargo, mucho me temo que, teniendo en cuenta la tendencia a meterse en líos de la española... ¡A saber lo que habrá hecho y a dónde habrá ido a parar!

De repente, al torcer, en un recodo que emerge en una de las zonas más caudalosas del río, la veo. Está sentada sobre un pequeño puente de piedra que cruza de lado a lado. Con las piernas colgando, el cuerpo ligeramente inclinado hacia atrás, los ojos cerrados y una expresión de lo más relajada.

Aliviado por haberla encontrado sana y salva, suspiro y me tomo unos segundos para estudiarla.

El sol brilla sobre su pálida piel, arrancando reflejos cobrizos de su melena castaña que parece bailar una melodía lenta enredándose con el viento mientras sus pies se mueven con cadencia adelante y atrás.

Se la ve tan a gusto que, en lugar de alertarla de mi presencia, me aproximo con sigilo e, intentando no romper el silencio que nos rodea, tomo asiento a su lado. No obstante, la sonrisa que asoma a las comisuras de sus labios me indica que algo me ha delatado.

—¿Ya has terminado? —pregunta con voz perezosa sin separar los párpados ni cambiar un ápice su postura.

—En realidad, acabé hace un rato. ¿No te dije que me esperases junto al río? —Mi voz suena algo más severa de lo que en realidad pretendo, pero, por la forma en que se ensancha su sonrisa, no parece molestarle.

—¿Y cómo llamas a eso de ahí abajo? —cuestiona, señalando con un movimiento de cabeza la corriente de agua que circula veloz a unos pocos metros de distancia.

—Sabes de sobra lo que quiero decir —rebato soltando un bufido—. Di por sentado que te quedarías cerca de la bodega, no imaginé que te irías de excursión en plan Dora, la exploradora.

—Si vas a compararme con un dibujo animado de esos que se dedica a corretear por el bosque, déjame decirte que siempre he sido más de David, el Gnomo —replica, abriendo los ojos para dedicarme una mirada repleta de humor.

—Muy graciosa, pero la próxima vez procura avisarme antes de desaparecer, estaba preocupado —la reprendo tratando de mantenerme serio.

—Lo siento —se disculpa encogiéndose de hombros—. No quería interrumpir tu charlita con la Nancy laboratorio.

—¿Con quién? —repito abriendo mucho los ojos y casi atragantándome con mi propia saliva por su ocurrencia.

—Altísima, rubísima, guapísima, con no sé cuántas carreras... —comienza a enumerar ella con desgana.

—¡Eres una exagerada! —la acuso y me echo a reír, negando con la cabeza.

—¿Exagerada, dices? ¡Es un prototipo tan perfecto que deja a la pobre Nancy a la altura del betún!

—Menudas ocurrencias tienes; anda, desbloquea tu móvil y déjamelo un momento —pido extendiendo la mano.

—¿Para qué? —cuestiona, aunque hace lo que le pido.

Sin responder, cojo el teléfono y tecleo mi número. Espero a que mi propio móvil comience a sonar antes de cortar la llamada.

—Si hubiese tenido tu número registrado, al no encontrarte, podría haberte llamado y no me habría preocupado.

—¡Ohhh, qué mono! ¡Estabas preocupado por mí! —exclama con ironía mientras mueve las pestañas repetidas veces.

—¡Por supuesto que estaba preocupado! Teniendo en cuenta tus antecedentes, como para no estarlo —aseguro, imitando su tono de voz—. Podrías haberte ahogado —comento, lanzando al aire una de las posibilidades que se me cruzaron por la mente durante la búsqueda, a pesar de saber que era más que improbable.

—Skye tenía razón —musita ella como si tal cosa.

—¿En qué?

—En lo que me decía de ti —contesta, evitando mirarme y mordiéndose el labio inferior para evitar sonreír.

—¿Y se puede saber qué decía de mí? —insisto con una mezcla de curiosidad e impaciencia.

No tengo claro si formar parte de sus temas de conversación debería gustarme o preocuparme, y estoy deseando escuchar su respuesta para decantarme por una de las dos.

—Que eres demasiado sobreprotector y un poquito controlador.

—¿Controlador, yo? ¿Sobreprotector?

—Tenías miedo de que me hubiese ahogado —me espeta como si fuese la mayor estupidez del mundo alzando las cejas con incredulidad.

—Un miedo con fundamento teniendo en cuenta que estamos en un río —me defiendo.

—Un río que no me llega ni a la cintura —objeta.

—No es una cuestión de profundidad —rebato—. Podrías haber resbalado, golpearte la cabeza con una roca y haberte desmayado —afirmo con seguridad—. O imagínate que te da por cruzar el río y te ves arrastrada por la corriente.

—Nunca haría esa estupidez. El agua está helada y, además, no sé nadar.

—¿No sabes nadar? —repito incrédulo.

—No.

—¿Y eso?

—Nunca me dio por aprender. El agua solo me gusta en la ducha y la bañera. Mis padres intentaron enseñarme y me llevaron a clases, pero, como siempre protestaba y no quería ir, terminaron dejándome por imposible —me cuenta restándole importancia.

La estudio, sorprendido por sus palabras.

—¿Y puedes explicarme qué leches haces encaramada a un puente si no sabes nadar? —pregunto con dureza.

—Relájate que solo estoy viendo el paisaje, no tengo pensado saltar —me dice ella, todo sarcasmo.

Soltando un resoplido, dirijo una mirada rápida

y desconfiada hacia abajo. Ella puede decir lo que quiera, pero a mí eso de encaramarse a un río sin saber nadar me parece innecesario y fuera de lugar, es obvio que no va a lanzarse, pero ¿y si por el motivo que sea se cae?

Un escalofrío me recorre la columna vertebral y me pongo en pie.

—Si queremos ir a las piscinas de las hadas, tenemos que salir ya —la apremio.

Ella me observa con agudeza; luego estira los brazos con pereza cerrando los ojos durante un par de segundos más antes de bajarse del puente de un salto.

—Vamos, *highlander*, no te quedes atrás —me llama una vez que echa a andar. «¡Esta chica es de lo que no hay!», pienso negando con la cabeza y apresurándome para alcanzarla y no quedarme atrás.

—¡Esto es increíble! —exclama cuando, después de un rato en coche y una larga caminata, llegamos a la zona de Fairy Pools en el corazón del bosque de Glen Brittle.

—Te dije que merecía la pena —murmuro satisfecho por su entusiasmo siguiéndola hasta la primera cascada que nos encontramos.

Martina, incapaz de pronunciar palabra, abre y cierra la boca repetidas veces, sobrepasada por la espectacularidad del entorno, y pasea la mirada a su alrededor observándolo todo con atención e intensidad, como si pretendiese grabar en su retina cada detalle del paisaje que le regala este lugar.

No es para menos, si incluso a los que somos de la zona y estamos acostumbrados a visitarlo con cierta asiduidad nos resulta abrumadora su belleza, no puedo imaginar lo que siente alguien que contempla este extraordinario escenario por primera vez.

No hay duda de que este sitio desprende un aura especial, una esencia mágica y misteriosa que te envuelve sumergiéndote en una historia ancestral plagada de sueños y mitos, deteniendo el tiempo y permitiéndote experimentar un momento casi irreal.

Oteo a mi alrededor admirando los numerosos estanques naturales de diferente tamaño y profundidad tallados en la roca por el paso del tiempo y la erosión que se unen entre sí por medio de una sucesión de hermosas cascadas y que albergan en su interior un agua de color esmeralda totalmente cristalina con unos matices imposibles de hallar en cualquier otro lugar.

Mis ojos buscan de nuevo a Martina, quien, emocionada, se mueve de un lado a otro sin parar y, complacido y contagiado por el entusiasmo que irradia, decido sacar la gruesa manta impermeable a prueba de nieve que nos aguarda en la mochila que llevo a la espalda y la extiendo en el suelo sobre una zona bastante despejada de nieve. Coloco sobre ella la comida que Bonnie nos ha preparado esta mañana y, armándome de paciencia, me dispongo a esperar.

—Skye se quedó corta cuando me describió este lugar —afirma mi acompañante acercándose para dejarse caer a mi lado en la manta un buen rato después.

—Es una preciosidad, por eso las hadas lo eligieron para bañarse en él. Hay quien dice que muchas de ellas bailaban sobre la superficie del agua hasta el amanecer durante las noches de luna llena —explico a la vez que le tiendo un bocadillo y una botella de agua.

Ella me estudia desdeñosa.

—¡Venga ya! —murmura antes de llevarse un bocado a la boca y echar hacia atrás la cabeza a la vez que cierra los ojos deleitándose con su sabor—. Ummm, estaba muerta de hambre, ¡qué bueno está esto, por favor!

Divertido por su reacción, me echo a reír y la imito probando un bocado. Luego bebo un largo trago de mi botella antes de preguntar, muerto de la curiosidad:

—Venga ya, ¿qué?

—No pretenderás que piense que crees en todo eso de las hadas.

—Soy escocés —afirmo por toda respuesta.

Ella me contempla con atención antes de negar con la cabeza.

—Aun así, escocés o no, no te pega nada.

—Igual es que no me conoces tanto como piensas —susurro, inclinándome hacia delante a la vez que esbozo una sonrisa traviesa.

De forma inconsciente, sus ojos descienden a mis labios y sus mejillas se tiñen de un leve tono rosado que trata de disimular apartando la mirada.

—Ohhh, créeme, eres un libro abierto para mí, te conozco mejor de lo que crees —asegura, arrastrándose de forma disimulada hacia atrás para ganar algo más de distancia.

Su reacción me divierte y enciende una chispa bajo mis costillas.

—Ah, ¿sí? Ilústrame —pido, llevándome de nuevo el bocadillo a la boca—. Aparte de controlador y sobreprotector, que eso ya me quedó claro antes, ¿cómo se supone que soy, según tú?

Martina frunce el ceño y me dedica una sonrisa que resultaría de lo más inocente si no fuese por el brillo juguetón que refleja su mirada.

—Lo siento, no pienso contestar sin la presencia de un abogado —afirma con excesiva dulzura.

Me echo a reír y ella lo hace también.

Una ráfaga de viento revuelve su cabello y, sin pensarlo, alargo el brazo para enredar mis dedos en uno de los mechones y colocarlo tras su oreja.

El ligero contacto con su piel convierte la chispa en una hoguera y un deseo tan intenso como inesperado me recorre de la cabeza a los pies, sobre todo, al percatarme de la forma en que sus ojos se oscurecen y sus labios se entreabren inhalando con pesadez.

Conteniendo la respiración y hechizado por el fuego que me quema por dentro, deslizo la mano hasta su cuello y, con el pulgar, trazo ligeras caricias sobre su suave piel sin apartar en ningún momento la mirada de sus preciosos ojos castaños cuyas pupilas se dilatan engulléndome entero.

—Martina. —Mi voz suena ronca y algo ahogada... Pero, antes de que pueda añadir nada más, el poco discreto tono de llamada de su móvil empieza a sonar en el bolsillo de su abrigo arrancándonos del ensoñamiento y arrastrándonos de golpe a la realidad.

Con un movimiento brusco, se aparta y, con manos temblorosas, busca el aparato para abrir una videollamada en la que aparece la cara de mi hermana.

—¡Qué alegría verte, forastera! —La voz de Skye resuena al otro lado de la pantalla—. Dime, por favor, que mi hermano también sigue con vida, tenía serias dudas de que ya os hubieseis matado —bromea.

—Hemos firmado una tregua —explica ella y carraspea para aclarar su voz mientras se aproxima un poco y coloca el teléfono entre ambos con la intención de que también yo pueda participar en la conversación.

—¿Te encuentras bien? —pregunta mi hermana con gesto preocupado acercándose el móvil a la cara como si de esa forma pudiese verla mejor—. Estás un poco colorada, no te habrá cogido el frío a ti también, ¿no?

¡Ja, el frío dice! ¡Si ella supiese!

—Es por la caminata —miente Martina poniéndose todavía más roja a la vez que yo agacho la cabeza evitando que mi hermana me vea sonreír.

Skye la estudia durante unos segundos más, pero al final parece quedarse satisfecha con la explicación.

—¿Y tú? ¿Qué tal estás? —se interesa Martina, deseosa de desviar el tema de conversación.

—Más aburrida que una araña en un congreso de máquinas de coser —bufa la enferma haciendo un mohín.

La ocurrencia nos hace reír a los dos, por lo menos, hasta que la muy cabezota nos dice que está pensando en salir a dar una vuelta.

—Ni se te ocurra, por una vez ten sentido y quédate en la cama tal y como nos prometiste —le advierto muy serio.

—¿Ves como es un sobreprotector? —le comenta mi dulce hermanita a su amiga resoplando.

—Oh, sí, ni que lo digas. ¿Puedes creerte que antes me fui a dar una vuelta y pensaba que me iba a ahogar?

—¿A ahogar? ¡Menuda chorrada! ¿Por qué ibas a acercarte al agua si no sabes nadar? —suelta ella como si fuese lo más absurdo que ha escuchado jamás.

—Eso mismo le dije yo —responde Martina—. Además, es un poquito controlador.

—Puffff, «un poquito» dices, no te haces una idea...

—Hola, disculpad, sabéis que sigo aquí, ¿no? ¿Podéis dejar de hablar de mí como si no estuviese delante? —intervengo, cruzando los brazos sobre mi pecho.

Pasando por completo de mí, las dos continúan rajando sin cortarse un pelo.

—Piensa que no me doy cuenta, pero cada vez que me asomo un poco a uno de los manantiales me mira como si tuviese la intención de lanzarme a darme un chapuzón en su interior.

—Lo que yo te digo, amiga, es un encanto, pero un poquito paranoico... Cuando era pequeña, cada vez que salía a montar a caballo me ponía tantas protecciones que parecía una butifarra catalana.

—Eso es porque siempre hacías el cazurro y terminabas en el suelo —me defiendo.

—¡Siempre, dice! ¡Pero si me caí solo una vez o dos! —se carcajea Skye.

La observo con el ceño fruncido, admirado de la maravillosa memoria selectiva que Dios le ha dado, y niego con la cabeza cuando Martina vuelve a afirmar:

—No, si ya lo decía mi abuela: «Cría fama y échate a dormir». Te caes una vez y ya piensan que siempre te vas a caer.

Dejándolas por imposibles, me levanto y me alejo un poco para dar un paseo alrededor de las cascadas mientras ellas continúan con su inagotable parloteo a mi costa, hasta que, un rato después, considerando que ya les he permitido divertirse bastante, me acerco por la espalda y consigo quitarle el teléfono a Martina que suelta una exclamación indignada.

—Un placer charlar contigo, hermanita, pero nos tenemos que ir —digo antes de cortar y tenderle el teléfono a su dueña, que me mira frunciendo el ceño.

—¡Estaba hablando! —protesta.

—Te aseguro que lo sé, más que nada porque el objeto de toda esa interesante conversación era yo —murmuro observándola con aire acusador.

—Oh, vamos, no te hagas el indignado, estoy segura de que te encanta que hablen de ti, se nota a kilómetros que eres una de esas personas que siempre consiguen ser el centro de atención —asegura levantándose con aire ocioso y me señala de arriba abajo.

—¿Tanto interés crees que despierto? —pregunto con voz sugerente dándole la vuelta a su comentario para llevarlo a mi terreno mientras observo, conteniendo la risa, la forma en que sus ojos se entrecierran y sus labios se aprietan en una fina línea antes de responder.

—Sabes que no me refiero a eso —afirma señalándome con el dedo índice.

—¿A qué? —cuestiono con inocencia encogiéndome de hombros.

—¿No teníamos que irnos? —farfulla mientras se agacha para recoger el mantel.

La imito, esbozando una sonrisa que pretende parecer inocente.

—¿Martina? —Su nombre es apenas un susurro, pero, al escucharlo, su mirada se eleva de inmediato enredándose con la mía y, en cuanto ambas se enlazan, una onda cargada de magnetismo nos rodea y nos envuelve sumergiéndonos en su interior.

Su mano aprisiona el mantel, la mía hormiguea por el ansia de salir a su encuentro y rozar su piel.

—Nadie podría ser el centro de atención en una habitación en la que estés tú. —Las palabras salen de mis labios y ni siquiera soy consciente de que quien acaba de pronunciarlas soy yo.

La chica, que permanece arrodillada a mi lado, con las mejillas sonrojadas y la sorpresa dibujada en su mirada, tiene algo, algo que la hace diferente y especial, algo único y poderoso que consigue eclipsar todo y a todos los demás.

Capítulo 11

Los hermanos Bain

Martina

El sol ya se está ocultando en el horizonte cuando el pintoresco puerto de Portree se descubre ante mis ojos.

Impresionada por tan bucólica imagen, me inclino hacia delante y bajo la ventanilla dispuesta a retar al frío con tal de absorber hasta el más mínimo detalle de un paisaje digno de cualquier postal.

El cielo, teñido de innumerables tonos anaranjados de distinta intensidad, se funde con un mar en calma en cuya superficie se reflejan los numerosos hostales y bares que se sitúan de forma ordenada ante él.

Todas las construcciones son bajas, casitas de dos plantas con llamativos letreros y aún más llamativos colores decorando cada una de las paredes exteriores en una paleta de tonos rosas, azules e incluso verdes que otorgan alegría y vida al entorno creando un conjunto imposible de olvidar.

—Sabía que te iba a gustar. —La voz de Cameron me saca del ensoñamiento y me vuelvo hacia él.

Después de nuestro (no sabría qué palabra usar para definirlo) momento antes de emprender el camino de vuelta desde las piscinas de las hadas, ninguno de los dos se había atrevido a decir nada más.

No fueron sus palabras lo que más me afectó, que también, sino el ambiente que se respiraba a nuestro alrededor. Había electricidad, tensión y una atmosfera enrarecida que espesaba el aire y me impedía respirar con normalidad, una atmósfera en la que, a pesar de estar solo rodeada por campo y montañas, me sentí acorralada, encerrada y con una imperiosa necesidad de huir.

Eso por no hablar de sus ojos, su forma de mirarme. Tan intensa, tan profunda, tan real que, durante unos interminables segundos, tuve la sensación de que nadie a lo largo de toda mi vida había sido capaz de verme de verdad hasta que llegó él y lo hizo por primera vez.

Tendría que haber dicho algo, pero lo que empecé como un comentario inocente, una broma sin importancia, se volvió en mi contra de repente adquiriendo un tono demasiado atractivo y peligroso ante el que no supe cómo reaccionar; por ello, utilicé la única salida posible, y puede que también la más cobarde: escapar.

Ni siquiera lo pensé, ¿cómo hacerlo con sus pupilas todavía clavadas en mis ojos y su cuerpo tan cerca del mío?

A toda prisa, como quien huye de una ola que está a punto de arrasarlo todo, me puse en pie y, sin esperar a que él recogiese las cosas y me alcanzase, emprendí el regreso a toda velocidad.

No dije nada entonces ni lo hice durante todo el tiempo que duró nuestra caminata de vuelta al coche; ni siquiera cuando, al subirnos en él y ponernos en marcha, comprendí que la dirección tomada no era la del castillo, abrí la boca para preguntar a dónde íbamos o para qué.

Intentando olvidar ese momento, vuelvo al presente tomándome un tiempo para analizar su expresión y, al hacerlo, un inmenso alivio se expande por mi interior.

Llevo un buen rato inquieta, preguntándome si estaría enfadado por mi espantada. He buscado cualquier excusa decente para comenzar una conversación, pero no se me ocurría nada. Ahora, guiándome por la calidez que desprende su mirada, estoy segura de que mi preocupación era del todo infundada.

—Nunca había visto un sitio así —admito, intentando teñir mi voz de normalidad.

Una sonrisa que desborda sensualidad se abre paso en su rostro y un calor visceral me recorre por dentro desde el cuero cabelludo hasta las puntas de los dedos de los pies.

«¿Qué demonios tiene este hombre y cómo es posible que consiga provocar estas reacciones en la gente y más en concreto en mí solo por poner esa carita de niño bueno?», me pregunto incómoda aspirando con fuerza el aire helado que entra por la ventana.

Por suerte, pocos segundos después, Cameron detiene el coche y, sin mediar palabra, me bajo de un salto. Él hace lo propio observándome de reojo, disimulando una diversión que no consigue ocultar del todo.

—Ven, vamos —me pide, echando a andar hacia la recta en la que se agolpan la mayoría de los bares.

Lo sigo sin dejar de mirar hacia todos lados, las casitas, de cerca, son todavía más pintorescas y me siento una privilegiada por poder estar aquí.

Entramos en el segundo local. Una estructura pintada por completo de rosa chillón y cuyo interior no puede distar más de su aspecto externo.

Madera, todo a mi alrededor está construido en madera, más clara o más oscura, más fina o más gruesa, pero, al fin y al cabo, madera. Los suelos, las paredes, el techo y las grandes vigas que lo atraviesan, la barra que recorre uno de los laterales de lado a lado e incluso el pequeño escenario que preside el frente del local y en el que, en este momento, un cuarteto toca música escocesa, todo, todo en absoluto, es madera y el resultado es un ambiente hogareño y de lo más acogedor.

Bajo los dos escalones (por supuesto también de madera) que me separan del piso preguntándome cómo demonios vamos a encontrar aquí un hueco donde dejarnos caer, ya que el local está abarrotado no, lo siguiente, cuando de repente ante nosotros aparece un hombre ya entrado en años, de complexión fuerte, alegres ojos marrones y sonrisa medio desdentada que se funde con Cameron en un enérgico y efusivo abrazo al tiempo que estalla en unas sonoras carcajadas que destacan sobre el sonido de la música y el murmullo de la gente que se mueve a nuestro alrededor.

—¡Cam! ¡Qué alegría, benditos los ojos! —lo saluda, propinando varias palmadas en su espalda—. ¿Qué te trae por nuestra humilde morada?

—Tenemos una invitada y no podía dejar pasar la oportunidad de mostrarle el mejor garito de la isla —responde este, señalando en mi dirección.

—En ese caso, no hay duda de que has venido al sitio indicado —asegura el hombre, quien parece entusiasmado por tenernos aquí.

—Archie, te presento a Martina; Martina, este elemento que tienes delante es Archie, el dueño de uno de los mejores bares que visitarás en tu vida —comenta Cameron haciendo las presentaciones—. Aunque debo especificar que casi todo el mérito es de la deliciosa comida que prepara Greta, su encantadora mujer —añade, inclinándose hacia mí en gesto confidente, asegurándose, no obstante, de que su amigo escuche cada una de las palabras que acaba de pronunciar.

—¡Cameron McLum, sigues siendo el mismo sinvergüenza de siempre! —lo acusa Archie señalándolo con el dedo.

—¿Qué puedo decir? Nací sin ella —replica el aludido regodeándose.

Ambos se funden en un nuevo abrazo que desprende compañerismo y complicidad.

La camaradería que se muestran es genuina y el cariño se respira entre ellos como algo natural.

—Seguidme, os llevaré a vuestra mesa —nos indica Archie abriéndose paso entre la multitud.

Sin perder un segundo más, pues estamos entorpeciendo la entrada, Cameron echa a andar tras él y yo lo imito intentando no chocarme con nadie.

Son solo unos metros, pero no hemos avanzado más de veinte pasos y ya he perdido la cuenta de todas las veces que he tenido que decir «lo siento» y «perdón», hasta que por fin llegamos al fondo y giramos a la derecha para acceder a una mesa un poco apartada de las demás sobre la que descansa un cartelito indicando que está reservada.

—Poneos cómodos, enseguida os traigo algo de beber y comer —sugiere Archie, que se despide con una última palmada en el hombro de mi acompañante antes de alejarse a toda prisa.

Tal y como nos ha indicado Archie, tomamos asiento y me entretengo paseando la mirada alrededor.

No hay duda de que el sitio en el que estamos es un lugar privilegiado, el mejor de todo el local. De hecho, a pesar de que el lugar está lleno hasta los topes, este huequecito permite escapar de la sensación de agobio o claustrofobia que tanta gente junta puede llegar a provocar. Una situación estratégica, pues estás tan apartado como para que las voces del resto de los comensales no supongan un problema a la hora de hablar, pero lo suficientemente cerca como para poder apreciar la música del directo y el encanto del bar.

—Tenéis que ser muy amigos para que te haya colado de esta manera, cuando veníamos hacia aquí, algunas de las personas que aguardan turno en la barra me miraban como si quisiesen saltar sobre mí —murmuro, pues estoy muy asombrada de haber conseguido un lugar como este cuando hay tanta gente esperando en la cola y nosotros apenas acabamos de llegar.

—Llamé esta mañana desde la bodega para reservar una mesa, sin embargo, aunque no lo hubiese hecho, Archie nos habría dado prioridad igualmente —confiesa Cam.

—¿Y la gente no protesta? —cuestiono molesta.

—El bueno de Archie no se caracteriza por que le preocupe demasiado lo que la gente opine o deje de opinar. Además, tampoco es que haga estas excepciones con todo el mundo ni de manera habitual, es solo que para él y para Greta yo soy especial —alardea, guiñándome un ojo con pillería.

—Presumido —lo acuso poniendo los ojos en blanco.

—No es cierto, solo digo la verdad —se jacta.

—Una verdad de la que te encanta alardear —matizo.

—¿Y por qué más verdades crees tú que podría hacerlo? Aladear, quiero decir —susurra con voz sugerente, inclinándose un poco sobre la mesa mientras me mira fijamente a los ojos.

De nuevo, al igual que me ocurrió durante nuestro viaje en caballo, cientos de mariposas despliegan sus alas en mi estómago ante ese breve contacto visual y decido esquivar la pregunta y desviar la conversación a un tema más neutral.

—¿De qué os conocéis? —pregunto con curiosidad, tratando de que mi voz suene natural.

—Es un viejo amigo —dice sin entrar en detalles.

Justo entonces, Archie aparece de nuevo, deslizándose con soltura entre la gente y portando dos humeantes platos y unas jarras de cerveza que coloca delante de nosotros.

El olor que desprende la comida es delicioso y mis tripas comienzan a protestar reclamando un poco de atención.

—Disfrutadlo y no dudéis en avisarme si queréis más —anuncia el hombre antes de desaparecer de nuevo.

—¿Qué es? —pregunto con curiosidad mientras cojo un trozo de carne, me lo llevo a la boca y comienzo a saborearlo.

Está exquisito, el sabor es un poco intenso, pero, aun así, está buenísimo.

—Un plato típico de la zona —responde Cameron, dedicándome una sonrisa que al instante me hace desconfiar.

—¿Podrías ser un poco más específico? —insisto una vez he tragado antes de atreverme a meterme en la boca un nuevo bocado.

—¿Está bueno?

—Mucho —admito desconfiando cada vez más.

—Entonces come y deja de preguntar.

—Camerooonnn —advierto entrecerrando los ojos.

—Sabes que la única que me llama Cameron es mi madre, ¿verdad? Para el resto, soy solo Cam.

—Perfecto, «solo Cam» —ironizo—. ¿Serías tan amable de decirme qué es esto que me acabo de tragar?

—Está bien, si insistes... —comenta haciéndose el interesante—. Ese manjar con el que acabas de deleitarte es uno de los mejores haggis que tendrás la suerte de degustar jamás.

—¡Oh, Dios mío! ¡Oh, Dios mío! —murmuro sintiendo como el color se escapa de mis mejillas y una arcada asciende por mi garganta sin que pueda reprimirla—. ¿Eso es lo que está hecho con...? —pregunto al recordar alguna que otra conversación con Skye quien, por cierto, adora este plato.

—Vísceras de cordero —me interrumpe, observándome algo preocupado—. Martina, ¿te encuentras bien?

Una nueva arcada más fuerte que la anterior asciende por mi cuerpo al escucharlo y me apresuro a llevarme la jarra de cerveza a los labios en un intento por espantar las horrorosas ganas de vomitar que sacuden mi cuerpo.

No es que sea vegetariana ni nada por el estilo, como carne... Pero las vísceras, cualquier tipo de vísceras, me da igual como estén o dejen de estar preparadas... Eso ya es otro cantar.

Me dan tanto asco que ni siquiera soy capaz de tomarme un bocadillo de chorizo sin que al pensar que va embutido en tripa de cerdo me entren ganas de echar hasta la primera papilla que mi madre me dio.

Aspiro con fuerza y me concentro en el sabor de la bebida descendiendo por mi garganta para olvidar que acabo de comerme las tripas de un animal, cuando, de repente, la expresión de Cam muda de la preocupación a la frialdad.

—Vaya, vaya, McLum, veo que estás superándote a ti mismo y que ahora incluso a las mujeres les provocas ganas de potar —afirma con desprecio una fuerte voz a mi espalda.

Me giro para localizar al artífice de tan desagradable comentario y me encuentro con dos hombres que, a juzgar por el enorme parecido que comparten, a la fuerza deben de ser hermanos.

Ambos son altos, pelirrojos, con cuerpos bien definidos y piel de color canela. Incluso las facciones de sus duros rostros se asemejan bastante, a excepción del color de sus ojos. Uno de ellos, el que permanece un paso por delante, los tiene marrones; el otro, de un sorprendente y nada común gris oscuro.

De reojo, percibo cómo el cuerpo de Cameron tiembla de forma sutil y sus puños se cierran con tanta fuerza que sus nudillos comienzan a perder el color y blanquear.

—No soy yo el que le provoca ganas de vomitar, sino el apestoso olor a escoria que desprendéis vosotros al pasar —sisea sin molestarse lo más mínimo en disimular lo poco que le gusta este inesperado encuentro.

El de los ojos marrones cruje sus nudillos y hace el amago de adelantarse con aire amenazador un paso más, pero el que permanece en segundo plano lo agarra del brazo con firmeza impidiéndole avanzar.

No me gustan nada, ni ellos ni el ambiente que han generado al llegar, por ello espero que con un poco de suerte se vayan ya; pero, en lugar de eso, el primero se zafa del agarre que lo mantiene quieto y comienza a pasear su mirada entre nosotros dos a la vez que una sonrisa maliciosa, que no anticipa nada bueno, se forma en sus labios dando a su rostro un aire de lo más malintencionado.

—¿Y tú, bonita? ¿Puedo preguntarte cómo te llamas? —Sus ojos me recorren con lujuria de arriba abajo y la nueva arcada que asciende por mi garganta esta vez no llega provocada por el haggis, sino por la actitud de perdonavidas con la que el estúpido este me mira y me habla.

No sé quiénes son este par de imbéciles y no tengo ni idea de qué problema tienen con Cameron, pero de forma automática paso a formar parte de su bando.

—¿Quién lo pregunta? —replico con voz seca.

—Me llamo Angus Bain y este es mi hermano Arrán —afirma con orgullo, dedicándome una mueca de lo más engreída gracias a la que de inmediato me cae todavía peor.

Ignorando por completo el monumental cabreo que tiene Cameron, el tal Angus coge una silla de una mesa cercana sin molestarse en preguntarle a sus ocupantes si está libre o no y, antes de que nadie tenga tiempo de impedirlo, toma asiento a mi lado mientras Arrán, algo menos convencido, permanece de pie a su lado.

—Ahora que ya sabes quiénes somos, deberías decirnos tu nombre y darnos una explicación —sugiere aproximándose más a mí.

—¿Una explicación? —repito incrédula.

—Sí, necesito que me expliques qué hace una muñeca como tú perdiendo el tiempo con un mequetrefe como este —me espeta, señalando a Cam con un movimiento de cabeza mientras su pestilente aliento a alcohol me golpea en la cara haciéndome torcer el gesto y aguantar la respiración.

¿Muñeca? ¿En serio este atontado acaba de llamarme «muñeca»? No me gustan nada los conflictos, y suelo escapar de ellos como un pececillo escaparía de un tiburón, pero es que si hay algo que me guste menos que un conflicto, es un abusón y este imbécil lleva esa palabra escrita en la frente con letras de neón. Así que allá que voy...

—El único tiempo que he desperdiciado es el que ha transcurrido desde que vosotros os habéis acercado a esta mesa —le espeto mordaz provocándole una sonora carcajada.

Es obvio que lleva encima unas cuantas cervezas de más, y no lo digo solo por su voz pastosa y su mirada vidriosa, sino porque el simple hecho de tenerlo al lado me haría dar positivo en una prueba de alcohol sin haberlo siquiera probado.

No está borracho, no hasta el punto de no saber lo que dice, sin embargo, es obvio que se mueve en ese limbo en el que el instinto de supervivencia es sustituido por la estupidez, solo así se explica que continúe sentado en nuestra mesa soltando una gilipollez tras otra cuando resulta evidente que Cameron está haciendo un esfuerzo sobrehumano para contener las ganas de saltar sobre la mesa y abalanzarse sobre él.

—Vaya, vaya. Cuidado, McLum, la extranjera tiene más huevos que tú —asegura, demostrando no tener ni una pizca de amor por su integridad física.

—Si quieres conservar los tuyos, te recomiendo que te largues, no vaya a ser que te los corte y me haga con ellos una tortilla para desayunar —afirma Cam destilando ira por cada poro de su piel.

—Cuidado, McLum, que hoy no tienes aquí a tu lacayo para cubrirte las espaldas —lo amenaza Angus.

—Ni falta que me hace, contigo me basto yo solito y con una mano atada a la espalda —replica Cam inclinándose hacia delante cada vez más alterado.

—No me hagas reír, ¿tú y cuántos más? —se carcajea el hombre sentado a mi lado pasando un brazo sobre mis hombros para aproximarme más a él al mismo tiempo que todo mi cuerpo se envara intentando poner distancia.

—No la toques —murmura entre dientes Cameron, levantándose de golpe de forma que la silla sale despedida hacia atrás. Estoy segura de que ahora sí va a abalanzarse sobre el tipo que me mantiene sujeta, pero la mirada de advertencia que le dedico haciéndole entender que ni se le ocurra acercarse lo hace detenerse en seco algo desconcertado.

¡Vamos, hombre, era lo que me faltaba! Ni yo soy una damisela en apuros ni necesito un caballero andante que venga a defender mi honor.

—¿O qué? —lo provoca Angus, ajeno a nuestro intercambio de miradas.

—O del guantazo que te voy a dar se te va a bajar de golpe todo el subidón —intervengo en tono desafiante sin amilanarme ni un poquito.

—Vamos, Angus, aquí no pintamos nada, no merece la pena perder el tiempo con gentuza como esta —dice su hermano abriendo la boca por primera vez desde que llegaron, mientras pone una mano sobre su hombro para llamar su atención.

Por un momento, creo que va a levantarse para largarse de aquí, pero al final cambia de idea y, sacudiéndose la mano de su hermano con un movimiento brusco, clava sus dilatadas pupilas en mí.

—Cuidado, princesita, te estás equivocando de cuento, puede que estés acostumbrada a tratar con gatitos, pero ahora estás con un león —me amenaza.

—Ten cuidado tú que los cuentos han cambiado y las princesitas como yo a los leoncitos como tú nos los zampamos de un bocado —aseguro con firmeza alzando el mentón.

—Si quieres darme un bocado, estoy dispuesto a dejarme, todo sea porque pruebes a qué sabe un hombre de verdad —se jacta.

—Gracias, pero la carne podrida no me va —le espeto con seguridad poniendo cara de asco.

Siento el momento exacto en que su autocontrol se esfuma y su cuerpo comienza a temblar junto al mío, pero, lejos de asustarme o apartarme, me enderezo en la silla todavía más.

Angus, iracundo al ver que nada de lo que dice y hace me afecta, me fulmina con la mirada dispuesto a ponerme en mi lugar, pero Arrán se adelanta pegándole un fuerte tirón del brazo para hacerlo reaccionar.

—He dicho que nos vamos, no pienso montar un escándalo delante de todo el mundo, y mucho menos por una basura como él —asegura, señalando a Cam con gesto despectivo.

Angus fija sus ojos en los míos durante unos segundos más, pero, por suerte, esta vez entiende que no le queda más remedio que obedecer, así que, empujando la silla hacia atrás, se levanta para unirse a su hermano y, aunque lo hace despacio y de mala gana, se deja arrastrar fuera del bar.

—¿Vas a contarme de qué conoces a esos dos energúmenos? —pregunto cuando un rato después llegamos al castillo y aparcamos en la parte trasera del jardín.

—Es una larga historia y estarás cansada. —Suspira apretándose el puente de la nariz con el índice y el pulgar.

—No tanto como para no querer saber de qué iba todo eso del bar —respondo con los brazos cruzados sobre el pecho para darle a entender que no pienso poner un pie fuera del coche hasta que no conteste a lo que le acabo de preguntar.

Sé que no soy nadie para exigir explicaciones, pero teniendo en cuenta el mal rato que he vivido por culpa de esos dos elementos y la forma en que su carácter cambió desde el preciso instante en que aparecieron, creo que por lo menos alguna información me debería dar.

—Puedes confiar en mí —susurro, buscando sus ojos con los míos al percatarme de su indecisión.

—Lo sé —afirma momentos después en el mismo tono de voz.

El silencio se apropia del espacio que nos rodea hasta que su voz se abre paso a través de él.

—El padre de Arrán y Angus fue, durante muchos años, uno de los mejores amigos de mi padre y también su socio, por lo que hubo una época en la que nosotros nos llevábamos fenomenal y pasábamos gran parte del tiempo juntos.

—Vaya, eso sí que no me lo esperaba —lo interrumpo.

—Lo imagino. —Una triste sonrisa se dibuja en su cara y espero con paciencia a que decida continuar—. Todo parecía ir bien hasta que, cuando su esposa murió, el señor Bain comenzó a abusar de determinadas sustancias para combatir el dolor —murmura buceando en su pasado—. Al principio, lo hacía de vez en cuando; después, comenzó a suceder de manera más habitual y, al final, ya casi ni se molestaba en disimular.

Hace una pausa e inhala aire con fuerza para continuar.

—Mis padres, que sentían mucho aprecio por él y su familia, intentaron ayudarlo, pero él no se dejaba —recuerda apenado.

—Esas situaciones sacan lo peor de las personas —comento con aflicción.

—Empezó a despreciar a mi padre hablando mal de él. Se inventaba cosas que no eran ciertas para intentar desprestigiarlo y, aunque siempre le había tenido cierta envidia, cuando comenzó a descontrolarse, la cosa se volvió insoportable.

—Menuda faena —comento.

—Pues sí, pero lo peor fue que, además de todo eso, comenzó a tener ciertas actitudes inapropiadas con mi madre.

Abro la boca cada vez más sorprendida del camino que va tomando la explicación y me llevo una mano a los labios al sospechar lo que viene a continuación.

—Al principio, ella intentó restarle importancia; al igual que mi padre, lo achacaba al dolor causado por la muerte de su esposa y quiso ayudarlo, aconsejándole que dejase aquello que le hacía daño y estaba comenzando a destruirlo, pero él, lejos de hacer aquello que le aconsejaban todos los que se preocupaban por él, empezó a consumir todavía más y, según aumentaba el consumo, lo hacía también su obsesión por ella. —Sus palabras rezuman una mezcla de rabia y tristeza y lo siento infinitamente por él—. Hasta que un buen día el señor Bain perdió del todo los papeles y se propasó.

—¿Le hizo algo a tu madre? —murmuro conteniendo la respiración, horrorizada ante su posible respuesta.

—Lo intentó; por suerte, mi madre consiguió detenerlo y, con la ayuda de Bonnie, que estaba en casa en ese momento, lo echó, pero, como es evidente, cuando mi padre se enteró, rompió todo lazo con él, incluida la sociedad que tenían en común que se dividió al cincuenta por ciento quedándose cada uno con una parte de la cartera de clientes y las acciones.

—Menudo follón —anoto.

—No te lo imaginas bien. Sobre todo porque el señor Bain, lejos de admitir su error, comenzó a culpar a mi madre de haberlo provocado y acusó a mi padre de haberse aprovechado en el reparto.

—Madre mía —musito incapaz de imaginar cómo tuvieron que vivir semejante situación.

—Al principio, intenté mantener la relación con Arrán y Angus haciéndoles ver que nada de lo ocurrido entre nuestros padres tenía por qué influir en nuestra amistad. Pero el señor Bain se encargó de envenenarlos, se pasaba el día malmetiendo, culpándonos de todos sus males, y ellos decidieron alejarse de nosotros y creer una versión que distaba mucho de la realidad.

—En cierto modo es comprensible, era su padre —susurro intentando ponerme en su lugar.

—Lo sé y, si todo se hubiese quedado ahí, podría haberlo dejado pasar —me asegura Cam con el dolor dibujado en su rostro—. Pero, por desgracia, no fue así.

Un nuevo silencio se cuela entre nosotros y coloco mi mano sobre su brazo; lo aprieto con suavidad para animarlo a continuar.

—El señor Bain entró en una espiral de autodestrucción que llevó a su empresa al borde de la ruina y, en lugar de centrarse en salvar lo que por derecho le pertenecía, centró todas sus energías en intentar destruirnos a nosotros también. —Las palabras mueren en sus labios y, durante un rato, su mente vaga por unos recuerdos demasiado cercanos y lejanos a la vez.

—Al final —prosigue—, hace unos años, tras la muerte de su padre, Arrán y Angus tomaron el control de una empresa en ruinas que consiguieron reflotar gracias a la herencia de su madre y a la venta de casi todo su patrimonio familiar.

—Me alegro por ellos —aseguro con sinceridad.

—Yo también lo haría si no fuese porque desde entonces se dedican a intentar robarnos acuerdos y clientes con malas artes y técnicas que distan mucho de cualquier ética profesional.

—Visto lo visto en el bar, no puedo decir que me extrañe, la verdad —comento.

—Ni a ti ni a nadie, pero, como podrás imaginar, eso ha conseguido que nuestra relación, ya mala de antes, se convierta en una olla a presión a punto de explotar. Son mala gente, muy mala gente y, como has podido comprobar, cada vez que nos encontramos, lo cual por suerte casi nunca sucede, se las arreglan para llevar al límite mi autocontrol y cabrearme para hacerme saltar.

—Pero lo conseguiste. Te controlaste y no les seguiste el juego —replico.

—A duras penas —rebate.

—Puede, pero lo hiciste —me reafirmo.

Sus ojos muestran todo el agradecimiento que no expresan sus palabras al posarse sobre mí.

—Siento que el día haya terminado así —murmura aproximándose un poco más, de tal forma que la distancia se reduce y el espacio que nos separa se me antoja inexistente e insignificante.

Estamos tan cerca, tan tan cerca que cada célula de mi cuerpo se altera, ridículamente consciente de repente del aroma a cítrico y madera que desprende su piel, de las motitas doradas que salpican la parte interior de esas increíbles pupilas verdes que me atraviesan con intensidad colándose hasta lo más profundo de mi ser, e incluso de la forma en que su respiración se acelera en el momento exacto en que sus dedos se aproximan lentos, muy lentos, con cautela, hasta posarse sobre mi mejilla para deslizar una suave caricia sobre mi piel.

—Martina, yo... —murmura a la vez que su mirada se oscurece por el mismo deseo que yo siento nacer muy dentro de mi ser.

Me falta el aire, el oxígeno parece haberse vuelto compacto e irrespirable convirtiendo mi respiración en una melodía desacompasada y embotando mis sentidos.

Estoy confusa, dividida entre dos realidades opuestas que luchan por ganar mi voluntad. Una parte de mí, la más cuerda, quiere abrir la puerta, escapar, correr, salir.

La otra, más inconsciente, me exige que me quede donde estoy, sin apartarme ni un milímetro de este cuerpo que, ya sin tocarme, consigue hacerme estremecer.

Un limbo de sensaciones que se vuelven palpables a la vez que el espacio entre su cuerpo y el mío se reduce todavía más. Los dos contenemos el aliento, presas de un anhelo y una anticipación casi dolorosa que hace burbujear mi sangre y que estalla en forma de descarga eléctrica en el instante en que, al fin, sus labios se posan sobre los míos con suavidad y determinación.

Un solo roce, una sola caricia y es suficiente para tambalear mi mundo y acelerarme el corazón.

La intensidad de lo que él despierta en mí me consume, siento que me ahogo y entonces, como una sirena alertando del peligro o una alarma que te arranca de un sueño avisándote de que es hora de despertar... Su móvil comienza a sonar en medio de los dos evitando por segunda vez en lo que va de día que ocurra algo para lo que mucho me temo que no habría vuelta atrás.

Sobresaltados, nos apartamos como si el otro fuese fuego y ambos estuviésemos a punto de arder.

Nervioso, Cam se pasa una mano por el pelo mientras con la otra acepta la llamada al ver el número de su hermana en la pantalla, mientras yo inspiro con fuerza y hago lo único que se me ocurre hacer.

Correr. Correr en busca de un refugio en el que poder esconderme y protegerme, a pesar de que algo me dice que, por mucho que lo intente, por muchas veces que huya, no podré escapar de lo que empiezo a sentir por él.

Capítulo 12

Y de buena mañana... un tercer grado

Cameron

—Necesitamos una presentación perfecta y sin fisuras si queremos firmar el contrato con IG esta semana, y creedme cuando os digo que *quiero, deseo y necesito* firmar ese contrato —aseguro paseando la mirada por los rostros de las cinco personas que conforman mi maravilloso equipo de *marketing*—. Así que espero unas propuestas originales y convincentes a las que sea imposible resistirse, y dignas de los grandes profesionales que sé que sois, listas para mañana por la mañana —añado con tono serio dando la reunión por finalizada, y comienzo a meter los papeles en mi carpeta mientras ellos se levantan para abandonar la sala.

Confío en mi equipo y estoy seguro de que no me van a fallar, pero, aun así, estoy más alterado e inquieto de lo normal. Este contrato es de vital importancia para la empresa, ya que nos permitirá llegar a un mercado mucho más extenso y a la vez selecto del que hemos alcanzado ya. Por eso mismo tendría que estar centrado, con toda mi atención puesta en el acuerdo y, en lugar de ello, una parte de mí se dispersa y no consigue enfocarse al cien por cien en lo que se tiene que focalizar.

Apenas me quedo solo, unos golpecitos en la puerta piden permiso para entrar. Elevo la vista de los informes que tengo entre las manos, y que más tarde volveré a revisar, y me encuentro con Malcom que espera sonriente a que le dé permiso para pasar.

—¿Qué haces por aquí? —pregunto sorprendido alzando las cejas—. No sabía que ibas a bajar a la ciudad.

—Fue improvisado, tenía que hacer unos recados —responde, señalando con la cabeza las bolsas que sostiene entre las manos.

—¿Café? —ofrezco y me acerco a la cafetera de la sala de reuniones.

—Siempre, y doble si puede ser —responde, aproximándose para tomar asiento en una silla.

Sirvo dos vasos y le tiendo el suyo segundos antes de dejarme caer a su lado.

—¿Cuántos llevas tú hoy? —se interesa. Lo veo aspirar el olor que desprende la bebida antes de darle un largo sorbo.

—Este es el segundo, ¿por? —Lo observo sorprendido.

—Porque he estado observándote un rato durante la reunión y parecías un pelín acelerado.

—¿Acelerado? —repito.

—Tanto como si te hubiesen metido un petardo por el culo y estuvieses a punto de salir volando —especifica con sorna, por si no me había quedado claro.

Suspiro y hundo un poco los hombros, contrariado por que se note tanto mi estado.

—Pasado mañana tenemos la presentación con IG, la empresa americana de productos *gourmet* con la que quiero asociarme y estoy un poco tenso —reconozco.

—Has preparado ese contrato al dedillo, sabes que tienes el trato más que asegurado —comenta.

—Lo sé, pero tampoco soy tan ingenuo como para pensar que somos su única opción. Seguro que están valorando otras alternativas —afirmo con rotundidad.

—No te agobies, tu equipo es buenísimo y el producto que les ofreces, todavía mejor; serían idiotas si no aceptasen tus condiciones —me anima.

—Y lo dices tú que eres el colmo de la objetividad... — Sonrío agradecido por el apoyo.

—Soy el primero en darte caña cuando hace falta y lo sabes... Así que tranquilo, te repito que todo va a salir a pedir de boca y dentro de poco estaremos celebrándolo.

—Confío en que sí, pero estamos hablando de un contrato millonario, sería inhumano no sentir algo de presión. Además, gracias a ese contrato podremos exportar el *whisky* de mi producción personal, y eso lo vuelve todo mucho más importante para mí.

—Tú estás acostumbrado a lidiar con estas cosas —le resta importancia.

—Eso no implica que no me ponga nervioso al hacerlo —rebato.

—Ya... —murmura él contemplándome con perspicacia.

—Ya, ¿qué? —repito frunciendo el ceño.

—¿Estás seguro de que esa reunión es lo único que te tiene, digamos... alterado? —cuestiona con voz jocosa.

—No te sigo —afirmo removiéndome en la silla.

—Oh, sí, me sigues la mar de bien —se jacta—. ¿No tendrá cierta española algo que ver con tu estado?

—No sé ni cómo ni por qué has llegado a esa conclusión —refuto algo molesto por resultar tan transparente para él.

¡Por supuesto que Martina tiene algo que ver con que mis nervios estén a flor de piel! ¿Cómo no iban a estarlo después del día que pasamos ayer? ¡Lo que me jode es que sea tan evidente como para que Malcom, que apenas ha estado conmigo unos minutos durante el desayuno, lo haya notado!

—Veamos, veamos... —Finge que piensa poniendo cara de circunstancias y golpeándose con el índice el mentón—. ¿Quizás porque ayer pasaste todo el día con ella?

—Sabes de sobra que Skye me obligó —me defiendo cruzando los brazos sobre el pecho. Siento como si esta sala fuese un tribunal y el cabronazo de mi amigo el fiscal que me somete a un tercer grado.

—Eso no es del todo cierto, tu hermana te pidió que la llevases a visitar la zona de Fairy Pools.

—Y eso fue lo que hicimos —le recuerdo.

—Ya, ¿y qué más? Porque, hasta donde yo sé, a la hora de la cena todavía no habíais vuelto.

—Fuimos a Portree, imaginé que le gustaría ese lugar y, ya que estábamos, la llevé al local de Archie —admito a regañadientes—. Lo cual, por cierto, no fue una buena idea porque, al poco de llegar, tuvimos un encuentro bastante desagradable con los hermanos Bain.

—Oh, oh —murmura él abriendo los ojos de par en par—. ¿Cómo fue de mal?

—Podría haber sido peor, pero Martina les plantó cara —afirmo, esbozando una sonrisa al recordar cómo puso a Angus en su lugar.

—Bien por ella —asiente Malcom, levantando el vaso del café en señal de brindis—. Y todo un detalle por tu parte alargar la excursión para llevarla a cenar, sobre todo, al bar de Archie, ya que los dos sabemos que ese hombre es como de la familia y que tú no le presentas a cualquiera —añade burlón y alza las cejas repetidas veces.

Tiene razón, Archie es un buen amigo desde hace años y su local es una especie de refugio para mí, por lo que solo llevo a personas de mucha confianza allí, pero, por mucho que haya acertado, ni de coña pienso reconocerlo tan rápidamente.

—Eso no significa nada —opongo obcecado.

—Puede que no —admite encogiéndose de hombros—. Si no fuese porque cada vez que la ves, te la comes con la mirada —añade con regodeo.

—¡No me la como con la mirada! —repito alzando algo la voz.

—¡Claro que lo haces! ¡Y también la desnudas con los ojos! —rebate el muy desgraciado que se lo está pasando pipa a mi costa.

Ofuscado, suelto un bufido y pongo los ojos en blanco.

—A mí no puedes engañarme, amigo, te conozco demasiado bien —me suelta muy pagado de sí mismo—. Es más, me atrevería a jurar que nunca te había visto mirar a nadie con tanta intensidad como a ella. Ni siquiera a Lorna.

Achico los ojos, molesto al escuchar el nombre de mi exnovia. Por suerte, su historia es agua pasada y pensar en ella hace tiempo que ha dejado de doler, pero, a pesar de ello, nunca me resulta agradable recordar ese capítulo que hace tiempo cerré.

—Eso es porque me pone de los nervios —murmuro.

—¿Nervios buenos o nervios malos? —insiste.

Durante unos segundos, lo estudio con atención, sopesando si seguir empecinado en negar lo que para él parece evidente o decirle la verdad, hasta que al final, soltando un suspiro, termino por ceder.

—De ambos —confieso con aire lastimero.

Malcom siempre ha estado conmigo, en los momentos más felices de mi vida y también en los peores; es como un hermano para mí y me conoce como tal, por eso sé que es una pérdida de tiempo ocultarle algo de lo que me ocurre o disimular.

—Martina es una prueba constante, parece disfrutar desquiciándome y llevándome al límite, pero, al mismo tiempo, despierta una parte dulce y tierna de mí —admito—. Y cuando la toco... Solo con rozar sus labios o acariciar su piel, siento cómo mi cuerpo entra en ebullición, mi corazón se desboca y se me acelera la respiración.

Lo suelto todo del tirón porque, puestos a confesar, prefiero confesarlo todo; además, en el fondo es un alivio poder comentarlo y, si tengo que abrirme en canal con alguien, no se me ocurre nadie mejor que Malcom.

—Amigo, estás bien jodido —anuncia mi amigo echándose a reír.

—Gracias por el apoyo y la comprensión —siseo entre dientes fulminándolo con la mirada.

—Perdón, perdón —se disculpa alzando ambas manos mientras trata de contener la risa—. ¿En qué punto estáis? Quiero decir..., ¿qué fue lo que pasó entre vosotros dos? Porque para tenerte así, es evidente que algo pasó.

—Nos dimos un beso.

—Un beso y... —Hace un gesto con la mano para que siga hablando.

—Y Skye nos interrumpió —digo bastante molesto al recordar la intromisión.

Una carcajada mana de su pecho.

—Desde luego, tu hermana tiene el don de la oportunidad.

—No te haces una idea —resoplo recordando que, en realidad, no fue una vez, sino dos.

—¿Y después?

—Después, nada porque, en cuanto descolgué el teléfono, ella salió del coche como una bala.

—¿Y no has vuelto a hablar con ella? —pregunta incrédulo.

—¡Claro que no! Como comprenderás, después de irse de esa forma, no me pareció apropiado plantarme anoche en su habitación, y te recuerdo que ni ella ni mi hermana bajaron esta mañana mientras desayunábamos en el comedor.

—Sabes que existe algo llamado «teléfono», ¿verdad? —me vacila moviendo el suyo delante de mi cara—. Por si no te habías enterado, sirve para hablar con la gente, aunque no esté delante.

—Pensé en llamarla, pero no quiero parecer ansioso ni un desesperado.

—No, claro... Es mucho mejor que piense que el beso de ayer te importó una mierda —contesta, suspirando como si lo que acabo de decir fuese la mayor tontería que ha escuchado jamás.

Durante unos momentos, analizo sus palabras y dudo. ¿Y si tiene razón? ¿Y si en mi afán de darle algo de espacio se está haciendo una idea errónea de lo que ocurrió? La verdad es que llevo todo el día muriéndome de ganas de hablar con ella, de volver a verla... Y si no lo he hecho hasta ahora, ha sido porque no la quiero agobiar, ni parecer insistente, ni mucho menos, tal y como acabo de decirle a Malcom, un desesperado.

—¿De verdad crees que es una buena idea llamarla? —cuestiono todavía algo indeciso.

—Creo que la mala idea sería no hacerlo —ratifica

mi amigo con un guiño de ojo mientras se levanta de la silla, dispuesto a marcharse ahora que ya me ha sonsacado todo lo que había venido a averiguar.

—Malcom —lo llamo mientras se encamina hacia la puerta.

—Dime. —Se vuelve para mirarme.

—De todo esto ni una palabra a mi hermana. Con lo que quiere a Martina, si se entera de que ha surgido algo entre nosotros, es muy capaz de fijarnos una fecha de boda y organizarla a nuestras espaldas.

—Tranquilo, hermano, sabes de sobra que mi boca está sellada —asegura y me dedica una sincera sonrisa antes de irse, dejándome otra vez solo y todavía más nervioso de lo que ya estaba antes de su aparición.

Han pasado algo más de dos horas desde que el cotilla de mi amigo se fue, más de ciento veinte minutos durante los que he cogido y soltado el móvil un número incontable de veces, indeciso entre si llamarla o no. Quiero hacerlo, pero no termino de decidirme a dar el paso.

«¡Joder! ¡Parezco un puñetero quinceañero inseguro y hormonado!», pienso revolviéndome frustrado el pelo con ambas manos.

Por enésima vez, sopeso los pros y los contras echando mano de mi lado más práctico y racional y, tras darle muchas vueltas, decido optar por la opción más segura (y también más gallina, por qué no decirlo) para tener un poco más de margen de reacción.

Nervioso y con el corazón golpeando con fuerza

contra mi pecho, cojo el móvil, desbloqueo la pantalla y busco su número entre los contactos de WhatsApp.

Escribo, borro y vuelvo a escribir el mensaje cuarenta y cinco veces, como si en lugar de un simple saludo estuviese redactando un tratado internacional, y al final me decido por un práctico y socorrido...

Hola, ¿qué tal tu día?

En cuanto le doy a la tecla de enviar, mi cabeza comienza a buscar todos los motivos por los que lo que acabo de hacer es una idea pésima.

¡Es la mejor amiga de mi hermana, joder! Y, además, solo va a quedarse unas semanas.

Sin embargo, por mucho que intento convencerme esgrimiendo una elaborada argumentación, ninguna de esas razones tiene el peso suficiente como para que pueda arrepentirme de lo que pasó o de lo que pueda llegar a pasar... Si es que pasa algo, porque, ¿y si ella no quiere? ¿Y si tiene novio? La idea se cuela de repente en medio de mis pensamientos recordándome que, en realidad, nunca hemos hablado de ese tema.

Una oleada de celos del todo irracional (sobre todo porque nunca he sido celoso ni me gusta la gente que lo es) me sacude con fuerza y, moviendo impetuoso la cabeza, la desecho de inmediato, al igual que desecho tal posibilidad.

Con todo lo que me ha hablado de ella, si tuviese novio, Skye lo habría comentado en alguna ocasión.

Algo más tranquilo, contengo la respiración con la vista clavada en la pantalla mientras enumero mentalmente los múltiples motivos que pueden llevarla a no contestar sin que eso signifique que pasa olímpicamente de mí.

Porque vale que nuestros primeros encuentros fueron... algo difíciles, pero estoy bastante seguro de que eso ya cambió para los dos, ¿o no?

A lo mejor no tiene el móvil cerca, o ha salido sin él, o quizás lo tiene en silencio y no se entera, o...

¡Mierda, está en línea! Ya no tengo excusas, la suerte está echada, solo espero que la fortuna esté de mi parte esta vez...

Capítulo 13

La aurora boreal

Martina

Hoy me levanté tardísimo, es lo que pasa cuando te tiras la noche entera pensando en cierto *highlander* y en cierto beso que no te permiten conciliar el sueño ni mucho menos dormir.

Debían de ser cerca de las cuatro de la madrugada la última vez que miré la hora y ahí estaba yo, despejada por completo y con los ojos abiertos de par en par. Vamos, que para ser un búho solo me faltaba ulular.

¿Lo bueno de eso? Que cuando por fin conseguí poner un pie fuera de la cama y bajé a desayunar, hacía horas que Cameron debía de haberse marchado ya.

Que no es que no quiera verlo, todo lo contrario, el problema es que las sensaciones que despierta en mí son demasiado intensas y difíciles de asimilar.

Todavía me queman los labios por el beso que me dio ayer, y entre eso y mis dos huidas fuera de lugar... resulta que ahora no sé cómo demonios actuar con él.

Creo que, de habérmelo encontrado en el comedor, me habría puesto más roja que la mermelada de fresa que Bonnie prepara para las tostadas, por eso me alegro de haber podido retrasar ese momento, aunque sea solo un poquito más.

El resto del día no estuvo mal. Una vez terminé el desayuno, le mandé un mensaje a Skye, pero, como no contestó, deduje que seguiría durmiendo y, para no despertarla, me acerqué hasta las cuadras.

Malcom estaba con los caballos y me dejó echarle una mano (o estorbarlo un rato, según se quiera mirar), pero gracias a eso estuve entretenida hasta la hora de comer y ya se sabe que estar ocupado es lo mejor para no pensar. Además, tengo que reconocer que Malcom es un chico la mar de majo, todo un descubrimiento, y me gusta mucho pasar el tiempo con él.

A la hora de comer fuimos juntos hasta la cocina y compartimos mesa con Bonnie quien, pizpireta como ella sola, se dedicó a sacarle los colores a su hijo, contándome anécdotas de cuando los tres amigos eran pequeños y dándome más de un argumento para reírme un buen rato de él.

Después de comer, tras mucho insistir a Bonnie para que me permitiese ayudarla a lavar los platos, al final cedió. Estuvimos un rato en la cocina y, al terminar, decidí subir a la habitación de Skye.

Por suerte, mi amiga estaba más recuperada y, como ya se encontraba mucho mejor, pasamos la tarde juntas viendo pelis de esas de llorar a moco tendido (son sus preferidas y podría verlas sin parar) y acompañadas además de Musgo, el adorable cachorro al que estuve a punto de atropellar que, acostado sobre la cama, estaba encantado de recibir tantos mimos y atenciones a cuatro manos.

Le conté cómo fue la visita a la fábrica y la muy

capulla se lo pasó pipa a mi costa por el «cariñoso» apodo con el que bauticé a Juls y la forma en que la describí.

También estuvimos largo rato comentando la belleza de Fairy Pools, momento que mi amiga aprovechó para enseñarme fotos que ella misma ha ido tomando a lo largo de los años de ese místico y mágico lugar.

Por último, le conté que habíamos estado en Portree visitando el bar de Archie y le expliqué con todo lujo de detalles nuestro encontronazo con los hermanos Bain. El disgusto que se reflejaba en su cara mientras me escuchaba me dejó claro que soporta tan poco como Cameron a esos dos.

Seguimos charlando durante varias horas más sin parar, pero en el tiempo que duró la conversación me cuidé muy mucho de omitir cualquier detalle que pudiese sugerir algún tipo de acercamiento entre su hermano y yo.

Después, la dejé descansando y, cuando llegué a mi habitación, se me antojó darme un buen baño y descansar un rato porque, a pesar de que mi día no fue nada ajetreado, al no haber pegado ojo estaba agotada.

Y justo así es como estoy ahora, recién salida de la ducha, envuelta en una suave toalla y tirada sobre el edredón, relajándome la mar de a gustito... cuando mi móvil empieza a vibrar.

Lo cojo y, al desbloquear la pantalla, descubro que es un mensaje de WhatsApp de... ¿Cameron? ¡Cameron!

De inmediato, me incorporo en la cama y, al mismo tiempo que mi corazón comienza a acelerarse, reviso el número como una imbécil para asegurarme de que es el suyo y no he leído mal.

Cameron:
Hola, ¿qué tal tu día?

Si fuese sincera, lo justo sería decirle que me lo he pasado pensando en él, pero como no voy a serlo, lo leo y lo releo varias veces limitándome a responder.

Martina:
Bien, pasando el tiempo con tu hermana. ¿Y el tuyo?

Contengo la respiración mientras aguardo su respuesta, que no se hace esperar.

Cameron
Mucho más aburrido que el de ayer... Se me ha hecho raro no tener cerca a cierta turista que disfruta haciendo peligrar mi integridad personal...

Su respuesta me hace sonreír como una imbécil.

Martina:
¡Eres un poco quejica y bastante exagerado! ¡La primera vez ni siquiera te rocé con el coche y la segunda solo fue un poco de chocolate!

Cameron:
¡Chocolate caliente! ¡Muyyyy caliente!

Responde. El comentario me hace negar con la cabeza y reír a carcajadas.

Martina:
Además..., ¿nunca te han dicho que el riesgo y el peligro son la sal de la vida?

Cameron:
¿Y a ti nunca te han dicho que la sal provoca hipertensión?

Martina:
Pero da sabor.

Cameron:
El azúcar también y es mucho más agradable al paladar.

Martina:
Pero provoca diabetes.

Cameron:
En resumen, que, de una manera u otra, tenerte cerca siempre va a ser un riesgo para mi salud física y mental. (Guiño de ojo)

Su comentario hace que mis mejillas se sonrojen. ¿Me lo parece a mí o está tonteando conmigo? Exaltada y emocionada, decido seguirle el juego.

Martina:
Sin riesgo, la vida sería sosa y aburrida. (Carita sonriente)

Cameron:
Pues para que veas que estoy dispuesto a correr el riesgo de poner mi vida en juego por tercera vez, ¿te apetece salir conmigo hoy?

Contengo el oxígeno en los pulmones sin atreverme a responder.
¿Me está pidiendo una cita? ¿Estoy malinterpretando algo o lo estoy entendiendo bien?

Martina:
¿Ahora?

Cameron:
Te espero a media noche en la puerta principal.
¿Vendrás?

Martina:
A media noche lo sabrás.

Cameron:
Allí estaré. (Guiño de ojo)

Martina:
Por cierto, ¿a dónde pretendes llevarme?

Cameron:
Es una sorpresa.

Martina:
No me gustan las sorpresas.

Cameron:
Te aseguro que esta te va a encantar.

Martina:
No sé si fiarme. No me dejarás de nuevo tirada
en medio de la nada, ¿verdad?

Bromeo haciendo referencia al primer día que
nos conocimos.

Cameron:
Mucho me temo, española, que para descubrir-
lo tendrás que arriesgarte.

Martina:
¿Me estás retando, Cameron McLum?

Cameron:
¿Funciona, Martina Rodríguez?

Martina:
Quizás...

Contesto dando por terminada la conversación y, tan ilusionada como una niña pequeña la mañana de Navidad, suelto el móvil y me dejo caer de nuevo en la cama.

No obstante, apenas apoyo la cabeza en la almohada el móvil vuelve a vibrar. Con una sonrisa bobalicona dibujada en el rostro, lo cojo y deslizo el dedo por la pantalla, segura de encontrar un nuevo mensaje de Cam, pero esta vez no se trata de él, sino de su hermana.

Skye:
Estoy harta de estar en cama, hoy nos vamos de farra.

Oh, oh, mierda.

Martina:
No creo que sea buena idea, sigues estando mala.

Skye:
Estoy en plena forma, lo único que me está poniendo enferma es estar encerrada en esta habitación.

Martina:
Eres un culo inquieto.

Skye:
Ni que eso fuese una novedad.

Martina:
Ayer estabas ardiendo de fiebre y esta mañana todavía tenías décimas.

Skye:
Tú misma lo has dicho: «Ayer»; eso es pasado. En este momento, me encuentro genial.

Martina:
No pienso secundar tus locuras.

Skye:
Eres una aguafiestas. (Carita triste)

Martina:
Soy coherente, que es muy diferente.

Skye:
Para el caso, me da lo mismo que lo mismo me da. Pero está bien, ya que insistes en que nos quedemos aquí, podemos echar abajo unas partiditas de billar, todavía no has visto la sala de juegos del castillo.

Martina:
No me apetece demasiado...

Skye:
¿Y una peli?

Martina:
¿Otra más?

Skye:
Está biennn, elige tú el plan, pero que sepas que te estás volviendo una tiquismiquis.

Me muerdo el labio, nerviosa y algo disgustada. Entre nosotras nunca ha habido secretos y no me hace gracia ocultarle nada, pero confesarle que he quedado con su hermano definitivamente no es una opción.

Ni siquiera estoy segura de que esto sea una cita o de qué nombre poner a lo que sea que está surgiendo entre los dos y, conociéndola como la conozco, no me cabe ninguna duda de que, si supiese que vamos a salir juntos, sacaría las cosas de contexto, comenzaría a hacerse ilusiones, a montarse películas... ¡No, ni de coña puede enterarse! ¡De eso ni hablar!

Martina:
La verdad es que tengo sueño, lo único que me apetece es acostarme pronto y descansar.

Skye:
No puedes estar hablando en serio.

Martina:
Muy en serio.

Skye:
¿De verdad me vas a dejar sola y abandonada?

Martina:
Dudo que puedas usar ese término durmiendo en la habitación de al lado.

Skye:
¿Ni una peli cortita?

Y dale...

Martina:
Me temo que no.

Skye:
¿Ni un capítulo de Netflix?

Martina:
No insistas, Skye.

Skye:
Pues menudo bajón. (Carita triste) ¡Dormir!
¡Solo tú podrías desperdiciar tus vacaciones así!

Martina:
Yo y cualquier persona normal.

Skye:
Bufff, que sepas que ahora mismo me caes fatal.
Buenas noches, cortarrollos.

Martina:
Buenas noches, Skye, te prometo que te lo compensaré.

Skye:
Más te vale ...

Me cercioro de que no escribe nada más antes de dejar con cierto remordimiento el teléfono sobre la cama y empiezo a prepararme para mi escapada clandestina, preguntándome qué me deparará una salida de la que no sé qué esperar.

Por segunda vez desde que estoy en el castillo, desciendo las escaleras en medio de la noche intentando no despertar a nadie; la diferencia es que, tal y como acordamos, en esta ocasión, cuando alcanzo el último peldaño y dirijo la vista a la puerta de entrada, compruebo que un sonriente Cam ya me está esperando allí.

Durante unos segundos, detengo mi avance y trago saliva conteniendo la respiración.

Enfundado en un jersey de lana blanco que se adapta a su cuerpo como una segunda piel, vaqueros negros y cazadora del mismo color está tan guapo que estoy segura de que tener ese aspecto debería ser ilegal.

Lleva el pelo algo alborotado y, cuando sus ojos me recorren sin disimulo alguno de arriba abajo, me arrepiento de no haberme arreglado un poco más.

En mi defensa tengo que decir que, al no saber a dónde vamos, optar por una cómoda falda de lana que me llega hasta los tobillos, botas y un abrigo calentito me pareció lo más práctico.

—Sabía que vendrías —susurra con seguridad.

—No me tientes que todavía estoy a tiempo de cambiar de opinión y dar media vuelta.

—Dudo que lo hagas, apuesto a que te puede la curiosidad —replica alzando varias veces las cejas para hacerse el interesante—. ¿Estás lista para pasar una de las mejores noches de tu vida? —añade.

—Eso es bastante presuntuoso, sin contar con que es difícil saber lo preparada que estoy cuando no tengo ni idea de a dónde voy —respondo, mirando hacia abajo para repasar mi vestimenta.

—Tranquila, estás perfecta —asegura, apresurándose a acercarse para entrelazar nuestros dedos, como si tuviese miedo de que, tal y como acabo de decir, en cualquier momento pudiese cambiar de parecer, darme la vuelta y dejarlo plantado en medio del vestíbulo.

Mis ojos bajan hacia nuestras manos y la réplica que aguardaba en la punta de mi lengua lista para salir se muere ahí, dejándome sin palabras, descolocada, sin saber qué decir, pues, al igual que me ocurre cada vez que roza mi piel, una intensa sensación me recorre entera arrastrando cualquier razonamiento coherente, impidiéndome pensar y obligándome a sentir.

¡No entiendo qué me pasa con este hombre! Nunca había experimentado una electricidad como esta. No tiene sentido, no podemos ser más diferentes y, sin embargo, cuando está conmigo siento que somos dos polos opuestos unidos, conectados por la misma energía que se necesitan el uno al otro para poder sobrevivir.

Sin dejar de caminar, lo observo de reojo y percibo cómo su mandíbula se aprieta con fuerza y su insondable mirada se oscurece con la misma intensidad que me sacude por dentro a mí. De forma inconsciente, una leve sonrisa se dibuja en mis labios y las mariposas de mi estómago empiezan a bailar cuando, gracias a esos pequeños gestos, comprendo que esto que nos sucede no solo me afecta a mí.

A hurtadillas, salimos al exterior y, en absoluto silencio, aceleramos el paso para internarnos en la oscuridad de la noche, solo alterada por el manto plateado de una luna hermosa y brillante que, desde el cielo, parece observarnos y compincharse con nosotros iluminando el camino que debemos seguir.

El frío, duro e insolente, me golpea las mejillas clavándose en mis labios como alfileres y logrando que incluso el simple hecho de respirar se vuelva difícil y doloroso, aunque, aun así, no puedo dejar de sonreír.

Me siento bien. Viva, emocionada, feliz. Cada célula de mi cuerpo vibra bajo el influjo de una chispeante y burbujeante sensación que parece haberse adueñado de cada recoveco de mi ser y, cuando al fin entramos en el coche y sus ojos se encuentran con los míos en una mirada cargada de complicidad, no me queda más remedio que reconocer que hacía mucho, pero que mucho tiempo que no me sentía así.

Ninguno dice nada, tampoco hace falta. El magnetismo que se extiende entre nosotros es un lenguaje universal en el que las palabras sobran y no es necesario hablar.

Todavía en silencio, Cameron enciende el motor y nos alejamos del castillo; cuanto más avanzamos, más se intensifica y aumenta la corriente eléctrica que altera los latidos de mi corazón al tiempo que ambos nos buscamos a través del retrovisor, lanzándonos miradas escondidas, nos estudiamos con disimulo y contenemos la respiración cuando, al cambiar de marcha, sus dedos rozan de una forma tan efímera como intencionada la tela de mi falda.

Atravesamos campos y subimos alguna ladera, y tan abstraída estoy de todo lo que no sea el hombre que permanece a mi lado que no tengo ni idea del tiempo que ha transcurrido cuando su voz profunda y grave rasga el silencio resonando con fuerza en mi interior.

—Cierra los ojos. —El tono destila firmeza, seguridad y suavidad. Una mezcla de lo más sensual entre orden y petición que me reseca la garganta.

A pesar de lo extraño de la solicitud si tenemos en cuenta que estamos en un coche en mitad de la noche, rodeados de campo y que no tengo ni idea de a dónde narices vamos, lo hago sin dudar.

—Prométeme que mantendrás los ojos cerrados, ni se te ocurra hacer trampa, no vayas a estropearme la sorpresa —me advierte con inusitada dulzura.

—¿Me estás llamando «tramposa»? ¿En serio? —bufo incrédula.

—Tú prométemelo.

—Lo prometo —accedo de mala gana—. Pero ya te dije que no me gustan las sorpresas —añado en voz alta.

—Y yo ya te dije que esta te gustará, créeme —afirma con una seguridad aplastante.

Y lo más extraño es que lo hago, lo creo, con cada ínfima partícula de mi cuerpo y mi mente lo creo, y no porque tenga alguna intuición o imagine a dónde va a llevarme.

Lo creo porque lo dice él y, por lo visto, aunque no comprendo muy bien por qué, eso parece ser más que suficiente.

El coche sigue en movimiento durante unos minutos más. Minutos en los que mis otros sentidos parecen haber adquirido de un momento a otro habilidades sobrenaturales.

O es eso o es que los aires de las Highlands me están volviendo loca como una cabra. Es una estupidez, lo sé, pero no se me ocurre ninguna otra explicación para que de pronto su olor me embriague de tal forma que teniéndolo cerca ni siquiera necesite oxígeno para respirar, o para que cada inocente roce me haga estremecer e incluso el melodioso y pausado sonido de su respiración marque el ritmo al que danza mi errático corazón.

El ambiente se carga de tensión, de energía, de electricidad, y mis nervios se acrecientan todavía más.

Para colmo de males, por si eso no fuese suficiente, cuando segundos después el coche se detiene y el motor se apaga, a pesar de continuar con los ojos cerrados, soy jodidamente consciente de la suave forma en que su cuerpo se inclina sobre mí.

Contengo el aliento, me muerdo el labio inferior con fuerza y todo mi cuerpo hormiguea de la cabeza a los pies mientras sus manos desabrochan mi cinturón de seguridad.

Por un instante, imagino que me besa; en mi mente casi puedo sentir el suave tacto de sus labios contra los míos, casi puedo saborearlos... Un fogonazo de deseo impacta en mi bajo vientre e, incómoda, me remuevo otra vez.

El alivio y la decepción se abren paso en mi pecho cuando, en el instante en que Cam se aparta de mí, me siento tan desamparada que, durante un momento, al escucharlo bajar del coche, tengo la tentación de abrir los ojos. Pero al final decido mantener mi promesa y no hacer trampa.

Espero, espero con una paciencia digna del santo Job, unos segundos que se tornan eternidad hasta que al fin la puerta de mi lado se abre y sus dedos se entrelazan de nuevo con los míos, enviando un calambrazo a cada centímetro cuadrado de mi piel.

¡Como sigamos así este hombre me va a hacer cortocircuitar!

—Ven —me pide ayudándome a salir.

Todavía a ciegas, lo sigo unos pasos, hasta que nos detenemos y su mano abandona la mía para posarse en mi cintura, ciñéndola con un deje dulce y posesivo a la vez.

No puedo verlo, pero sí siento cómo su respiración se acelera antes de elevarme del suelo sin apenas esfuerzo.

El movimiento me coge por sorpresa y, soltando un ligero grito de asombro, me aferro a sus fuertes hombros que se tensan bajo mis manos hasta que, con cuidado, me deposita sobre el capó. Apenas un segundo después, por la forma en que el coche cede entiendo que Cam también acaba de subirse sobre él.

Lo siguiente que noto es una suave y mullida manta descansando sobre mis piernas. Su tacto resulta agradable y cálido a la vez. De inmediato, cuelo las manos bajo ella para protegerlas del desapacible frío que nos rodea.

—Ya puedes abrir los ojos —susurra tan cerca de mi oído que su cálido aliento me acaricia con suavidad la piel.

Lo hago; los abro y, con ellos, se abren mi boca, mi alma y mi corazón.

Me siento atrapada en un sueño, en una realidad en la que no existen ni el tiempo ni el lugar. Como si el universo acabase de explotar en una combinación imposible de colores tan hermosa como irreal.

Elevo la mirada al cielo. A un cielo inmenso, interminable y sobrecogedor plagado de estrellas en el que los intensos verdes bailan, mezclándose y fundiéndose con los azules y los malvas, danzando al son de compases lentos y rápidos, creando una simbiosis perfecta que nos rodea tiñéndolo todo de sentimiento, magia y un inexplicable amor.

La belleza es tan salvaje, pura y real que mis ojos se humedecen de emoción al exclamar con voz trémula y casi inaudible:

—La aurora boreal.

—Te dije que te gustaría. —Su voz se funde con el aire y, a pesar de que no lo estoy mirando, soy consciente de que, mientras me observa, no deja de sonreír.

Incapaz de apartar los ojos del fantástico espectáculo que se desarrolla ante mí, asiento, incapaz de hacer nada más.

—Esta isla es un lugar estupendo para verla, aunque no todo el mundo lo sepa —me explica.

Por fin lo miro, sus ojos ya me esperan y, al igual que los colores hacen en el cielo, se funden con los míos eclipsando todo lo que no seamos él y yo. Siento que me engullen, que me absorben, pero, lejos de oponer resistencia, me dejo atrapar, perdiéndome en ellos, zambulléndome en su interior, entregándome a una mirada cargada de sentimiento, de verdad y de pasión. Una mirada que encierra una fuerza capaz de construir o destruir mi mundo, una mirada que puede convertirse en condena o en salvación.

Capítulo 14

Y de repente...

Cameron

Sus ojos, su forma de mirarme, de bucear en mi interior haciéndome sentir como si pudiese adentrarse en el rincón más oculto y secreto de mi alma sin ningún esfuerzo, son un dardo directo a mi sobreexcitado corazón que ruge enfurecido contra mi pecho a causa de la necesidad y el anhelo que se desata en mi interior cuando mi mirada se posa de forma involuntaria sobre su boca.

Contengo el aliento y trago con fuerza para deshacer el nudo que me oprime la garganta impidiéndome respirar, la contemplo sin perder detalle mientras ella, ajena a lo que ese insignificante gesto despierta en mí, se humedece de forma inocente los labios.

Al segundo, cierta parte de mi anatomía protesta de pura frustración cuando el deseo y las ganas de besarla aumentan de forma dolorosa.

«Desde luego, si su intención es torturarme, no tiene ni puta idea de lo bien que se le da», pienso mientras recorto los centímetros que se interponen entre los dos.

Mi mirada vuelve a enlazarse con la suya y, en

lo más profundo de sus hermosas pupilas, descubro el mismo deseo en el que me estoy consumiendo yo.

Eso es todo lo que necesito para perder el poco autocontrol que todavía conservo y lanzarme a dar el paso que desde que la conozco estoy deseando dar.

—Martina. —Su nombre suena profundo e intenso en medio de la noche, mientras mi mano se cuela entre su cabello para sostener su nuca y acercarla un poco más.

La distancia es inexistente, tan irrisoria que mi aliento y el suyo se entremezclan al tiempo que se aceleran nuestras respiraciones.

Como respuesta, ella cierra los ojos, se agarra a mis hombros y jadea sobre mis labios que, incapaces de mantenerse un solo segundo más separados de los suyos, descienden atrapándolos en un beso que comienza siendo una tierna caricia, pero que enseguida aumenta de intensidad empujado por la pasión que sentimos los dos.

Mi lengua la invade con dulzura, con rabia y desesperación, y cuando la suya se une entregando y exigiendo sin pudor, siento que todo mi cuerpo entra en combustión.

Mis manos acunan su rostro, las suyas se aferran a mí como lo haría un náufrago a su tabla de salvación mientras, sin separarnos, a duras penas conseguimos bajarnos del capó.

No podría explicar cómo consigo abrir la puerta trasera del coche, ni mucho menos cómo nos las arreglamos para terminar dentro de él.

Lo único que sé es que cuando la siento sentada a horcajadas sobre mis piernas, el resto del mundo se vuelve borroso, confuso e insignificante y parece desaparecer.

A toda prisa, dejándonos llevar por las ansias y las ganas, desabrocho su abrigo para colarme bajo su jersey mientras ella se eleva un poco para tener acceso a los botones de mi pantalón.

El roce de sus dedos contra mi entrepierna cuando los desabrocha uno a uno me enloquece y, con premura, atrapo sus pechos al mismo tiempo que abandono sus labios para morder el lóbulo de su oreja y tirar ligeramente de él.

—Eres preciosa —susurro con la voz tomada por la lujuria al escucharla jadear. Martina se estremece de deseo y comienza a restregarse contra mí mientras yo pellizco sus pezones y deposito un reguero de besos y mordiscos sobre la sensible piel de su cuello.

De pronto, un pensamiento consigue abrirse paso entre la niebla que ocupa mi mente, obnubilando mi sentido común, y me deja paralizado.

—¿Qué ocurre? —pregunta ella sin dejar de moverse contra mí, haciendo que la tortura sea todavía mayor.

—Esto no entraba en mis planes y no he traído protección —confieso, incapaz de dejar de acariciarla, a pesar de que, por mis propias palabras, soy consciente de que no podemos continuar.

—Estoy limpia y tomo la píldora.

Tal afirmación me suena a música celestial.

—Yo también lo estoy —anuncio, dedicándole una sonrisa lobuna antes de levantar su jersey y mordisquear sus pechos por encima del sujetador.

Jamás me había excitado tanto tocar a una mujer.

Un gemido escapa de sus labios al tiempo que eleva las caderas para liberar mi erección.

Mis manos se ciernen sobre ellas y nuestros ojos vuelven a buscarse, fundiéndose, uniéndose en una mirada que domina su propio idioma diciéndolo todo sin necesidad de usar palabras mientras me coloca en su entrada y se deja caer despacio sobre mí hasta introducirme del todo dentro de su cuerpo.

Un jadeo ronco y gutural escapa de mi garganta al sentirme envuelto por ella; está apretada, la lleno por completo y, cuando comienza a moverse despacio arriba y abajo, estoy convencido de que se puede morir de placer.

Es un infierno, su cuerpo es un infierno en llamas en el que nunca quiero dejar de arder.

El ritmo se intensifica al mismo tiempo que todo se electrifica a nuestro alrededor.

Mis manos abandonan su cadera y atrapan sus pechos con rudeza y determinación a la vez que mi boca busca la suya asediándola con posesión.

Me gustaría decirle mil cosas, pero el deseo es tan fuerte, tan extremo que no puedo hacer nada más que tocarla y abrazarla rezando por hacerle sentir al menos una tercera parte de lo que siento yo.

El vapor nubla los cristales y, a pesar de que en el exterior del coche la temperatura permanece bajo cero, dentro lo único que sentimos es calor. Un calor abrasador que viaja por nuestro cuerpo haciéndonos enloquecer y perder la razón.

Cuando la tensión en su cuerpo es más que evidente, una de mis manos abandona su pecho para colarse entre nuestros enardecidos cuerpos y comienza a dar pequeños toques sobre su abultado clítoris mientras la otra continúa torturando sus pezones sin compasión.

Sus ojos se clavan de nuevo en los míos justo un segundo antes de que Martina comience a temblar con violencia, alertándome de lo que está a punto de suceder.

Yo también estoy al límite, sobre todo, cuando la veo correrse y apretarse, entre gemidos, más contra mí, estrangulándome de placer.

Sus labios se entreabren, su mirada se nubla y los espasmos la sacuden mientras, exhausta, se deja caer sobre mí.

Llevado al extremo por mis propias convulsiones, me agarro con fuerza a su cadera aumentando el ritmo de los envites, chocando contra su piel, penetrándola con fuerza una y otra vez hasta que todo mi ser explota en un descomunal orgasmo y, entre gemidos, me dejo ir yo también.

La luz del sol penetra con fuerza a través del cristal de la ventana cuando, con una lánguida sonrisa dibujada en mi más que satisfecho rostro, alargo el brazo palpando la superficie ahora vacía del colchón en la que hace unas horas Martina y yo dimos rienda suela por segunda y tercera vez a un fuego que casi incendia la habitación.

El simple recuerdo de esos momentos me espabila poniéndome de buen humor; no obstante, extrañado por la ausencia de su cálido cuerpo a mi lado, abro los ojos de golpe y echo un vistazo a mi alrededor.

¿Dónde demonios se habrá metido? ¿Acaso se habrá arrepentido de lo que pasó?

Un montón de *flashbacks* de lo más nítidos sobre lo acontecido entre estas sábanas se suceden en mi mente.

Enseguida descarto esa posibilidad, pues, o la academia tiene que darle un Óscar a la mejor interpretación o me atrevería a asegurar que lo disfrutó tanto como yo.

Nuestro inesperado encuentro bajo la luz de la aurora boreal fue de lo más intenso, pero, a pesar de ello, cuando acabamos los dos queríamos y necesitábamos más.

Era como si una pequeña llama siguiese viva entre nosotros, dispuesta a volver a prender a la menor oportunidad.

Caricias, besos, jadeos, risas y susurros, todo fusionado con el placer más intenso que jamás he conocido y también, por qué no decirlo..., con algo más.

Nunca he huido de mis sentimientos, jamás he dejado de llamar a las cosas por su nombre, no soy ningún cobarde y, por eso, no me cuesta reconocer que lo que siento por Martina no es solo atracción o sexo, sino algo mucho más especial.

Si tengo que ser sincero, no es algo que me haya tomado por sorpresa, en realidad, creo que lo supe desde que, al conocerla y perderme en sus ojos castaños por primera vez, sentí un pellizco que me retorció el corazón y me hizo estremecer.

Martina es dulzura, es calma y, quizás, también un poco de locura. Es terca pero también valiente. Imprevisible, orgullosa, sensible, sensual y delicada... Una mezcla explosiva esperando por mí para ser activada.

Me incorporo en la cama con el ceño fruncido y busco el móvil para ver qué hora es, pues, a juzgar por la claridad que se vislumbra fuera y la forma en que ruge mi estómago, estoy bastante convencido de que ya debe de estar bien entrada la mañana.

Al levantarme, compruebo que su ropa continúa tirada por la habitación, por lo que, teniendo en cuenta que solo lleva puesta una de mis camisetas (con la que durmió), no puede haber ido demasiado lejos.

De nuevo estoy preguntándome dónde leches estará esta mujer cuando un grito agudo, seguido del estruendo de algo rompiéndose al chocar contra el suelo, acapara toda mi atención y mi cuerpo entero reacciona poniéndose en tensión.

¡Esa es la voz de Martina y o mucho me equivoco o el grito proviene de la habitación de Skye!

Capítulo 15

La bomba

Martina

Desde el momento en que abro la puerta de la habitación de Skye, todo se precipita.

La situación con la que me topo me sacude con fuerza y, antes de poder remediarlo, un grito agudo escapa de mi garganta, la bandeja del desayuno que sostengo en mis manos se desliza entre mis dedos, estrellándose contra el suelo, y la mirada asustada de mi amiga se dirige directamente a mí mientras yo soy incapaz de apartar los ojos del otro protagonista de la íntima escena que se desarrolla ante ellos.

—¿Tú eres...? —murmuro, llevándome una mano a la garganta.

—¡¿Qué cojones le estás haciendo a mi hermana?! —La enfurecida voz de Cameron retumba de pronto en toda la habitación sin darme siquiera la oportunidad de terminar la frase.

—¡Cam! —Lo llama Skye que se mueve a toda prisa para cubrirse con la sábana.

—¡Hijo de puta, saca tus zarpas de ella o no respondo, joder! —grita de nuevo él, llevándose las manos a la cabeza para contener las ganas de estrellarlas contra la cara del individuo que, por increíble que pueda parecer, permanece impasible en la cama.

—No es lo que pare... —se justifica mi amiga de forma apresurada con voz quejicosa.

—¡¿Que no es lo que parece?! ¡¿Que no es lo que parece?! Entonces, ¿no estás tirándote a Arrán Bain? —la interrumpe su hermano, señalando con rabia al otro implicado que, como puede, recoge su ropa interior del suelo e intenta ponérsela sin perder la calma ni el control.

—Vale, puede que sí sea lo que parece, pero todo tiene una explicación, las cosas no son como crees —afirma ella unos segundos después con las mejillas cubiertas por el rubor, pero cierto aire desafiante en su voz.

—¿Se puede saber qué pasa aquí? He escuchado gritos desde el piso infer... ¡Hostia! —se interrumpe a sí mismo Malcom cuando, al entrar como una tromba en la habitación, se encuentra con tan inaudita escena.

—¿Arrán Bain? ¿Qué demonios haces aquí? —pregunta confuso, mirándonos a nosotros y a ellos de forma alternativa.

—¡¿Qué hace aquí?! Pues zumbarse a mi hermana, ¡¿o es que no lo ves?! —le responde malhumorado Cam, quien parece incapaz de controlarse.

—¿Te importaría ser un poquito menos gráfico? —le pide Skye comenzando a perder la paciencia.

—Chicos, ¿qué pasa? Se os escucha desde abajo... —murmura Bonnie cuya expresión cambia de forma radical cuando se encuentra con todo el percal—. Oh, oh —susurra llevándose una mano a los labios.

—¡Hala, pues venga! ¡Ya estamos todos! Si queréis, podemos vender entradas y que empiece la función —protesta mi amiga, buscando algo de refugio bajo la sábana.

—¡¿Función?! ¡¿Función, dices?! ¡Acabo de verte follando a cuatro patas con Arrán Bain! ¡Arrán Bain! —grita Cam, repitiendo su nombre como si estuviese refiriéndose al mismísimo Satán—.¡Esto no es una función, es una puta película de terror!

—¿Podemos intentar tranquilizarnos? —intervengo, sintiéndome incómoda y algo culpable, ya que, al fin y al cabo, ha sido mi grito el que ha provocado esta desagradable situación.

Si cuando, al despertarme esta mañana en la cama de Cam, alguien me hubiese avisado de que mi idea de sorprender a Skye llevándole el desayuno a la cama iba a volverse en mi contra y la sorprendida al abrir la puerta iba a ser yo, me hubiese reído en su cara.

El plan no podía ser más sencillo, o al menos lo era en mi cabeza. Despertarla, desayunar juntas y aprovechar para contarle lo que ocurrió ayer.

¿Cómo iba a imaginarme que iba a encontrármela follando a cuatro patas ni más ni menos que con el imbécil que conocí en el bar de Archie? ¡Pero si ni siquiera sabía que se veía con él!

De ahí que, ante tal sorpresón explotándome en plena cara, lo del grito fuese imposible de evitar.

—¿Tranquilizarnos? ¿Skye nos traiciona metiendo a nuestro peor enemigo en su cama y tú quieres que nos tranquilicemos? —me responde Malcom molesto.

—Yo no he traicionado a nadie —se defiende ella.

—¡No seas tan dramático Malcom, que ni estamos en la Edad Media ni tú eres un personaje de *Juego de tronos*! —le digo saliendo en defensa de mi amiga.

—Ah, ¿no? Y, ¿cómo llamas a lo que estabas haciendo? —la increpa de nuevo él, ignorándome por completo.

—No sé cómo lo llamareis ahora; en mi época, esto era «echar un polvazo» en toda regla —afirma Bonnie conteniendo una sonrisa.

—¡Mamááá! —protesta Malcom, tapándose la cara con las manos.

—¡¿Qué?! —exclama ella jocosa.

—Malcom tiene razón, ¡por Dios bendito! ¿Tan necesitada estás que, por echar un mísero polvo, se te ocurre recurrir a este cabrón? —acusa Cameron a su hermana, ignorando el comentario de Bonnie.

El dolor que reflejan los ojos de Skye se clava como una espada en mi corazón.

Me vuelvo hacia él y lo atravieso con la mirada. Entiendo que esté enfadado, pero quiero a esta chica como a una hermana y ni de coña pienso quedarme callada mientras la trata así y la hace sentirse tan mal.

—Te estás pasando —le advierto.

—Pues yo creo que me estoy quedando muy corto —señala él con un deje peligroso—. Podía haberse tirado a cualquier otro.

—¡No es un mísero polvo! —exclama ella contrariada.

—Ah, ¿no? ¿Y entonces qué es? —la reta él.

Ambos hermanos se sostienen la mirada durante unos tensos segundos en los que juraría que incluso puedo ver volar las espadas, hasta que, cuando los ojos de mi amiga abandonan el duelo fijándose en los de Arrán, la ira que los inunda se convierte en dulzura y toda su expresión cambia.

Ese preciso instante, durante esa mirada, es el momento en que me doy cuenta de que lo que sea que hay entre ellos es mucho más fuerte de lo que me imaginaba.

Él, que ha permanecido en silencio hasta ahora, con toda probabilidad para no empeorar la situación, coloca un brazo sobre los hombros de mi amiga con aire protector y, ante nuestra atenta mirada, besa con delicadeza su frente antes de que ella nos devuelva toda su atención y afirme con seguridad y convicción:

—Estamos enamorados. Nos vamos a casar.

¡Bum! Sus palabras accionan una bomba que explota en la habitación arrasándolo todo a su alrededor.

La observo, alucinada por completo, mientras su onda expansiva me golpea con una mezcla tan grande de confusión, alegría, preocupación e incredulidad que, de forma inconsciente, retrocedo un par de pasos en un intento de comprender o buscar algún sentido a lo que acaba de pasar; sin embargo, en cuanto sus ojos alcanzan los míos en una muda llamada de auxilio, alejo todas mis dudas y le dedico una sonrisa tranquilizadora al tiempo que observo a mi alrededor sospesando los daños que su inesperada confesión acaba de provocar para encontrar la mejor manera de ayudar.

Las reacciones no pueden ser más dispares: Bonnie sonríe feliz, con los ojos anegados en lágrimas. Malcom la mira fijamente, con los labios apretados y cara de circunstancias, sin dar crédito a lo que acaba de escuchar y Cameron... Cameron está tan pálido que parece que de un momento a otro se vaya a desmayar.

—Ni de coña —sisea apretando los puños.

—Cam, te juro que adoro a tu hermana —asegura Arrán, participando por primera vez en la conversación.

—Ni de coña —repite Cameron sin escuchar ni una sola palabra de lo que el otro le acaba de decir.

—Lo siento, Cameron, pero no te estoy pidiendo permiso, solo te estoy informando. Me encantaría contar con tu apoyo, pero la decisión está tomada y voy a hacerlo te guste o no —confirma Skye con la mirada triste pero cargada de valor.

—No doy crédito a que me hayas mentido y ocultado algo así —responde Cam, defraudado, sin molestarse en ocultar su decepción.

—¿De verdad te sorprende viendo tu reacción? —replica ella con amargura.

La mirada de Cameron se llena de rabia, impotencia y decepción.

—Si lo ocultaste, es porque sabías que no estaba bien —escupe Malcom.

—Eso no es verdad, solo buscaba el mejor momento para hablar con vosotros y haceros entender que no fue algo premeditado ni que pudiese evitar —intenta explicarse ella—. Coincidimos hace unos meses y decidimos tomarnos un café. Estuvimos hablando durante mucho tiempo y nos dimos cuenta de que ninguno de nosotros es culpable o responsable de lo que pasó.

—¿Que no tienen la culpa dices? ¿Tengo que recordarte el tiempo que llevan intentando robarnos clientes con prácticas deleznables? ¿Saboteándonos? ¿Tratando de desacreditarnos? ¿Por qué no le preguntas a Martina qué pasó hace unos días cuando se los encontró? —brama Cam que cada vez parece más enfadado.

—Que Angus sea mi hermano no implica que esté de acuerdo con su forma de actuar —afirma Arrán—. Yo solo quiero terminar de una vez con esta rivalidad absurda, casarme con tu hermana, empezar una vida con ella y hacerla feliz.

—Es cierto, por lo menos en lo que respecta al otro día, que él se mantuvo al margen, es más, fue quien consiguió sacar a su hermano de allí —le recuerdo a Cameron, tocándole el brazo con cariño para intentar tranquilizarlo.

Él me observa como si acabase de volverme loca de remate.

—¿De verdad pretendéis hacerme creer que este personaje, y digo «personaje» por referirme a él de una forma civilizada y con algo de educación, no ha tenido nada que ver con las perradas que nos han hecho durante todos estos años?

—Sabía lo que mi hermano hacía, pero nunca participé de forma activa en ninguna de sus tretas —confiesa Arrán—. Sé que eso no me exculpa, pero, por si sirve de algo, tengo que decir que no podía abandonarle porque, si Angus actúa de esa manera, lo hace movido por la rabia y el resentimiento. —Se toma un tiempo antes de continuar—. No podía dejarle, es la única familia que me queda y, aunque admito que en algunas ocasiones no se ha comportado como debería, también sé que no es mala persona, su único delito ha sido creerse la versión de mi padre para conseguir sobrellevar la pena y el dolor.

—¿Y eso es acaso culpa o problema nuestro? —gruñe Malcom.

—Por supuesto que no —responde Arrán atrayendo a Skye contra él—. Os lo repito: soy consciente de las acciones de mi hermano, y si no queréis tener nada que ver con nosotros, no tendré más remedio que aceptarlo y lo entenderé. Solo os pido que tengáis en cuenta que también nosotros hemos sufrido mucho, no olvidéis que éramos solo unos niños cuando nuestro mundo se derrumbó y creo que todos nos merecemos tener la posibilidad de enterrar el pasado y empezar de cero. Todos, incluso Angus, merecemos una segunda oportunidad.

—Eso es cierto, todo el mundo puede equivocarse y merece tener la opción de rectificar —aseguro ganándome una mirada de agradecimiento de una emocionada Skye.

El silencio que reina en la habitación es tan tenso que se podría cortar.

—Te lo repito, Cam, solo quiero hacer feliz a tu hermana y pienso dejarme la piel para conseguirlo —añade Arrán con una seguridad demoledora que ablandaría el corazón de cualquiera... De cualquiera, menos, por lo visto, el de Cam.

—No me creo ni una sola palabra. No confío ni en él ni en su hermano. Vivid la vida que queráis, pero no contéis conmigo. Yo no voy a formar parte de ella —anuncia saliendo de la habitación con un sonoro portazo que me hace estremecer.

—Ni conmigo —corrobora Malcom antes de largarse tras él.

Una lágrima solitaria desciende silenciosa por la mejilla de mi amiga mientras observa con un intenso dolor el lugar por el que ambos acaban de desaparecer.

—No te preocupes, se les pasará —intento tranquilizarla y me acerco a ella para abrazarla.

—¿De verdad lo crees? —pregunta entre sollozos.

—Por supuesto que sí, te quieren demasiado como para mantenerse lejos de ti —respondo, apretándole con cariño la mano.

—¡Claro que sí, preciosa mía! ¡Se les pasará, aunque tenga que darles un sartenazo a cada uno para ablandar esa mollera tan dura que tienen! —corrobora Bonnie uniéndose a nosotros—. Vais a ser muy felices —vaticina la mujer sonriéndole con complicidad.

—Os lo agradezco, pero no será una felicidad completa si mi hermano y Malcom no cambian de idea —murmura, secándose con el dorso de la mano las lágrimas que bañan sus mejillas.

—Oh, lo harán, créeme que lo harán —le garantizo, convencida de cada una de mis palabras, así tenga que practicarles yo misma a ese par de cazurros una lobotomía para hacerles entrar en razón.

Al fin y al cabo, ¿no es la felicidad de Skye lo más importante?

Por las buenas o por las malas, tienen que entender que en esto ellos no tienen ni voz ni voto ni decisión.

—¿Has podido hablar con mi hermano? —me pregunta mi amiga observándome de reojo. Intenta disimularlo, concentrando enseguida su atención en la brizna de hierba con la que juguetea, pero, por la tensión de sus hombros y la forma en que aguarda la respuesta, resulta evidente lo mucho que le preocupa el tema.

Suspiro, frustrada y, molesta conmigo misma, frunzo el ceño antes de responder.

—No hay forma, cada vez que trato de abordar con él ese tema se cierra en banda.

Su bonita mirada se torna vidriosa y me siento todavía peor.

Ha pasado más de una semana desde que todo saltó por los aires y, a pesar de que lo he intentado en multitud de ocasiones, no he conseguido sacar el tema a colación con Cam.

—Es un cabezón —refunfuña, cruzando los brazos sobre su pecho.

Desvío la mirada del maravilloso paisaje del que ambas estamos disfrutando y la estudio rebuscando en mi mente las palabras adecuadas para hacerle entender el punto de vista de su hermano.

—En su defensa diré que tu forma de soltarle la bomba, de sopetón y recién levantado, no fue lo que se dice una manera sutil de darle la noticia y, desde luego, tampoco es algo sencillo de asimilar. Incluso a mí me costó hacerme a la idea.

—En mi defensa —responde ella con retintín repitiendo mis mismas palabras—, en mis planes no entraba que os enteraseis así. Pero que tú gritases como si te estuviesen matando atrajo la atención de todo el castillo y eso lo precipitó todo.

—¡Como para no gritar, solo os faltaban la fusta y el antifaz! Menudo susto me llevé por la tontería de darte una sorpresa. Además, ¿cuándo pensabas decírmelo? ¿Cuándo ibas a contarme que estabas con Arrán y que ese asunto misterioso por el que me arrastraste hasta aquí era ni más ni menos que asistir a tu boda? —le recrimino haciéndome la ofendida.

—¿Cuándo pensabas decirme tú que te estás cepillando a mi hermano? —contrataca ella, dejándome con la boca abierta de par en par.

No tenía ni idea de que alguien estaba al tanto de eso. Es cierto que desde nuestro encuentro bajo la aurora boreal o uno o el otro hemos estado escabulléndonos para pasar las noches juntos, y también es cierto que intentamos aprovechar cada momento que Cam tiene libre para vernos, pero, entre el ajetreo de la boda y que ambos hemos intentado disimular lo mejor que podemos, estaba convencida de que nadie se había percatado de nada y al final, por lo visto, nada más lejos de la realidad.

—¿Cómo...? —pregunto.

—¿Que cómo me di cuenta? ¡Por favor, pero si sois de lo más obvios! —contesta condescendiente haciendo un gesto con la mano—. Lo que me sorprende es que creyeseis que alguien se estaba tragando vuestro paripé... Eso por no hablar de que la mañana que viniste a mi habitación «a sorprenderme» —añade haciendo comillas con los dedos— tan solo llevabas puesta su camiseta... Así que no es necesario ser Einstein para atar cabos —bufa—. Si no queríais que me enterase, por lo menos tenías que haberte cambiado.

—Si llevaba puesta su camiseta, es porque te lo iba a contar, pero, como comprenderás, la escenita que tuve que presenciar hizo que se me atragantaran las palabras, y luego empezó a venir todo el mundo...

—Y mi habitación se convirtió en el camarote de los hermanos Marx —finaliza ella.

—Exacto —asiento—. Después de eso, estaba buscando el momento indicado, pero contigo hecha un basilisco y Cam cabreado...

—Decidiste esperar —finaliza de nuevo.

Asiento, sorprendida de que haya conseguido aguantar sin decirme nada hasta hoy.

Un agradable silencio se instaura entre las dos. Que Skye sepa lo que me ocurre con su hermano me quita un gran peso de encima y, por primera vez en muchos días, siento que me puedo relajar.

Inspiro con fuerza el aire frío que penetra por mis fosas nasales y sacude mi cuerpo y recorro con los ojos la silueta del imponente monte Storr, estirando las piernas sobre la mullida manta en la que permanecemos sentadas para protegernos de la humedad de la hierba cubierta de nieve.

—Ahora que todas las cartas están sobre la mesa, cuéntame: ¿qué tal te va con el cromañón de mi hermano? —se interesa mi amiga con un brillo pícaro chispeando en sus ojos.

—Bien —respondo escueta.

—¿Solo «bien»? —insiste arqueando la ceja.

—Muy bien —admito con una sonrisa bobalicona desplegándose en mis labios.

—¿Pero...?

La observo poniendo un mohín y ella se ríe divertida. A veces olvido lo bien que me conoce la muy jodida.

—Pero... No sé a dónde nos va a llevar todo esto. Por momentos, tengo la sensación de que me adentro en un callejón sin salida en el que terminaré estampándome con una pared.

—Pues como mínimo cada noche a su cama —se carcajea.

—¡Skye! —la regaño y me sonrojo porque vale que es mi amiga, pero, al fin y al cabo, estamos hablando de su hermano.

—¿¡Qué?! ¡Es cierto, además las paredes se pueden escalar! —exclama ella.

—Sí, claro, siempre que seas Spiderman y te salgan telarañas de las manos.

—Me parece a mí que telarañas, tú, ni en las manos ni en otro sitio, porque las que tenías ahí abajo seguro que te las ha quitado mi hermano —bromea.

—¡Skye! —protesto de nuevo, sintiendo cómo se me ponen coloradas hasta las uñas de los pies.

—¿¡Qué!? ¡Es cierto! Además, siempre nos lo hemos contado todo, nunca te ha dado pudor hablar conmigo de estas cosas, y justo por eso sé que, desde que el cabronazo de tu ex te dejó, nadie te había pegado un buen repaso.

—Vale, siempre nos lo hemos contado todo, pero es que estamos hablando de tu hermano. ¡Tu hermano! —repito moviendo las manos con nerviosismo en un intento de que entienda mi incómoda posición.

—Eso es un detalle insignificante —replica encogiéndose de hombros.

—Insignificante, dices... —resoplo avergonzada y divertida a la vez.

—Aquí lo importante es... ¿A ti te gusta?

—¡Claro que me gusta! ¡¿Por quién me tomas?!

—Vale, espera, déjame precisar... Aquí la pregunta es: ¿cuánto te gusta?

Me muerdo el labio, indecisa entre restarle importancia y hacerme la dura o decirle la verdad.

Una verdad que desde hace días martillea en mi cabeza y en mi corazón, provocándome la continua necesidad de estar a su lado, de tocarle, de besarle... Pero recordándome al mismo tiempo que por muchos y muy diferentes motivos esto puede ser un grandísimo error.

—Sigo esperando... —me apremia ella que sonríe encantada, pues, por mi silencio, ya se imagina la respuesta que yo me resisto a dar.

¿Qué le digo? ¿Qué podría decirle? ¿Que nunca he sentido por nadie una atracción tan grande como la que siento por él? ¿Que cada vez que me toca me estremezco y que al segundo de irse mi cuerpo ya lo echa de menos? ¿Le confieso que mi corazón se acelera cuando lo veo sonreír y que cuando sus ojos se enlazan con los míos el mundo entero deja de existir? Podría hacerlo... Por supuesto que podría, pero entonces también tendría que hablarle de mis dudas, del miedo que me produce

la intensidad de mis sentimientos o de la incertidumbre que me provoca imaginarme lo que pasará cuando me vaya de aquí, y estoy segura de que
ella no lo entendería.

¿Cómo le explicas a una persona como Skye,
que lo está arriesgando todo por estar con la persona a la que ama, que a veces el miedo a sufrir
puede ser más fuerte que el propio amor?

—Mucho, me gusta mucho, pero no es nada serio —digo sin mirarla a los ojos con un hilo de voz.

—¡Ja! A otro lobo con ese cuento, Caperucita,
por cómo os devoráis el uno al otro con la mirada
cuando creéis que nadie os ve, yo diría que serio es
lo mínimo que es —afirma.

Resoplo evitando mirarla a la cara.

—A ti lo que te pasa, amiga, es que estás acojo-
nada —me dice sin dudar ni una pizca de su afirmación.

—Es complicado —confieso.

—Eso es un invento del ser humano. Por norma
general, las cosas son sencillas y somos nosotros
quienes las complicamos.

—Su vida está aquí y yo me voy en unas semanas.

—Eso no tiene por qué ser así. Si te vas, es porque te da la gana.

—¿Te estás volviendo loca? Lo de la boda te está
afectando —respondo confusa y asustada a la vez.

—Nunca he estado más cuerda, *cuñada* —bromea alzando las cejas repetidas veces—. Piénsalo,
¿qué te obliga a marcharte? ¿Una casa vacía? ¿Un
trabajo de mierda que ni siquiera te gusta?

—Son mi casa vacía y mi trabajo de mierda —le
recuerdo.

—Puede, pero quizás este sea tu punto de in-
flexión, el momento de cambiar, y puesta a hacerlo, ¿por qué no aquí, conmigo, con Cam? ¡Si hasta

Malcom y Bonnie te han cogido cariño ya! —me espeta.

—Estás flipando.

—Para nada, solo te estoy planteando una posibilidad muy, pero que muy real.

Me quedo callada, sus palabras son tan tentadoras como aterradoras.

—¿Y si fuese posible? ¿Y si pudiese ser?

—No pienso dejarlo todo por un hombre.

—Perdona, bonita, pero yo sigo estando aquí, soy tu mejor amiga, tu hermana, ¿qué puede haber mejor que empezar una nueva vida en este maravilloso lugar junto a mí? —insiste—. Además, repito, ¿abandonarlo todo? ¿Todo el qué? —pregunta impaciente, a sabiendas de que en realidad no tengo nada que perder.

Las dos nos quedamos en silencio y agradezco que sea así. Son demasiadas cosas, demasiadas ideas descabelladas rondando mi cabeza, siempre estructurada y organizada.

—¿Cuándo supiste que era él? —susurro y no tengo que mencionar su nombre para que ella sepa a quién me refiero.

—Cuando es la persona indicada, tu corazón lo sabe, aunque a veces nos cueste un poco fiarnos de sus latidos. En mi caso, yo lo tuve claro desde que me besó por primera vez.

—No me malinterpretes, pero ¿estás segura del todo?

—Tan segura como de que algún día me voy a morir —responde y sonríe feliz—. Por supuesto, eso no es una garantía de felicidad eterna. Pero creo en nosotros y, le pese a quien le pese, estoy dispuesta a arriesgarme por él.

—¿Y si sale mal? —musito.

—¿Y si sale bien? —me contradice.

—Saldrá bien —aseguro con una sonrisa después de unos segundos, observándola con atención.

—Lo sé —asiente satisfecha.

—¿Ya has hablado con tus padres? —me intereso, pues sé que anoche los visitó con esa intención.

—Sí, lo hice.

—¿Y...?

—Mucho mejor de lo esperado; se sorprendieron un poco, pero se lo tomaron bastante bien, solo quieren mi felicidad.

—Tu hermano también.

—Mi hermano no está pensando en mí, sino en él.

—Eso no es justo.

—¿Y lo que está haciendo él lo es? —replica dolida por mi inusitada defensa.

Me quedo callada porque no, lo cierto es que lo que está haciendo Cam no es ni un poquito justo y, aunque me gustaría hacerlo, no tengo argumentos para defenderlo.

—Lleva sin dirigirme la palabra desde la mañana en que salió de mi habitación —prosigue ella al tiempo que arranca con rabia otra hierba del suelo—. Adoro a mi hermano, lo quiero con toda mi alma y lo sabes. Pero no tiene ningún derecho a ponerme en la tesitura de tener que elegir entre mi felicidad o él. Es injusto y no se lo permitiré.

—Se le pasará —susurro sin demasiado convencimiento.

—Eso espero porque en dos semanas habrá boda con él o sin él —afirma Skye.

Sus palabras me hacen zozobrar.

La conozco lo suficiente como para saber que no dará marcha atrás. Está enamorada y convencida de sus sentimientos, ha lanzado un órdago y,

cueste lo que cueste o caiga quien caiga, va a llevarlo hasta el final.

Lo único que espero es que Cameron recapacite
porque, aunque ahora esté cegado por la rabia y no
se dé cuenta, si no está con ella ese día, una parte
de él nunca se lo perdonará.

Capítulo 16

Bienvenido

Cameron

Recorro el despacho de un extremo al otro con la misma desesperación con la que un león hambriento se pasearía por su jaula. Está siendo un día de mierda, apenas he tenido tiempo para tomarme un respiro de cinco minutos y, por si eso fuese poco, a pesar de que llevo toda la tarde intentando darles una vuelta a las cláusulas de varios contratos que tenemos que cambiar no consigo centrarme en nada que no sea la dichosa boda de mi hermana.

Me siento traicionado, dolido. Cada vez que la imagino con ese patán, me hierve la sangre y el dolor de cabeza que me acompaña desde hace días aumenta llegando a tal extremo que por momentos tengo la impresión de que el cerebro me va a explotar.

Resignado, me dejo caer en la silla y, apoyándome contra el respaldo, me masajeo con fuerza la sien.

Al menos el contrato con IG ya está firmado y eso es una tranquilidad. Si queremos seguir creciendo, no podíamos perder esta oportunidad.

De mala gana, pues salvo casos extremos no me gusta recurrir a los analgésicos para paliar el dolor, marco el número de mi secretario.

—¿Podrías traerme algo para el dolor y una botella de agua, por favor? —le pido.

—Enseguida.

Sin detener el masaje, cierro los ojos de nuevo e intento relajarme.

Pocos minutos después, unos pasos entrando en el despacho captan mi atención y separo los párpados esperando encontrar a mi ayudante; sin embargo, no es él, sino Martina quien, con un ceño fruncido que no presagia nada bueno, se acerca hasta mí.

—¿Todavía con dolor de cabeza? —pregunta con voz preocupada.

Su expresión es severa y poco amistosa, pero, a pesar de ello, al igual que me ocurre cada vez que aparece, mi mundo se agita y no puedo evitar sonreír.

Su presencia es como un bálsamo para mí y estos últimos días solo cuando estoy a su lado consigo relajarme y deshacerme de este odioso mal humor que me acompaña a donde quiera que voy.

Con ella me siento libre, ligero, capaz de comerme el mundo nada más despertar.

La última semana hemos pasado juntos cada minuto del que he dispuesto y, lejos de saciarme, nuestros momentos se me antojan más insuficientes y escasos cada vez. Quiero más, necesito mucho más... Yo lo tengo claro, mi única duda es si ella lo tendrá claro también.

Sin dejar de observar su paso decidido mientras se aproxima a mí, me pregunto si alguna vez me saciaré de esta mujer, y la respuesta es un rotundo e inmenso NO.

¿Cómo saciarme si mi cuerpo busca el suyo como el fuego al oxígeno para avivar sus llamas y arder? La atracción que nos une, la energía que desprendemos al tocarnos es palpable, real y brutal.

No obstante, Martina significa mucho más que todo eso para mí. Inteligente, noble, leal y divertida, siempre con una réplica preparada en la punta de la lengua. Si su exterior me atrajo, su interior fue lo que me atrapó de tal forma que ya no puedo escapar.

—Al parecer está tan a gusto conmigo que no quiere abandonarme —respondo a su pregunta, intentando quitar hierro al asunto al verla detenerse, con cara de circunstancias, frente a mí.

—Eso tendría fácil solución; si no fueses tan cabezota y hablases con Skye, podrías dormir por las noches y desaparecería el dolor —asegura tendiéndome el analgésico y la botella de agua.

—No es tan fácil —murmuro antes de llevarme la pastilla a la boca y beber un trago de agua.

—Sí que lo es, solo tienes que hacer una cosa, una sencillita; los seres humanos civilizados lo llamamos mantener una conversación. ¿Te suena? Porque deberías probarlo, igual hasta te gusta —me espeta cruzando los brazos sobre su pecho.

—¡Vaya! Por lo que veo, hoy vienes con toda la artillería pesada —digo después de soltar un silbido—. ¿No te da ni un poquito de pena verme así? —Pongo un puchero intentando ablandarla, pero el cabreo que tiene es monumental y, por la forma en que me mira, si no me vacía la botella de agua por encima no es por falta de ganas, sino porque estamos en mi oficina y no quiere quedar mal.

—¿Por qué habrías de dármela teniendo en cuenta que tú mismo estás provocando esta desagradable situación?

—¡¿Yo?! —le espeto señalándome el pecho indignado.

—Tú, tú y solo tú —asegura ella alzando la voz.

La observo, molesto y algo sorprendido por la voracidad del ataque. Es cierto que durante los últimos días ha estado intentando sacar el tema en innumerables ocasiones, pero nunca se había mostrado tan enfadada ni agresiva al respecto como hoy.

—¿Se puede saber qué demonios te pasa? —cuestiono.

—¿Qué me pasa? ¿Quieres saber qué me pasa? ¡Lo que me pasa es que hoy he estado en la prueba del vestido de novia de mi mejor amiga y, lejos de disfrutar de ese momento contenta y emocionada, como debería estar, la pobre era incapaz de parar de llorar! Y, ¿sabes por qué? ¡Porque al cavernícola de su hermano mayor le importan más su estúpido orgullo y unas rencillas del pasado que su felicidad!

Eso lo explica todo: la lealtad y el cariño que Martina profesa a mi hermana son incuestionables, si la prueba del vestido fue tan mal como dice, no me extraña que esté tan enfadada, pero, aun así, a pesar de comprender sus motivos, sus duras palabras me golpean como un puñetazo directo al pecho haciéndome sentir todavía peor de lo que ya me siento.

—¡Eso no es cierto! —exclamo ofendido y también algo dolido por que esa sea la imagen que tiene de mí.

—¡Sí lo es! ¡Puedes negarlo todo lo que quieras si eso te hace sentirte mejor, pero lo único cierto es que con Skye te estás portando como un auténtico egoísta y un cabrón! —afirma con la mirada encendida.

—¡No me fío de ellos! ¡No confío en ninguno de los dos! ¡No me creo que en realidad esté enamorado de mi hermana!

—¡¿Pero acaso estás ciego?! ¡¿Es que no viste cómo se miraban?! ¡Por supuesto que están enamorados! —grita exasperada alzando ambas manos.

—¡No quiero que le hagan daño!

—¿Cómo el que le estás haciendo tú?

—¡Solo quiero que entre en razón!

—¡Y dale! ¡Tú eres el único que tiene que entrar en razón! ¡No puedes mandar sobre los sentimientos de tu hermana ni puedes programar lo que siente su corazón!

—Y, ¿qué pretendes que haga? —musito enfadado.

—¡Apoyarla, quererla, estar a su lado, ayudarla! Dentro de unos días, Arrán, Angus y tus padres vendrán al castillo para ultimar los detalles de la boda; estaremos todos, ven y demuéstrale a Skye que, a pesar de todo, puede contar contigo. —Su voz encierra una súplica que me hace sentir como un despojo humano y, durante una décima de segundo, la duda se cierne sobre mi garganta. Me gustaría complacerla, decirle que sí... Pero soy incapaz de hacerlo... Es superior a mí.

—Lo siento, no puedo —susurro negando con la cabeza—. Mi hermana se está equivocando y no quiero formar parte de ese error. —Siento cómo la angustia trepa por mi pecho al darme de bruces con la decepción de su mirada.

—Si en verdad no puedes hacerlo, si en verdad no puedes dejar a un lado esa estúpida rivalidad para estar al lado de una de las personas más importantes de tu vida cuando te necesita, siento decir que la que se equivocó contigo fui yo —afirma con voz trémula dándose la vuelta.

—Espera. —Salto de mi silla para detenerla y la agarro del brazo.

Ella se gira y sus ojos, llenos de pena, se funden con los míos.

—No te vayas, Martina —suplico.

—No me voy yo, me echas tú —asegura ella con lágrimas en los ojos.

—Nunca lo haría, nunca te apartaría de mí —aseguro, intentando hacerle entender todo lo que me corroe por dentro—. Tú me conoces, sabes cómo soy, que no pueda apoyar a mi hermana en esto no cambia nada en absoluto de lo que siento por ti —confieso, apoyando mi frente en la suya.

—Creí que te conocía. Pero no es así —murmura en un hilo de voz.

—Martina, no te haces una idea de lo mucho que significas para mí —aseguro abriéndole mi corazón en un último intento desesperado por retenerla a mi lado.

Sé que siente lo mismo, lo sé por cómo su cuerpo se estremece y por cómo contiene la respiración, sin embargo, nada de eso es suficiente al lado de su decepción.

—Tú también significas mucho para mí, incluso me planteé la posibilidad de alargar mi estancia aquí por ti. —Una risa amarga escapa de su garganta a la vez que una lágrima acaricia su mejilla—. Pero no puedo hacerlo. Lo mejor es que lo nuestro se acabe aquí.

Sus palabras me hunden, me aplastan como una losa de trescientos kilos aplastaría a una cucaracha que no se puede defender. Mi garganta parece papel de lija y mi estómago se contrae por un dolor que no puedo contener.

—No puedes estar hablando en serio —musito,

incapaz de creer que lo que acabo de escuchar sea cierto.

—Skye es como mi hermana, la adoro y no soporto verla sufrir. Ella no merece que la trates así —afirma sin ocultar la pena que le produce tener que hacer tal afirmación—. Si no estás a su lado, si no la apoyas y por el contrario la haces elegir, te aseguro que te estarás equivocando. Saldrás perdiendo y dentro de un tiempo, cuando el orgullo deje paso a la razón, te darás cuenta de lo idiota que has sido y no solo porque me perderás a mí, sino porque nos habrás perdido a las dos —asegura sin molestarse en ocultar las lágrimas que descienden veloces por su piel al tiempo que, de un tirón, se suelta de mi agarre y, sin dirigirme una sola palabra más, sale a toda prisa de mi despacho, dejándome solo, con mi dolor de cabeza y una sensación de pérdida y vacío imposibles de calmar.

Martina

Intentando ocultar la pena que me oprime el pecho desde que ayer le canté las cuarenta a Cameron y di por finalizada una relación de la que apenas hemos podido disfrutar, finjo mi mejor sonrisa y me dispongo a entrar en el salón.

Sé que el tirón de orejas fue necesario y hablaba en serio cuando le dije que no puedo estar con alguien que hace sufrir de esa manera a Skye, pero que estuviese convencida de mis palabras no implica que cada una de ellas no resultase ser un puñal clavándose en lo más profundo de mi corazón.

Me mata que sea tan egoísta como para no darse

cuenta de que su hermana lo necesita a su lado, me duele ignorarlo y no poder acercarme a él, saber que está a tan solo unos metros, tenerlo tan cerca y tan lejos al mismo tiempo... Me resulta frustrante, dañino y complicado, todo a la vez.

Durante estos tres días lo he extrañado tanto que por poco tengo que atarme a la pata de la cama para no sucumbir a la tentación de olvidarlo todo y correr hasta él.

También me ha costado horrores no responder a sus llamadas ni a los mensajes que durante todo este tiempo me ha enviado.

Cameron piensa que estoy enfadada, pero lo cierto es que no. ¡Ojalá fuese eso lo que siento, un simple enfado y no decepción! De ser así, todo sería mucho más sencillo porque el enfado es momentáneo y se pasa, por desgracia, la decepción no.

Fingiendo una felicidad que no siento, inspiro varias veces para infundirme ánimos y, sin pensarlo más, atravieso la puerta flanqueada por dos armaduras más altas que yo y me adentro en el imponente salón principal.

Al igual que el resto de las estancias del castillo, es una zona amplia, con suelos de piedra recubiertos por mullidas alfombras en tonos neutros y una enorme chimenea encendida en la que chisporrotea un agradable fuego que provoca sombras y reflejos en los tapices que adornan las paredes dándole un punto de calidez a la habitación.

Todos están ya aquí, de hecho, hace un rato que yo también debería haber bajado, pero lo cierto es que he pasado tan mala noche que esta tarde, cuando me tumbé un rato a descansar, me dormí.

No soporto llegar tarde, me incomoda que tengan que esperar por mí y me incomoda mucho más ese momento en que toda la atención de los que esperan se concentra en el que irrumpe, así que, si ahora mismo pudiese hacerme invisible y unirme de forma discreta a los demás, sería fenomenal, pero, en cuanto pongo un pie dentro de la estancia, la conversación cesa y siete pares de ojos se clavan directos sobre mí.

—¡Martina, por fin estás aquí! Estaba a punto de subir a buscarte —me saluda mi amiga.

—Siento llegar tarde —murmuro sonrojándome al tiempo que dedico una sonrisa de disculpa a todos los presentes.

Skye y Arrán permanecen sentados en un sofá con sus manos unidas y tan pegados que, de no ser por el color diferente de su ropa, no se sabría dónde termina un cuerpo y empieza el otro. Enfrente de la parejita, una sonriente Bonnie y un taciturno Malcom ocupan dos sillones orejeros situados en el extremo izquierdo de la sala, justo al lado de la chimenea.

El sillón central, que también resulta ser el más grande, lo acaparan Angus, cuya mirada lasciva recorre mi cuerpo provocando que a duras penas consiga refrenar una arcada y las ganas de partirle la cara, y un matrimonio compuesto por dos miembros de mediana edad a los que, por las fotos y las videollamadas, enseguida reconozco como los padres de Cameron y Skye.

Los dos parecen tranquilos, visten de manera elegante pero informal y enseguida se levantan para saludarme con efusividad.

—¡Martina! ¡Qué alegría que mi hija al fin haya conseguido arrastrarte hasta aquí! No te haces una idea de las ganas que teníamos de conocerte en persona. ¡Mira que te has hecho de rogar! —me saluda la señora McLum, abrazándome con cariño y confianza.

—Me alegro mucho de haber venido —respondo correspondiendo al abrazo.

—Espero que estés disfrutando —interviene su marido, dedicándome una radiante sonrisa en la que enseguida encuentro un inmenso parecido con Cam.

Cam... Es pensar en él y sentir cómo aumenta el dolor.

—Está disfrutando tanto que tal vez ahora que ha venido ya no se quiera marchar —anuncia la bocazas de mi amiga, quien, por supuesto, no tiene ni pajolera idea de la discusión que he tenido con su hermano.

No le he dicho nada, ¿para qué hacerlo? Bastante tiene con que el muy cazurro no dé su brazo a torcer, si le cuento que nada más empezar ya hemos terminado..., el disgusto sería todavía mayor, y lo que es peor, se sentiría culpable e intentaría convencerme para que retomase la relación.

Quita, quita, eso ni de broma, bastante me cuesta a mí mantenerme firme como para que encima ella se dedique a intentar convencerme de que dejarlo ha sido un error.

—Muchas gracias por su hospitalidad, este sitio es maravilloso —digo, desviando el tema de conversación.

—Ni se te ocurra tratarnos de usted, no somos tan mayores —replica el señor McLum alzando las cejas divertido.

—Además, eres parte de esta familia; si por Skye fuese, te adoptaríamos —añade su esposa, dedicando una cariñosa sonrisa a su hija.

—Quizás al final no sea necesario adoptarla para que entre en la familia... —murmura ella entre dientes.

La fulmino con la mirada mientras me dejo guiar al sillón grande y tomo asiento entre ambos.

Durante la siguiente media hora, todos, a excepción de Malcom, que me recuerda a un niño enfurruñado, y Angus quien, gracias al cielo, se mantiene callado, mantenemos una agradable conversación comentando con todo lujo de detalles una boda que, si bien será íntima, no por ello dejará de ser espectacular.

Las flores, la comida, la música, los novios; tienen previsto hasta el más mínimo detalle. Su entusiasmo es contagioso y los demás los escuchamos encantados participando cuando se nos plantea la ocasión.

Me encanta verla así, se lo merece. Skye es maravillosa, un mujer fuerte e independiente con un enorme corazón. Si alguien en este mundo se merece ser feliz, sin duda esa es ella.

—Señora McLum, si le parece bien, sería para mí un gran honor que fuese usted quien me acompañase en el altar —pide Arrán en un momento dado dejando a la buena mujer sorprendida y enternecida a partes iguales.

—Por supuesto, hijo, lo haré encantada —responde.

—Y yo tendré el privilegio de acompañar a la novia más guapa que Escocia haya visto jamás —anuncia con orgullo el señor McLum.

Skye sonríe agradecida por un piropo al que se dispone a responder cuando...

—Si no te importa, papá, la acompañaré yo.

La voz profunda y segura de Cam irrumpe en la sala y, nada más escucharlo, me da un vuelco el corazón. De inmediato, mis ojos vuelan a los suyos que los reciben cargados de esperanza para después centrarse en Skye.

De forma involuntaria, sonrío al ver a mi amiga callada por primera vez desde que la conozco, incapaz de decir una sola palabra y sin saber cómo reaccionar.

Su labio comienza a temblar y los ojos se le llenan de lágrimas al tiempo que se levanta y corre por la habitación para lanzarse a los brazos de su hermano, quien, sonriendo, la sostiene contra él y acaricia su espalda con cariño.

Observo la escena con una sensación de felicidad y orgullo colmando mi pecho, a la vez que un sentimiento dulce y tierno toma fuerza en mi interior.

A mi lado, los señores McLum comparten una mirada llena de complicidad, mientras Bonnie se seca las lágrimas con un pañuelo de papel y Arrán los contempla satisfecho y emocionado antes de levantarse para acercarse a ellos.

—Siento haber llegado tarde, hermanita, tenía unos asuntos de la bodega que tratar con Juls y me fue imposible escaparme antes.

—Lo importante es que estás aquí —asegura ella restándole importancia, y se aprieta con más fuerza contra él.

—Skye, siempre serás la niña de mis ojos —anuncia Cam apartándola un poco de su pecho para mirarla a los ojos. Luego atrapa su rostro con sus fuertes manos y acaricia con ternura sus mejillas—. Jamás haría nada que te lastimase, solo quería protegerte y siento muchísimo si en mi afán por hacerlo te hice daño.

Ella posa las manos sobre las de su hermano y lo mira obnubilada, dejando constancia de la adoración que siente por él cuando responde.

—No pasa nada. Debí contártelo antes, no pretendía que te enterases así. —Solloza sorbiendo por la nariz.

Cam pone una mueca.

—No me lo recuerdes —le pide con voz ahogada.

Su hermana se echa a reír y ambos se funden en un sentido abrazo al que todos respondemos lanzándonos a aplaudir.

—Sabía que terminarías haciendo lo correcto, hijo —dice su padre sacudiendo la cabeza.

—Me ha costado un poco y algún que otro empujoncillo, pero al final he comprendido que tiene que ser así —admite él dirigiéndome una mirada cargada de intención.

—¿Y ya está? —interviene Malcom desconcertado—. ¿Se supone que ahora tenemos que olvidarlo todo como si no hubiese pasado nada y convertirnos en amigos o algo así?

—Yo no diría tanto, pero podemos empezar por mostrarnos respeto y comportarnos como personas civilizadas —contesta Cam centrando su atención en él.

—¿De verdad crees que esos dos tipejos saben lo que significa esa palabra? —insiste Malcom molesto.

—Esto nos ha cogido a todos por sorpresa, reconozco que al principio puede no resultar del todo fácil, pero si vamos a ser familia, al menos en lo que a nosotros respecta, intentaremos hacer las cosas bien —afirma Cam con firmeza.

—¿Así de simple? —cuestiona el pobre Malcom, sin dar crédito al hecho de que su amigo del alma haya terminado por ceder.

Durante unos segundos, ambos se sostienen la mirada y los demás los observamos sin saber muy bien qué hacer.

—La felicidad de mi hermana es lo primero para mí y, conociéndote como te conozco, estoy seguro de que también lo es para ti —replica Cameron, a lo que el otro responde poniendo los ojos en blanco—. Por lo tanto, está por encima de cualquier rencilla del pasado que podamos tener —añade, dedicándome una sonrisa que me provoca una subida de tensión.

Ambos vuelven a sostenerse la mirada un poco más, como si entre ellos estuviese teniendo lugar una conversación que los demás no podemos comprender. Mientras tanto, Skye, consciente de la importancia de este momento para que todo salga bien, contiene la respiración.

Tras unos segundos que a todos se nos hacen interminables, Malcom deja escapar un suspiro de resignación y se levanta para acercarse a mi amiga.

—Está bien, pequeñaja, como siempre, has acabado saliéndote con la tuya, pero desde luego ya te vale, podrías haber tenido el detalle de elegir un poco mejor —comenta medio en broma medio en serio abrazándola con cariño.

Ella se estremece aliviada y deja salir de golpe todo el aire que sus pulmones retenían antes de echarse a reír.

—¿Familia? —La voz de Angus resuena fría y dura en toda la habitación—. ¿Decís que vamos a ser familia? A los McLum os queda muy grande esa definición.

—¡Angus! —lo regaña su hermano, dedicándole una mirada de advertencia.

—Ni Angus ni nada —refuta él—. Si vosotros queréis hacer como si no hubiese pasado nada, perfecto, está bien. Pero en lo que a mí respecta, ni somos familia ni lo vamos a ser. —La tensión y el malestar en su voz son evidentes—. Que tú hayas decidido casarte con Skye —pronuncia su nombre como si el simple hecho de decirlo supusiese para él un dolor infernal— no implica que de repente volvamos a ser una cuchipandi ni a llevarnos fenomenal —ironiza.

—Angus... —repite Arrán en un tono incluso más severo que el anterior que, lejos de aplacar al susodicho, parece ponerlo incluso de peor humor. Así, en lugar de amilanarse, entrecierra los ojos y se enfrenta a su hermano.

—Te prometí que guardaría las formas y lo haré, pero no esperes de mí nada más allá de simple cordialidad, porque no lo tendrás —le recuerda en una clara declaración de intenciones.

—¡Que desilusión! —suelta Malcom con sarcasmo volviéndose hacia Arrán, quien permanece un par de pasos por detrás de su novia, para tenderle la mano—. Os deseo lo mejor, chicos —dice con sinceridad. Arrán la estrecha con fuerza y sonríe encantado—. Eso sí —añade, dedicándole una sonrisa de lo más angelical—: Como le hagas daño —murmura señalando con la cabeza a Skye—, haré filetes con cierta parte de tu cuerpo usando las tijeras de podar y se los daré a los cerdos para cenar.

—Me parece justo y te veo muy capaz —responde el novio echándose a reír.

—Todo muy bonito, pero yo me voy, necesito salir de aquí antes de que a la úlcera que se me acaba de formar en el estómago le dé por reventar... —musita Angus elevando ambas manos y, sin ni siquiera despedirse, se larga sin mirar atrás.

—Necesita algo de tiempo, todo esto también es nuevo para él, pero os garantizo que es un buen tío y se amoldará a la nueva situación —nos asegura Arrán, dirigiendo la mirada a la puerta por la que su hermano acaba de desaparecer.

—Todos lo haremos —dice la señora McLum—. En el fondo, esta es una nueva oportunidad que nos da la vida para olvidarnos del pasado y empezar el futuro haciendo las cosas bien.

Mi mirada se enlaza con la de Cameron y un

fuego abrasador, mezclado con deseo y admiración, me recorre de arriba abajo llenándome de
paz y de un profundo amor.

Lo sabía, en mi fuero interno sabía que no podía
estar equivocándome con él.

Capítulo 17

La llamada

Martina

Con la respiración todavía agitada, provocada más a causa de los nervios que por las escaleras que acabo de subir corriendo como si me estuviese persiguiendo una manada de chacales, entro en mi habitación, cierro la puerta y me alejo de ella, segura por completo de que esta no tardará más de unos segundos en abrirse.

Al menos, eso es lo que espero que ocurra si, tal y como imagino, Cam comprendió la clara invitación que encerraba la mirada que de forma nada discreta (todo hay que decirlo) le lancé antes de marcharme a toda prisa del comedor en cuanto terminamos la cena.

Mirada, por otra parte, que estoy segura me granjeará más de una burla por parte de Malcom y Skye, quienes no nos quitaban los ojos de encima.

Era la primera cena con los padres de mi mejor amiga y su prometido, por lo que lo lógico y lo que tendría que haber hecho era permanecer con ellos un poco más, pero han pasado horas desde que Angus se fue del salón con una salida de lo más teatral y desde entonces cada segundo teniendo a Cam delante sin poder aclarar las cosas con él, sin poder tocarlo... ha sido un suplicio total. Y eso que una vez que Angus nos dejó solos, la tensión se esfumó y la conversación se volvió agradable y normal. Estuvimos un buen rato poniendo al día a Cam sobre los preparativos del enlace y después todos juntos pasamos al comedor a cenar.

Como no podía ser de otra forma, la comida preparada con esmero para la ocasión por Bonnie estaba deliciosa, un auténtico manjar que por desgracia apenas pude probar, y no por falta de ganas, pero es que tener a Cameron sentado justo enfrente de mí, buscándome con su mirada y dedicándome sonrisas tan sensuales como poco discretas que aumentaban la temperatura de mi cuerpo, de la isla entera y si me descuido, del puñetero círculo polar, hacían que comer pasase a un segundo plano en mi mente y me ponían tan nerviosa que me costaba incluso tragar.

¿Cómo iba a centrarme en las chuletillas de cordero o las verduras asadas cuando cada vez que mis ojos se encontraban con los suyos sentía cómo todo mi cuerpo ardía consumido por el fuego de su mirada?

Intenté centrarme en la conversación, juro que sí, pensar en otra cosa que no fuese su forma de buscarme, de sonreírme...

Sobresaltada, retrocedo un paso volviendo al presente cuando, tal y como había supuesto que pasaría, la puerta se abre de golpe y él aparece en el umbral observándome con tanta intensidad que apenas consigo insuflar aire a mis pulmones para poder respirar.

—Lo siento —murmura, dando un portazo al tiempo que avanza un par de pasos, despacio, hacia mí.

—Lo sé —respondo con la voz entrecortada sosteniéndole la mirada.

—Fui un imbécil —susurra con voz ronca, avanzando un par de pasos más.

—Eso también lo sé —corroboro con un hilo de voz al tiempo que también me adelanto un paso en su dirección.

—Estos tres días han sido un puto infierno —asegura, dejando atrás los escasos metros que nos separan.

¿Es cosa mía o de repente la habitación ha comenzado a encoger?

—Si te consuela, tampoco es que los míos hayan sido una fiesta —confieso, mientras mi pulso se acelera de forma incontrolada.

—No vuelvas a dejarme nunca —me pide con voz ahogada, colocando una de sus manos en mi nuca para atraerme hacia él.

Sus ojos me atraviesan y me emborracho de su mirada mientras su cálido aliento acaricia mi piel.

—No lo haré —susurro sobre sus labios antes de que estos atrapen los míos, con ansia y una necesidad que me hace desfallecer.

Me fallan las piernas, mi cabeza da vueltas y el suelo tiembla bajo mis pies, o quizás sea yo la que tiembla, la verdad es que ya no lo sé.

Recordándome que por innecesario que en este momento me parezca debo seguir respirando, inhalo con fuerza y su inconfundible aroma a cítrico y madera embriaga cada rincón de mi ser. Sin pensarlo, enrollo las manos en su cuello enredando los dedos en su pelo para conseguir mantenerme en pie.

Me sostiene por las nalgas con firmeza, elevándome lo suficiente para que mis piernas se enganchen a su cintura. Nos saboreamos con premura, con nuestras lenguas enzarzadas en un baile de roces que demandan y entregan placer con hambre y desesperación, como si este fuese nuestro último minuto sobre la faz la Tierra, como si solo nos quedasen unos segundos de vida antes de desaparecer.

Y así, entre susurros y caricias, besándonos con una mezcla de fervor, calma y pasión, llegamos a la cama y nos dejamos caer.

Mis manos se cuelan bajo el jersey acariciando su pecho y su torso, memorizando cada milímetro de su cálida piel al mismo tiempo que sus labios abandonan mi boca y trazan un sendero húmedo y ardiente hasta mi hombro.

El tiempo se detiene y el mundo deja de girar cuando, al adentrarme de nuevo en sus ojos, descubro que en ellos se encierra todo un universo, mi universo, un universo donde él es la estrella que nunca deja de brillar y yo el planeta que necesita su luz para poder girar.

Las sensaciones se multiplican a la vez que lo hacen las caricias. Entre los dos nos deshacemos de la ropa con rapidez, eliminando cualquier barrera que se interponga entre nuestros cuerpos y nuestra enfebrecida piel, sin dejar de contemplarnos con deleite y devoción.

Sus labios despliegan una sonrisa hambrienta y lasciva antes de descender a mi pecho, atrapándolo, enardeciéndome, jugando con él y provocándome de forma que los gemidos escapan de mis sonrojados labios uniéndose al alterado sonido de nuestras respiraciones.

Mi mano desciende a su miembro y comienzo a acariciarlo de arriba abajo en un movimiento lento y pausado pero firme que le hace entornar los ojos y jadear.

—Cam... —murmuro cuando el deseo es tan fuerte que siento ganas de sollozar.

—Todavía no... —susurra con voz ronca y sensual.

Su mano atrapa la mía para detener el movimiento que, poco a poco, ha aumentado de velocidad y, apartándola, se arrastra descendiendo por mi cuerpo hasta la parte inferior de la cama donde, sin previo aviso, separa mis piernas y comienza a acariciar la cara interna de mis muslos. Uno con las yemas de sus dedos, trazando delicadas caricias ascendentes; otro con suaves besos que alterna con roces de sus dientes en la misma dirección. Una dirección que lo conduce directo al punto álgido de mi deseo.

Me siento embriagada, tanto que ni siquiera soy consciente de si todavía sigo respirando o hace tiempo que ya no.

—Me vuelves loco —asegura, mientras el placer se vuelve doloroso cuando su lengua roza mi clítoris una y otra vez y comienza a succionarlo sin parar, al mismo tiempo que sus dedos se introducen en mi interior—. Estás empapada —murmura.

Jadeo, me retuerzo de pura excitación e, incapaz de quedarme quieta, protesto, arqueo la espalda y me aferro al edredón.

—Cam. —Su nombre se convierte en una súplica en mis labios, y esta vez sí, sin alargar más mi agonía, se coloca entre mis piernas y despacio, muy despacio, con sus ojos clavados en los míos, se va introduciendo en mi cuerpo, llenándome y haciendo explotar un sinfín de emociones en mi interior.

—Joder —susurra apretando la mandíbula antes de salir y volver a penetrarme con fuerza una y otra vez.

El movimiento se acelera, mi cadera choca contra la suya y sus labios atrapan los míos con rabia y ardor.

Mis manos viajan a su trasero, las suyas sujetan mis rodillas, doblándolas para poder profundizar las embestidas, llegando más al fondo y con más fuerza.

Mi lengua recorre su clavícula, sus dientes atrapan mi pezón. Nuestros gemidos se funden en una sola canción al tiempo que los envites se intensifican, haciéndome temblar, llevándome al límite y poniéndome a levitar, hasta que, incapaz de resistirlo por más tiempo, al sentir cómo mis músculos se tensan, clavo las uñas en sus hombros y comienzo a convulsionar justo antes de sentir la explosión que me arrasa por dentro, dejándome devastada, elevándome del suelo para hacerme tocar las estrellas con la punta de los dedos antes de traerme de vuelta con él.

Con la respiración todavía alterada y el cuerpo resacoso de placer, apoyo la frente sobre su pecho al percibir cómo el ritmo de sus acometidas se vuelve tan frenético como los latidos de su corazón. Segundos después, mi nombre acaricia sus labios al tiempo que su polla se tensa y, entrelazando su mirada con la mía, se deja ir derramándose en mi interior mientras nos envolvemos en una mirada rebosante de cariño y amor. Y este es el momento exacto en el que nos convertimos en uno y dejamos de ser dos.

Cameron

Con el codo apoyado en la almohada y la cabeza sobre la palma de mi mano, acaricio con cadencia la fina piel de su rostro mientras la observo dormir.

Dormir, eso mismo es lo que yo debería estar haciendo, teniendo en cuenta que ni siquiera son las cinco de la madrugada, pero soy incapaz de dejar de mirarla.

Se la ve tan tranquila, tan relajada con el pelo esparcido sobre la sábana y esa expresión serena dibujada en su cara que por momentos necesito recordarme que es real, que de verdad está de nuevo conmigo y que no es una visión o uno de esos sueños que durante este tiempo sin ella he tenido.

Estos tres días sin ella han sido horribles y no solo por lo mucho que la echaba en falta, sino porque su ausencia, el dolor constante en mi pecho al pensar en ella, fueron un alarmante aviso de lo que sucederá cuando se marche de aquí para volver a España.

Esa simple posibilidad, la idea de que un océano se interponga entre nosotros, de no escuchar su risa cada día ni poder besarla o perderme en su mirada es algo que no concibo, pues, a pesar de que llevamos juntos pocas semanas, estoy tan seguro de que es la persona que quiero a mi lado que soy incapaz de imaginar mi vida o de encontrarle el sentido si ella no está conmigo.

Es absurdo, pues nunca antes he sentido esa necesidad, pero me siento como si hasta ahora mi vida y yo mismo hubiésemos sido un puzle incompleto y Martina fuera la única pieza que faltaba para que todo pudiese encajar.

Las yemas de mis dedos se deslizan con delicadeza por su mejilla y sus párpados se abren con pesadez, dedicándome una mirada aletargada y una sonrisa perezosa.

—¿Qué hora es? —murmura con voz soñolienta, arrimándose más a mi cuerpo para buscar mi calor.

—Quédate —susurro.

Su sonrisa se ensancha a la vez que sus ojos viajan a la ventana.

—Todavía es de noche, no pensaba moverme de esta cama —replica, y esboza una sonrisa traviesa mientras acaricia mi pecho provocando que una oleada de deseo me recorra de la cabeza a los pies.

—No me refiero a eso —murmuro—. Quiero que te quedes aquí, conmigo.

Sus ojos se abren de forma desorbitada y, durante unos segundos, me estudia con atención.

—¿Quieres decir...?

—Que no quiero que vuelvas a España —afirmo con sinceridad.

—Pero mi trabajo, mi casa... —balbucea sin saber qué decir.

—Martina —la corto con voz seria—. Sé que no nos conocemos desde hace años, ni siquiera meses, pero yo no necesito pasar ni un segundo más a tu lado para saber que estoy perdidamente enamorado y que no quiero pasar un solo día de mi vida sin ti.

Sus ojos se llenan de lágrimas y su labio comienza a temblar.

—En realidad, creo que lo supe desde hace mucho y, a pesar de que te encante llevarme la contraria y tenerte a mi lado sea una fuente de peligro constante —bromeo y ella sonríe—, la verdad es que todo tendría mucho menos sentido si tú no estuvieses junto a mí.

Una lágrima se desliza por su mejilla y la seco con dulzura.

—Eres inteligente, guapa, divertida, tu único defecto es que creo que mi propia hermana te quiere más que a mí. —Sonrío.

—Eres tonto —se ríe ella sorbiendo por la nariz.

—Pero un tonto que te quiere y que no quiere volver a estar sin ti —confieso, atrapando con suavidad sus labios.

De pronto, el teléfono comienza a sonar sobresaltándonos a ambos y, aunque mi primer impulso es ignorarlo, dadas las horas, enseguida comprendo que tiene que tratarse de algo grave y me apresuro a contestar.

—Dime, Malcom —lo saludo cada vez más inquieto al ver su nombre en la pantalla. Su voz trabajosa me llega desde el otro lado.

—Tenemos un problema. —Parece cansado, agotado, y eso me pone enseguida en alerta.

—Al grano, me estás poniendo nervioso —advierto.

—La puerta del corral de las ovejas estaba abierta, hay un par de decenas muertas y muchas han escapado.

Los músculos de mi espalda se tensan y salto de la cama buscando mi ropa a toda prisa.

—Voy para allá —afirmo con voz seca.

—¿Qué sucede? —se interesa Martina al ver mi reacción.

—Un problema con las ovejas —anuncio.

—¿Es grave? —Su voz suena preocupada.

—Eso parece, pero mientras no esté en el corral no lo sabré con seguridad —respondo acercándome a ella para depositar un beso en sus labios y dirigirme a la puerta todavía a medio vestir—. Tú y yo tenemos una conversación pendiente, piensa en lo que te acabo de decir —le pido guiñándole un ojo antes de abandonar la habitación como alma que lleva el diablo.

Es poner un pie dentro del corral y caérseme el alma a los pies.

El escenario con el que me encuentro es desolador.

Los cuerpos de casi una treintena de ovejas están apilados a un lado de la puerta mientras Malcom, ayudado por Bac y Calan, dos de los pastores que se encargan del cuidado diario de los rebaños, revisan a los asustados animales que, nerviosos, no dejan de balar para cerciorarse de que ninguna otra está herida y las cuentan para hacerse una idea aproximada de las que han podido escapar.

—¿Cómo narices ha ocurrido esto? —murmuro acercándome a ellos.

—Han tenido que ser perros salvajes —responde Malcom, levantando hacia mí su mirada ojerosa y cansada.

—Hay pocos por esta zona —afirmo, paseando la vista por las enormes manchas de sangre que cubren el suelo—. Y hace tiempo que no se acercan a una casa.

—Lo sé, pero este invierno ha sido muy duro, deben de estar hambrientos y, aprovechando que la puerta quedó mal cerrada, decidieron atacar —explica mi amigo, señalando los cadáveres y poniendo una ligera mueca de dolor que me lleva a reparar en su brazo.

—¿Y eso? ¿Te encuentras bien? —pregunto, señalando la herida que ocupa buena parte de su antebrazo.

—Las ovejas estaban histéricas y una me mordió cuando intenté cogerla al entrar en el corral. Pero tranquilo, creo que sobreviviré.

—¿Quién demonios se dejó la puerta abierta? —inquiero enfadado, mirando a los dos hombres que me observan apesadumbrados.

—Yo fui el último en salir y estoy convencido de que la puerta quedó bien cerrada —contesta Bac.

—Pues por lo visto no fue así —replico frunciendo el ceño y atravesándolo con la mirada.

—Es cierto, Cam, yo mismo me pasé por aquí cuando iba de camino para reunirme con los demás en el salón y estoy convencido de que, tal y como dice Bac, la puerta estaba cerrada —me informa Malcom—. De todas formas, lo más importante ahora es traer de vuelta a los animales que han escapado.

Lo estudio con atención. Se le ve cansado, tiene la ropa cubierta de sangre y, por mucho que diga lo contrario, necesita curarse la herida del brazo. Estoy convencido de que, cuando me llamó, el pobre debía de llevar horas aquí intentando solucionar este embrollo, o puede que ni siquiera se haya acostado.

—¿Cuántas calculas que han escapado? —me intereso, preocupado por la respuesta.

—Unas cincuenta y algo —confiesa él disgustado.

Asiento apretando la mandíbula.

—Tienes razón, lo más importante es encontrar a los animales, pero vete a curar esa herida y a descansar un poco, ya me ocupo yo —le ofrezco.

—Ni de coña, sabes de sobra que no voy a dejarte solo con todo este marrón —afirma convencido.

Me muestro reticente, pero con lo cabezota que es, sé que por mucho que me empeñe no voy a conseguir que cambie de opinión, así que cedo soltando un suspiro de resignación.

—Está bien, dudo que se hayan alejado demasiado. Nosotros iremos a caballo y vosotros dos —añado señalando a Bac y Calan— coged la camioneta por si hay alguna oveja herida que hubiese que transportar.

Todos siguen mis indicaciones; en silencio, Malcom y yo nos dirigimos a los establos y preparamos las monturas para, pocos minutos después, reunirnos en la entrada de la finca con el camión y comenzar la batida.

Hace frío, muchísimo frío, hay bastante nieve, pero, por suerte, poco hielo y, además, está empezando a amanecer, por lo que a medida que recorremos las tierras del castillo, la luz del sol ilumina la oscuridad facilitándonos la búsqueda.

Cabalgamos en silencio, intentando descubrir a los asustados animales que poco a poco van apareciendo y, tal y como suponíamos, algunos se encuentran heridos, pero por fortuna no hallamos ningún cadáver más.

Casi tres horas después, satisfechos de haber recuperado a todos los animales extraviados, entramos de vuelta en el corral.

—Voy a echarles de comer —anuncia Malcom apeándose de la montura.

—Ni de broma, tú y yo nos vamos ahora mismo al hospital a que te curen ese brazo —afirmo en un tono que no admite discusión.

—Pero...

—Ni pero ni peral —lo corto.

—Eres un exagerado —bufa poniendo los ojos en blanco.

—Eso me decís todos, pero de exagerado nada, sabes de sobra que necesitas antibiótico.

—No me gustan los mejunjes —protesta poniendo un mohín más propio de un chiquillo que de un hombre hecho y derecho.

El gesto me hace sonreír, Malcom tiene desde niño una aprensión desorbitada a tomar cualquier tipo de medicación, tanto que, cuando de pequeño tenía que tomarse alguna pastilla, su madre las escondía entre la miga del pan.

—No seas crío —lo acuso—. Esos mejunjes, como tú los llamas, salvan vidas, chaval.

—Si yo soy un crío, tú eres una madre mandona —me espeta.

—¿Prefieres que avise a la tuya? —sugiero disimulando una sonrisa, pues ya sé cuál va a ser su respuesta.

—¡Eso es trampa! ¡No puedes amenazarme con llamar a mi madre, sabes de sobra que se pone histérica por cualquier heridita de nada, imagínate si ve esto! —protesta señalando su brazo.

—Entonces admites que eso que tienes ahí es más que una «heridita de nada».

—Un mordisco sin importancia —contesta el muy cabezón.

—¿Un mordisco sin importancia? —repito escéptico fijando los ojos en el mordisco, que comienza a adquirir un desagradable tono violeta y no deja de sangrar—. Hazme el favor de tirar para el coche y dejar de protestar —le exijo, mostrándome firme y negando con la cabeza al escucharlo refunfuñar en voz baja, mientras camina con la misma alegría que desprendería un acusado de brujería al que conducen directito ante la Santa Inquisición.

Capítulo 18

La confirmación

Martina

Son casi las diez y media de la mañana cuando Cameron vuelve a entrar en mi habitación. Me vuelvo para observarlo desde el escritorio en el que estaba pasando algunas de las fotos que he podido tomar durante estos días al ordenador.

—¡Por fin! ¡Estaba preocupada! ¿Qué ha pasado con las ovejas? —pregunto levantándome para acercarme a él, que enseguida atrapa mi cintura y me aproxima a su cuerpo para depositar un suave beso sobre mis labios.

—La puerta del corral estaba abierta y, por desgracia, unos perros salvajes entraron y se dieron un buen festín.

Un grito ahogado escapa de mi garganta.

—¿Murieron muchas? —pregunto, a pesar de que en realidad prefiero no saber la respuesta.

—Cerca de treinta, y muchas otras se escaparon, así que tuvimos que reunirlas y traerlas de vuelta a casa —me explica, acariciándome la mejilla con el dorso de su mano.

—¿Treinta? —repito en tono lastimero.

Él asiente frunciendo el ceño.

—Al menos conseguimos reunir a todas las que habían huido asustadas —intenta animarme, dedicándome una sonrisa cansada.

—Ahora entiendo que tardases tanto.

—No te creas, fue bastante rápido, lo que pasa es que una de ellas mordió a Malcom y tuve que llevarlo al hospital.

—¡Ostras! ¿Está bien? —Mi preocupación aumenta.

—Sí, tranquila, está como nuevo. Con su experiencia, no deberían haberlo mordido, pero se confió porque las ovejas no suelen atacar, solo que en este caso estaban muy nerviosas y una de ella le dio un buen bocado cuando entró en el corral —me explica—. Le desinfectaron la herida, le pusieron una vacuna y poco más.

—Bueno, lo importante es que el episodio ha salido todo lo bien que cabría esperar —intento animarlo.

—Eso lo dices porque no viste el montón de cadáveres apilados... —murmura con gesto contrariado.

Un estremecimiento me recorre de arriba abajo y, al percatarse, se apresura a besarme otra vez.

—No me hagas caso, es solo que me frustra no haber cambiado antes esa puerta. De haberlo hecho, todo esto se hubiese evitado.

—Ahhh, di por hecho que alguien se la había dejado abierta —confieso entendiendo su malestar.

—Al principio, yo también. Pero los chicos son muy profesionales y responsables y todos afirman que la dejaron cerrada. Así que es muy probable que, al estar vieja y tan oxidada, cediese ante las fuertes ráfagas de viento de anoche y se abriese dejando el paso libre a los perros, que se encontraron con un bufé libre con el que no contaban.

Un nuevo escalofrío me recorre el cuerpo y apoyo la cabeza sobre su pecho para disfrutar de su calor.

—Y ahora..., hablando de cosas más importantes. ¿Has pensado en lo que te dije? —Su voz adquiere una mezcla de urgencia y anhelo que me acelera el corazón.

Como si de repente me quemase estar junto a él, me aparto hacia atrás, interponiendo un par de pasos de distancia entre los dos.

¿Que si lo he pensado? ¿Que si lo he pensado, dice? ¡Creo que durante estas cuatro horas mi cerebro no ha podido asimilar ninguna información adicional que no fuesen sus palabras una y otra vez!

Llevo desde entonces dándole vueltas a todo lo que supondría dar ese paso, lo que sería para mí dejarlo todo atrás, y lo único que he conseguido preguntarme es: ¿qué dejaría en realidad? ¿Un piso en alquiler? ¿Un trabajo que no me gusta en una oficina en la que no me valoran? ¿A cambio de qué? ¿Tener a mi mejor amiga cerca? ¿Poder estar con Cameron?

Visto así, la respuesta parece obvia, sin embargo, continúa siendo un gran cambio, un salto de fe.

—¿Y si no sale bien? —expongo mis dudas en voz alta—. ¿Y si me quedo y dentro de dos meses nos damos cuenta de que no nos soportamos?

—Eso no pasará —asegura sonriendo, al tiempo que da un paso en mi dirección.

—No puedes saberlo con seguridad —rebato nerviosa.

—Claro que puedo, sé que eso no pasará. Estoy muy seguro de lo que siento por ti, Martina, y si tú sientes lo mismo, nada puede salir mal. Además, ¿qué es lo peor que podría ocurrir? Si llegado el caso te hartas de mí y quieres volver a España, nada te lo impedirá.

—Es imposible que me harte de ti ... —Las palabras salen de mis labios antes de que pueda siquiera pensarlas, provocando que una sonrisa de genuina felicidad se extienda por los suyos.

—Entonces..., ¿te quedas? —Su voz sugerente me atraviesa mientras sus manos atrapan las mías acariciándolas con ternura.

—Me quedo —digo con un hilo de voz asintiendo con la cabeza al mismo tiempo que me pierdo en sus ojos, convertidos en un mar verde de dicha y felicidad.

Sus manos sostienen mis mejillas y su boca atrapa la mía consumiéndome en un beso que me hace sentir ligera; un beso que sabe a comienzo, a futuro y a libertad.

A pesar de que ya es tardísimo, todos permanecen todavía sentados a la mesa cuando un rato después, tras haber celebrado mi decisión como Dios manda, tomados de la mano, bajamos a desayunar al comedor.

Por instinto, en cuanto las voces se apagan y las miradas de todos los presentes se posan sobre nosotros, intento apartarme, pero Cam, cuyos dedos continúan entrelazados con firmeza con los míos, avanza muy seguro sin darme opción a escapar.

Me arden las mejillas, estoy roja como un pimiento morrón y no sé dónde meterme, sobre todo, cuando la escandalosa de mi amiga comienza a gritar con emoción.

—¡¿Ya es oficial?! ¡¿Estáis juntos?! ¡¿Ya podemos dejar de fingir que no lo sabemos?! —pregunta mientras aplaude y da grititos de emoción.

—¡Skye! —la regaño.

—¡¿Quééé?! Chica, es que menos mal que no os ganáis la vida como actores, se os da fatal disimular —se carcajea antes de insistir de nuevo con lo que en realidad le interesa—. Entonces, ¿qué? ¿Lo confirmáis?

Su hermano despliega una sonrisa cargada de ilusión y asiente con solemnidad.

Ella sale corriendo de su silla y se lanza a abrazarlo antes de dirigirse hacia mí, expectante.

—Eso significa que te quedas, ¿verdad? ¡Por favor, dime que Cam ha conseguido convencerte para que te quedes! ¡Venga, contesta, no te hagas de rogar! —exclama fuera de sí.

—Hija, dudo que pueda responderte si no la dejas hablar —la reprende su madre con cariño.

—Me quedo —murmuro con la cara del color del fuego intenso.

—¿Ves, mamá? ¡Te dije que no sería necesario adoptarla! ¡Ya somos familia! ¡Qué felicidad! —grita desatando las risas de todos los presentes.

—¡Que sepas que te has convertido de manera oficial en mi hermano preferido! —dice a Cam, que la observa con gesto burlón antes de recordarle:

—Soy tu único hermano.

—Aunque tuviese veinticinco, tú seguirías siendo el mejor —asegura ella, guiñándole un ojo antes de centrarse de nuevo en mí.

—¿Ya has pensado qué vas a hacer? ¡Podemos montar algo juntas! O mejor: ¿y si buscamos la forma de trabajar para el periódico de la isla? O si lo prefieres podemos...

—Skye, cariño, intenta respirar —pide Arrán a su prometida conteniendo una sonrisa.

—¡Es que no lo entendéis! ¡El universo es maravilloso, perfecto! ¡Voy a casarme con el amor de mi vida y mi mejor amiga se queda a vivir aquí! ¿Qué más se puede pedir? —exclama con aire teatral.

La miro desplegando una sonrisa en mis labios. No sé qué me deparará este nuevo camino que he decidido seguir, pero si de algo estoy segura, es de que aburrirme no me voy a aburrir.

Minutos más tarde, ya sentados a la mesa, cuando todos nos han felicitado y mi amiga parece haberse tranquilizado, mi mirada estudia la venda que cubre el antebrazo de Malcom.

—¿Tú qué tal estás? —me intereso—. Por lo visto te dieron un buen bocado.

—Tranquila, no es nada. Un poco de antibiótico, un pinchacito y una anécdota que contar.

—¡Un pinchacito! ¡Eso dice ahora, pero teníais que haber visto la que me montó en el hospital! —bufa Cam, dedicándole una mirada cargada de reproche—. ¡Menudo cuajo decir eso después de la que has liado!

—Desde luego, Cameron, hay que ver lo que te gusta exagerar —le responde Malcom ofendido.

—¡No me lo puedo creer! —Las carcajadas de Cam se escuchan hasta en los establos—. Primero tuve que amenazarlo para llevarlo, pero es que luego, allí, cuando se enteró de que iban a pincharlo, intentó escaparse.

—¿En serio? —se interesa Arrán divertido.

—¿Por qué será que no me sorprende? —murmura Skye—. Aquí el colega tiene pánico a las agujas. Lo he visto trabajar como si nada con un par de costillas rotas, pero luego es enfrentarse a una agujita de nada y parece que se va a desplomar.

—¡Ojalá, ojalá se hubiese desplomado! ¡Pero no, qué va! ¡Tuvimos que sujetarlo entre varias enfermeras y yo, hasta Juls se unió! —replica su hermano señalando al herido con gesto socarrón.

—¿Juls? —pregunto sorprendida de que su nombre salga a colación.

—Sí, estaba esperando para que le pusieran la vacuna del tétanos —me explica Cam—. Se había hecho un corte bastante feo en la pierna con un hierro oxidado ayudando a su padre en la granja.

—Pues con corte y todo, no veas cómo agarraba, creo que todavía tengo marcas de sus uñas en la espalda —protesta Malcom.

—Si no hubieses intentado escaparte, no hubiésemos tenido que sujetarte —le espeta mi novio.

—¡Ya, lo que pasa es que tu socia aún estaba de mala leche contigo y las pagó conmigo! —replica su amigo.

—¿Juls estaba enfadada contigo? —Skye se muestra sorprendida—. Pero si besa el suelo por donde pisas.

—«Enfadada» no es la palabra, un poco molesta quizás —corrige Cam, dedicando una mirada molesta a su amigo.

—Perdona, pero por lo que me contaste cuando estábamos buscando a las ovejas, no estaba molesta, sino cabreada como una mona —matiza él.

—¿Y eso? —pregunto con curiosidad.

—Pues nada, aquí tu novio que es un rompecorazones —me suelta Malcom con un salero que, si no fuese por lo incómodo de la situación, hasta me haría gracia—. Al parecer, la chica estaba encaprichada con él y, cuando ayer estuvieron juntos en la bodega, se le declaró, pero él le dijo que estaba enamorado de ti y que iba a luchar por vuestra relación y claro, eso a Juls lo que se dice gustarle, no le gustó —añade como si tal cosa.

—Gracias por el resumen —sisea Cam volviéndose hacia mí—. Si no te comenté nada, es porque no tiene la más mínima importancia.

—Por lo visto para ella sí —digo algo molesta—. La verdad es que, si voy a quedarme, me gustaría enterarme de este tipo de cosas por ti —aseguro olvidándome por un momento de las personas que nos acompañan.

Cameron me observa con intensidad y una ligera sombra de arrepentimiento cruza por sus ojos.

Los demás permanecen el silencio, y todos, incluido Malcom, quien, con cara de circunstancias, parece acabar de darse cuenta de que ha metido la pata, me estudian esperando mi reacción.

¿Me jode? Por supuesto que sí, pero no el hecho de que Juls sienta algo por Cameron, eso me quedó más que claro el día que fuimos a la bodega, por lo que no supone ninguna sorpresa para mí.

Lo que me fastidia es que él no me contase nada sobre esa conversación, aunque también es verdad que el hecho de que le dejase claro que quiere estar conmigo es un punto enorme a su favor.

—Lo siento mucho, ni siquiera lo pensé. Como te digo, las cosas entre Juls y yo quedaron clarísimas ayer, y después de los últimos días tenía cosas más importantes que hacer y hablar contigo —susurra sin apartar sus ojos de los míos.

La alusión a lo ocurrido en mi habitación durante la noche hace que mis mejillas vuelvan a enrojecer.

Asiento, conforme con la explicación, y el alivio se refleja en su mirada.

Confío por completo en Cameron, sé que tienen

que trabajar juntos y no me supone ningún problema. Pero Juls no me da buena espina, llámalo celos
o como quieras, pero no me gusta ni un poco y
pienso estar alerta con ella.

Capítulo 19

Campanas de boda

Cameron

Por fin ha llegado el día. Tanto el castillo como la capilla de la parte posterior del jardín, esa misma a la que nuestra abuela nos llevaba cada domingo a rezar y encender velas, están engalanados con cientos de flores y los colores de la familia para la ocasión.

Durante toda la mañana, tanto mi hermana como Martina e incluso mis padres han estado paseando de un lado a otro y charlando superrelajados y, sin embargo, yo no podía ni puedo permanecer un segundo quieto de lo nervioso, confuso y sobrepasado que estoy.

Sé que mi hermana está enamorada y que eso es lo más importante. Me costó un poco darme cuenta de lo egoísta que estaba siendo al anteponer nuestros problemas, rencillas y rencores a su felicidad, pero con un poco de ayuda... lo comprendí a tiempo, y menos mal, porque si llego a fallarle en un día tan importante como hoy, no podría habérmelo perdonado jamás.

En mi defensa diré que estamos hablando de Arrán Bain. ¡Arrán Bain! Con la de personas que hay en el mundo, ¿no podía haber elegido a otro? ¿De verdad tiene que ser justamente Arrán Bain?

Reconozco que el chaval la mira como si fuese la única mujer sobre la faz de la Tierra y también que la pregunta es bastante estúpida, sobre todo, si tenemos en cuenta que quien la plantea soy yo. El mismo que sin pretenderlo se ha enamorado como un imbécil de su mejor amiga sin importarle si eso iba a molestarle a ella o no.

Porque sí, hemos tenido la suerte de que mi hermana está encantada de que estemos juntos, pero ¿y si no hubiese sido así? ¿Qué habría ocurrido si mi hermana no estuviese de acuerdo con nuestra relación? ¿Y si me hubiese dado a elegir entre las dos? ¿Qué haría yo? ¿Habría renunciado a todo lo que siento por Martina para no perder a Skye? ¿Cómo me sentiría viéndome en esa situación?

Pues como una mierda, como una mierda y tremendamente infeliz, así me hubiese sentido, y en cuanto a la pregunta anterior, la respuesta es un claro, gigantesco y rotundo NO.

Adoro a mi hermana y haría lo que fuese por ella como estoy a punto de demostrar, pero lo que siento por Martina es algo que va más allá. Un sentimiento profundo que me da el aire y a la vez me lo roba impidiéndome respirar. Martina es la sensación de plenitud cuando está a mi lado y la de pérdida cuando no está. Renunciar a ella nunca sería una opción.

Una opción que yo intenté que mi hermana tomase, y solo pensar que la puse en esa tesitura, imaginar cómo debió de sentirse, me revuelve el estómago porque, aunque ella me haya perdonado, sé que fui injusto, una basura de hermano y un cabrón.

Por suerte, tengo a Martina, que es maravillosa,

su lealtad a Skye es incondicional y el tirón de orejas que me dio llegó justo a tiempo haciéndome abrir los ojos y entrar en razón.

Esta boda tendrá algunas consecuencias desagradables, lo admito, soportar a Angus en fiestas y acontecimientos familiares no es algo que me haga ilusión, pero es un precio muy bajo a pagar por la felicidad de una de las personas más importantes de mi vida.

Impaciente, elevo la mirada al reloj de lo alto de la escalera cuando las campanas comienzan a dar las doce menos cuarto, y justo entonces se abre la puerta de su habitación.

Mi mirada se encuentra con la de Skye, que me contempla empañada por la ilusión y me siento embargado por una sincera y profunda emoción al tiempo que decenas de recuerdos, miles de momentos, de palabras y sonrisas compartidas se abren hueco en mi mente agitando mi alma y mi corazón.

Está preciosa. La niña de mis ojos, mi amiga, mi compañera de juegos, la que se colaba en mi cama cuando había tormenta y me pedía que le leyese cuentos cada noche antes de dormir o la que siempre nos acompañaba a Malcom y a mí en cualquier travesura que pudiésemos tramar, se casa y ni en sueños podría habérmela imaginado más bonita de lo que está.

Enfundada en un sencillo pero elegante vestido blanco con escote de barco y manga larga que se adapta a su cuerpo a la perfección y cubriendo sus hombros con una hermosa capa de lana tan pura y suave como la nieve recién caída, sale de su habitación y camina hacia mí desprendiendo seguridad y un infinito amor.

Con los ojos anegados en lágrimas, la espero al pie de la escalera intentando memorizarlo todo: la luz que desprende, la forma en que su larga melena colorea la capa, la manera en que los pendientes de mi abuela tintinean a cada paso que da.

Pequeños matices, detalles insignificantes, pero tan llenos de significado que convierten estos preciados segundos en un momento único e irrepetible que sé que permanecerá vivo en mi memoria por toda la eternidad.

—Estás preciosa —susurro cuando llega a mi lado.

Ella se pone de puntillas para depositar un beso en mi mejilla sin dejar de sonreír.

—Gracias por acompañarme. Si no estuvieses aquí...

—Siempre voy a estar a tu lado. En cada paso, en cada obstáculo que encuentres en tu vida me tendrás junto a ti, lo siento si no lo he demostrado —la interrumpo agarrando su mano para colocarla en mi brazo.

Ella asiente emocionada y juntos comenzamos a bajar las mismas escaleras que tantas veces hemos recorrido a lo largo de los años para llegar hasta la puerta principal.

El frío de la noche nos recibe bajo el interminable manto estrellado que cubre el cielo, mientras una majestuosa e inalcanzable luna llena crea reflejos plateados sobre la nieve que lo cubre todo a nuestro alrededor.

Todavía agarrados, caminamos hasta la calesa propiedad de la familia que, impecable, nos aguarda para llevarnos a nuestro destino conducida por Zar y Apache.

Me adelanto para ayudarla a subir y, cuando tomo asiento a su lado, nos cubro a ambos con una hermosa manta de piel blanca. Los dos sonreímos, dichosos de poder compartir este momento.

Segundos después, la calesa comienza a avanzar por un sendero nevado, iluminado tan solo por las antorchas que se sitúan de forma estratégica a ambos lados.

—Cuando de pequeña asegurabas que te casarías a media noche, en invierno y con luna llena no me lo imaginaba de esta manera. Reconozco que es mucho mejor de lo que cabría esperar —confieso esbozando una sonrisa.

Su rostro muestra una mezcla de nostalgia y felicidad.

—Cuando la abuela nos contaba historias de hadas, siempre decía que sus bodas eran así. A media noche, en invierno y bajo la luz de la luna llena —susurra—. Siempre supe que, si algún día daba el paso, lo haría igual que ellas. Es mágico, místico... No me imagino mi boda de ninguna otra manera ni en ningún otro sitio que no sea aquí.

Acaricio su mejilla con cariño y ella me guiña un ojo antes de añadir:

—Y ahora no olvides respirar.

—¿Cómo? —pregunto confuso.

—Que cuando veas a Martina, no olvides respirar —repite con aire burlón, señalando con un movimiento de cabeza la puerta de la capilla delante de la que acabamos de detenernos.

Mis ojos se dirigen al punto exacto que mi hermana acaba de indicar y, en efecto, en cuanto la veo, se me olvida incluso respirar.

Martina está preciosa, impresionante.

Lleva el pelo suelto y el rostro apenas maquillado, a excepción de unos labios rojos que desatan una oleada de deseo primitivo y ardiente en mi interior.

El vestido, confeccionado en terciopelo a juego con el color de su boca, se le adapta al cuerpo de tal forma que parece creado únicamente para enloquecer al más cuerdo de los mortales y, en concreto, para hacerme perder a mí cualquier resquicio de control.

—Te dije que te acordases de respirar —repite Skye sofocando una risa mientras la ayudo a bajar.

—Quieres matarme —afirmo con voz ronca al llegar al lado de mi novia (es increíble lo bien que suena esa palabra cuando hace referencia a Martina), al tiempo que mi mirada la recorre veloz.

—Es mi boda, ni se te ocurra morirte o la que te remata soy yo —me advierte mi hermana, alzando una ceja divertida.

—Tú tampoco estás mal —comenta Martina con gesto pícaro antes de centrar toda su atención en la novia.

—¿Preparada? —le pregunta.

—Con vosotros, siempre y a cualquier lugar —asegura ella.

Martina asiente y después de que ambas se fundan en un sentido abrazo se coloca delante de nosotros y espera hasta que, en el momento exacto en que los primeros acordes del cuarteto de cuerda empiezan sonar al ritmo de *Fairytale* de Enya, con aire solemne comienza a avanzar bajo la atenta mirada de los cerca de treinta invitados que esperan para verla llegar.

—¿Segura de que no quieres dar la vuelta? —bromeo mirando de reojo a mi hermana.

—Ni se te ocurra, llevo tacones y estoy dispuesta a usarlos —susurra.

—Está bien; entonces, vamos allá —afirmo e inspiro con fuerza antes de entrar en la capilla que, como no podía ser de otra forma, luce espectacular.

Las peonias azules, flor preferida de mi abuela

y de la propia Skye, permanecen enganchadas en los bancos con lazos de rafia del mismo color y parecen brillar bajo la íntima luz de los cientos de velas que iluminan el pequeño templo de piedra, otorgándole al espacio una atmosfera mágica y ancestral.

Precedidos por Martina, que no deja de sonreír, acompaño a mi hermana hasta el altar donde Arrán la espera con un ligero temblor sacudiendo su cuerpo y una sonrisa dibujada en su cara.

A su lado, mi madre, intentando mantener la compostura, contempla a su pequeña del alma con los ojos anegados en lágrimas.

—Bichito, vas a ser muy feliz —afirmo con la voz algo rota en el momento en que nos detenemos un par de pasos antes de llegar a la altura del novio.

—Lo sé —asegura ella con total convencimiento, sin dudar de la respuesta ni un momento.

La canción llega a sus últimos acordes y Arrán se acerca para tomar la mano de mi hermana.

Los veo aproximarse juntos al altar y, tragando saliva para deshacer el nudo que me obstruye la garganta, me coloco junto a Martina, que entrelaza sus dedos con los míos apretándolos de forma sutil en una muestra de cariño y apoyo antes de que ambos nos situemos al lado de los novios para disfrutar de una ceremonia repleta de momentos cargados de intensidad.

Martina

Cuando mi amiga me confesó que tenía la intención de casarse a media noche en honor a una vieja leyenda escocesa que su abuela les contaba de niños, pensé que era una locura y estaba chalada. Sin embargo, ahora, a los pies del altar, acompañándola mientras pronuncia sus votos, tengo que admitir que no podría haber elegido ni un momento ni un lugar más especial.

Todo es perfecto. Desde el hermoso vestido de la novia hasta la nieve que convierte el paisaje en una estampa inmaculada, pasando por las velas y el intenso azul de las peonias o las estrellas que, brillando en lo alto del cielo, nos envuelven adentrándonos en un sueño, en un mundo mágico y etéreo en el que la fantasía se funde con la realidad.

Sin molestarme en disimular las lágrimas que bañan mis mejillas al ver la felicidad que desprende mi amiga, contemplo a Cameron y su imagen nubla mi mente, robándome el aliento y acelerándome el pulso.

Está tan guapo, tan imponente, tan atractivo y sensual que, al verlo bajo el reflejo de la luz de las velas y vistiendo con orgullo el *kilt* de la familia, durante unos segundos tengo que recordarme que no es una visión, que está conmigo y que lo que tenemos es de verdad.

El aplauso de la gente cuando los novios se besan rompe mi burbuja devolviéndome a la realidad. Sonriendo, Cameron sostiene mi mano en la suya y todos juntos nos dirigimos hacia la salida acompañados de la música de los violines que vuelve a sonar.

Poco nos hacen esperar los recién casados, ya que, segundos después, sonrientes y agarrados, abandonan la capilla bajo la lluvia de pétalos rojos que todos lanzamos sobre ellos entremezclándose con los copos de nieve que caen del cielo con suavidad, pues por lo visto, en algún momento a lo largo de la ceremonia ha comenzado a nevar.

Entre gritos y abrazos, los novios saludan a todos los presentes y, sin soltarse en ningún momento, se dirigen a la parte posterior de la iglesia donde, delante de todos los presentes, una emocionada Skye besa el pequeño ramo de peonias que sostiene en su mano y lo deposita con cariño sobre la tumba de su abuela en un entrañable gesto, antes de volver al castillo para continuar con la fiesta.

Es una boda insólita, diferente, en la que la cena se sirve de madrugada y los invitados son apenas un puñado de trabajadores del castillo y amigos muy cercanos, pero es sin duda la más hermosa en la que he estado y los ilusionados novios parecen a punto de explotar de felicidad.

Durante largo rato comemos, bebemos, bailamos y cantamos como si esta fuese nuestra última noche y el mundo estuviese a punto de terminar.

De repente, empieza a sonar *It's My Life* de Bon Jovi y, gritando como locas, porque desde siempre esta ha sido nuestra canción, Skye y yo, tacones en mano y agarradas, comenzamos a saltar y a gritar.

—Perdonad, chicas, ¿habéis visto a mi hermano? —nos pregunta Arrán intentando hacerse oír por encima de los altos decibelios que inundan el salón—. Lo estoy buscando desde hace un rato.

—Lo vi salir a tomar el aire, tal vez todavía no ha vuelto a entrar —le informa Malcom sin dejar de bailar señalando hacia el exterior.

Arrán asiente con el ceño fruncido y se aleja en dirección a la puerta mientras los demás continuamos cantando a pleno pulmón sin dejar de disfrutar.

Suelto la mano de mi amiga y, aferrada a los hombros de Cameron, me contoneo de forma sugerente a la vez que sus dedos acarician mi espalda y nuestras miradas bailan marcando su propio compás.

Al igual que me ocurre siempre, lo que siento al perderme en sus ojos es intenso, brutal, una sensación que consigue eclipsar todo lo demás haciéndome comprender que quedarme con él ha sido la única decisión que mi corazón podía tomar porque aquí, a su lado, es donde quiero, debo y tengo que estar.

Ni siquiera sé cuántas horas pasan hasta que, consumidos por una mezcla de euforia y cansancio, subimos a la habitación y, cayendo con pesadez sobre la cama, nos dejamos llevar por una pasión que nos sobrepasa y nos rompe en dos, convirtiéndonos en un océano de sentimientos, sensaciones, mordiscos, besos, caricias y abrazos en los que nos ahogamos mientras, con los rayos del sol que entran por la ventana como testigos de nuestro amor, Cameron y yo nos entregamos el uno al otro en cuerpo, alma y corazón, fundiéndonos en un fuego que incendia la habitación.

La resaca de emociones todavía planea sobre mí cuando el estridente sonido de un teléfono me hace abrir los ojos e incorporarme de mala gana en la cama.

En serio, ¿qué demonios tienen esos aparatos que siempre tienen que interrumpir en lo mejor?

Intento enfocar la mirada para descubrir de dónde proviene el molesto ruido y, al darme cuenta de que el que suena no es mi móvil, sino el de Cam, intento despertarlo.

—Cam —digo con voz pastosa, tocándole con ligereza el hombro.

En lugar de hacer siquiera el amago de abandonar

el mundo de los sueños, él se revuelve en la cama emitiendo una leve protesta.

—Cam —insisto zarandeándolo un poco más fuerte al comprobar que, cuando termina la llamada, el aparato vuelve a empezar a sonar.

—Mmmm —murmura él.

—Te están llamando, tu teléfono no para y estoy empezando a ponerme nerviosa —le advierto.

Algo más consciente, pestañea varias veces con pereza y una sonrisa traviesa asoma a sus labios, mientras su mano acaricia mi mejilla con ternura antes de darse la vuelta para ponerse en pie.

Yo disfruto de las vistas contemplándolo con admiración cuando, vestido solo con unos bóxeres, se pasea por la habitación intentando localizar el dichoso móvil.

—Encima del escritorio —le indico, señalando el lugar exacto con un movimiento de cabeza.

—Es Juls —murmura sorprendido, regresando sus ojos a mí una vez lo encuentra y comprueba el nombre que aparece en la pantalla—. Es extraño que me llame a estas horas, y más sabiendo que ayer fue la boda de mi hermana.

—A lo mejor te echa de menos —replico medio en broma medio en serio en tono mordaz, intentando ignorar la punzada de celos que me pinza el pecho.

—Lo dudo bastante, desde el día que habló conmigo en la oficina...

—Te refieres al día que se te declaró —matizo interrumpiéndolo.

—Desde ese día —repite él frunciendo el ceño—, las cosas están un poco tensas entre nosotros.

—Pues si quieres saber para qué te llama, tendrás que contestar, y por favor, hazlo pronto, me está poniendo de los nervios que la puñetera musiquita no deje de sonar —le espeto señalando el aparato que tiene en la mano.

Él asiente y atiende la llamada.

—¿Juls? —pregunta poniéndola en manos libres.

—Cam. —La voz temblorosa que suena al otro lado de la línea hace que enseguida nos tensemos los dos—. Lo hemos perdido todo.

—¿Perdona? ¿A qué te refieres? —cuestiona él palideciendo al tiempo que sus dedos se crispan sobre el aparato.

—El *whisky*, no queda nada —responde ella con voz angustiada—. Lo hemos perdido todo —repite.

Un silencio helado se cuela en mis huesos paralizándome y llenando la habitación.

—Voy para allá —responde Cam con voz grave antes de colgar y salir casi desnudo en dirección a su cuarto.

—¡Voy contigo! —grito saltando de la cama y me visto a duras penas con lo primero que encuentro en el armario, pues me tiemblan tanto los dedos que apenas atino a abrocharme la chaqueta y el pantalón.

¿Qué ha querido decir Juls? ¿A qué se refería con eso de que no queda nada?

Minutos después, en un coche que más que correr, vuela por la carretera, ambos vamos en dirección a la bodega.

—Tranquilo, todavía no sabemos qué ha pasado —intento animarlo observando de soslayo cómo sus nudillos se vuelven blancos sobre el cuero del volante.

—Nada bueno, eso seguro —musita sin aminorar la velocidad.

La tensión provocada por la incertidumbre es insoportable y se palpa en cada músculo de su rígido cuerpo y en su acelerada forma de respirar.

Son casi las cinco de la tarde y en el cielo todavía se puede ver el sol, pero en el interior de nuestro coche el ambiente se ha oscurecido como si estuviésemos atravesando un inmenso y oscuro nubarrón.

Incapaz de detener el movimiento de mi pierna, observo por enésima vez el reloj. La distancia a recorrer es escasa y puede contarse en minutos, pero esos minutos se convierten en una eternidad en la que el tiempo parece no querer avanzar.

Rezo, rezo todo lo que sé, a pesar de que no soy yo muy de rezar, para que lo que sea que haya ocurrido no sea tan grave como Juls ha dado a entender. No obstante, el panorama que nos encontramos cuando accedemos al camino que conduce a la bodega resulta del todo menos tranquilizador, ya que hay varios coches de policía aparcados alrededor.

Todavía más pálido, y con la ansiedad dibujada en su rostro, Cameron salta del coche en cuanto detiene el motor. Conteniendo el aliento, echo el freno de mano y lo imito saliendo a toda prisa al exterior.

Corremos por la nieve intentando no resbalar hasta que nos detenemos, estupefactos, al llegar a la puerta principal.

Arrán, Malcom, Skye y Juls hablan con cuatro policías de los cuales dos se sitúan cada uno a un lado de Angus, quien, taciturno y altivo, los reta a todos con la mirada.

—¿Qué demonios ha pasado? ¿Qué hacéis todos aquí? —sisea Cameron entre dientes.

—El *whisky* —murmura Juls—. Cuando vine esta mañana, no había nada.

—¿Cómo dices? —pregunta Cam, poniéndose tan blanco que estoy segura de que de un momento a otro se va a desmayar.

—Intenta respirar —le sugiero nerviosa.

—¡Juls! —grita él apremiándola.

—¡Que no están! ¡Se los han llevado! ¡Ha desaparecido toda la producción! ¡No ha quedado ni uno! —vocifera la chica fuera de sí.

Incrédulo y con la mirada desorbitada, Cam esquiva a los dos policías que intentan detenerlo para hablar con él y entra corriendo en la bodega y yo, dedicándoles a los agentes una mirada de disculpa, lo sigo sin saber qué más puedo hacer.

El espectáculo es lamentable: montones de cebada derramada por el suelo, las paredes pintarrajeadas con insultos y lo peor es que, tal y como Juls acaba de afirmar, al llegar a la zona de almacenaje nos recibe un fuerte olor a *whisky* proveniente del líquido que encharca el suelo y que pertenece a dos barriles que aguardan destrozados en una esquina mientras los otros... simplemente no están.

El cuerpo de Cameron comienza a temblar con violencia y, apretando los puños y la mandíbula, se deja caer al suelo derrotado.

—Cam —murmuro con voz trémula, colocándome frente a él y sosteniendo sus hombros para intentar que eleve su mirada hacia mí.

—No puede ser —susurra, negando con la cabeza a la vez que sus ojos se encuentran con los míos—. Tantos años de trabajo y esfuerzo, no puede ser —musita en *shock*.

La confusión y la desesperación que veo en su mirada, en su rostro, me golpean como una patada directa al corazón.

Quiero consolarlo, pero las palabras se atragantan en mi garganta y no sé cómo hacerlo o qué decir.

—Lo encontraremos, no puede haber desaparecido así como así —aseguro sin demasiada convicción.

—No puede ser —se limita a repetir él una y otra vez.

—Te lo dije. No ha quedado nada —afirma apenada Juls llegando a nuestro lado.

La observo con atención. Su voz suena pesarosa, pero sus ojos destilan frialdad al posarse sobre él.

—¿Cómo ha sido? —pregunta Cameron, elevando la vista hacia ella e inspirando con fuerza para enfrentarse a lo que le tenga que contar.

—No puedo explicarte demasiado, solo que llegué a eso de las tres y, cuando lo hice, alguien había desconectado las alarmas.

—¿Cómo es eso posible? —inquiere Cam desconcertado.

—Según los policías, es algo bastante normal, por sofisticadas que sean las alarmas pueden jaquearse con facilidad —anuncia ella antes de proseguir—. Pues como te decía, las alarmas estaban desconectadas, las puertas abiertas, y el *whisky* ya no estaba. Ya había llamado a la policía cuando salí y me encontré a Angus merodeando por la parte de atrás.

—¡¿Qué?! —grita Cam fuera de sí levantándose del suelo, y echa a correr hacia la salida a toda velocidad.

Casi sin aliento, llego justo a tiempo de ver como Cameron se enfrenta a él.

—¡Hijo de puta! ¿Qué cojones has hecho? —lo increpa en cuanto llega a su altura.

Lejos de amilanarse, Angus sonríe con malicia y responde con una mezcla de enfado y recochineo que me pone mala.

—¿Por qué lo preguntas? ¿Has perdido algo?

—¡Cabrón, te voy a matar! —le grita Cam, abalanzándose sobre él de tal forma que tanto Malcom como dos de los cuatro agentes que nos acompañan tienen que intervenir conteniéndolo para evitar que le lance un puñetazo a la cara.

—Como le he explicado a los agentes, yo no he hecho nada —anuncia Angus sin alterarse lo más mínimo.

—¡Mientes! —le grita Cam fuera de sí—. ¡Mientes, cabrón! ¡Por supuesto que mientes!

—¡No tengo ninguna necesidad de mentir!

—¿Y cómo coño explicas entonces qué hacías aquí? —replica Malcom furioso.

—Os lo acabo de decir: recibí un mensaje de mi hermano pidiéndome que acudiese a este lugar. Por eso vine.

Todos nos volvemos hacia Arrán que, sin soltar la mano de Skye, niega con tristeza.

—Yo no te mandé ningún mensaje. ¿Por qué iba a citarme aquí contigo en mi noche de bodas? —razona compungido con la decepción sombreándole la cara, mientras saca su móvil del bolsillo para demostrar que, en efecto, no ha enviado el dichoso mensaje a su hermano ni nada similar.

—¡Eso mismo me pregunté yo, por eso vine! —responde el implicado en tono airado.

El policía interviene:

—Creo que este no es el mejor sitio para aclarar lo que ha ocurrido aquí —asegura con firmeza—. Su compañera —dice refiriéndose a Juls— ya nos ha dado los nombres de las personas autorizadas a entrar en la nave, por lo que, cuando vengan los compañeros de la científica, seguiremos investigando para ver si encontramos alguna huella que no coincida —nos explica—. Por el momento, nadie puede entrar en la bodega y usted tendrá que acompañarnos a comisaría para que le tomemos declaración —informa a Angus, que cada vez parece más enfadado.

—Les repito que no tengo nada que ver con todo esto. ¿Para qué iba a querer yo esa basura de *whisky*

cuando mi familia fabrica uno de calidad muy superior?

—¿Basura? ¡Tú sí que vas a quedar como una
basura cuando termine contigo, cabrón! —grita
Cameron abalanzándose de nuevo sobre él.

Con la ayuda de los policías, Malcom consigue
detenerlo por segunda vez.

—O se controla o me lo llevo detenido —le advierte uno de los agentes con gesto serio.

—¿Son ustedes conscientes de que estoy reci-
biendo amenazas? —pregunta Angus intentando
alterarlo todavía más.

—Amenazas, amenazas dices, tú no tienes ni
puta idea de lo que es recibir amenazas —escupe
Cam—. ¡Ya te enseñaré yo lo que es recibir amenazas!

—¿Quieres acercarte a enseñármelo ahora? —lo
provoca Angus, que parece encantado por verlo fuera de control.

—¡Cállate de una vez! —le ordena Arrán a su
hermano.

—Eso, cierra el pico antes de que te lo cierre yo
—le advierte Cam, ganándose una mirada severa
por parte de los agentes, que parecen estar comenzando a perder la paciencia con él.

—Cam, intenta tranquilizarte, por favor —le
pido acercándome.

—Eso, hazle caso a la chica, y si tú no quieres hacerle caso, no te preocupes, sabes que siempre puedo hacérselo yo —suelta Angus con un gesto
grosero a la vez que nos regala una sonrisa macarra.

Las ganas de contestarle, o mejor, de acercarme
a darle una buena bofetada me hacen hervir por
dentro, pero me obligo a contenerme para no empeorar la situación.

—¡Angus, te ordeno que pares ya! —grita su

hermano enfadado acercando a una compungida Skye a su cuerpo.

El aludido los recorre a ambos con una mirada cargada de desprecio.

—Tú ya no eres quién para ordenarme nada. No puedo creer que desconfíes de mí. Me conoces, soy tu hermano. —Intenta esconderlo, pero puedo percibir el dolor que encierra su voz.

—Pues precisamente por eso no te creo, porque te conozco demasiado —admite Arrán afligido—. Ayer por la noche te estuve buscando, desapareciste y no supe más de ti. ¿Dónde estabas?

—Es obvio dónde estaba —replica Juls—. Por lo visto, estaba aquí.

La observo durante unos segundos con detenimiento. Hay algo en ella que no me cuadra... Puede que no esté siendo objetiva, pero no me gustan ni su expresión ni su mirada.

—¡Me fui a mi casa porque no quería estar más en la puñetera boda! ¡Dudo que eso sea un crimen! —grita Angus entrando en cólera.

—Me prometiste que ahora que somos familia no ibas a hacer nada —suspira Arrán disgustado.

—Te lo dije entonces y te lo repito ahora: ni esta es mi familia ni lo va a ser; en cuanto a lo segundo, yo he cumplido mi promesa, pero, por lo visto, da igual lo que diga o haga, ya me has sentenciado —rezonga visiblemente desilusionado.

—¡¿Quién sino tú sería capaz de hacer una barbaridad así?! —escupe Cam enfurecido—. Incluso dudo sobre si los dos estaréis compinchados —añade señalando a Arrán con el dedo—. ¿Por qué demonios si no estáis aquí?

—¡Cam! —exclama Skye abriendo mucho los ojos.

—¿Qué? —grita este—. ¡Esa familia es como una

fruta podrida, estropea todo lo que tiene alrededor!

—Te estás pasando —le advierte mi amiga—. Arrán no ha hecho nada, yo respondo por él. Si hemos venido, es porque cuando se encontró con Juls y esta llamó a la policía, Angus telefoneó a Arrán para contarle lo que había pasado. Si no nos crees, puedes preguntarle a Malcom, estaba con nosotros terminando de comer cuando recibimos la llamada —asegura levantando la barbilla con dignidad—. Por eso vinimos los tres.

—¿Sabéis lo que os digo? —salta Angus—. Que me importa una mierda si me creéis o no, hasta donde yo sé todo el mundo es inocente hasta que se demuestre lo contrario, por lo tanto, yo lo soy. ¿Y sabéis que más os digo? —añade—. Que, a pesar de no haber sido yo, me encantaría aplaudir a quien sea que te ha robado. Te mereces lo que te ha pasado, Cameron. Esto va a ser tu ruina, y no sabes cuánto voy a disfrutar viéndote arruinado. —Se ríe, y la imagen de una hiena se me viene de inmediato a la cabeza.

Eso es lo que es este tío: una hiena, un carroñero, una persona despreciable de la que no puede salir nada bueno.

Cameron comienza a temblar y agarro su abrazo para atraer su atención intentando distraerlo para que mantenga sus instintos bajo control.

—Entiendo que estés enfadado, pero no entres al trapo; solo quiere provocarte, ignóralo —le pido con voz suave.

—No me digas que me entiendes porque no tienes ni idea. ¡Qué fácil es hablar cuando no es tu vida la que se está yendo a la mierda! —me espeta enfadado.

La rabia que contienen sus palabras me golpea como una bofetada y doy un paso atrás.

—¡Cameron, ya vale! —le dice Malcom agarrándole el brazo. Él clava los ojos en los de su amigo y después se aparta un poco y comienza a pasear nervioso y ofuscado de aquí para allá, llevándose las manos a la cabeza.

—Como les dije antes de que decidieran enzarzarse en esta discusión, por ahora no podemos hacer nada más, pero les mantendremos informados —señala el policía, cansado de la escenita que ha tenido que presenciar—. Vámonos ya —ordena a Angus.

—Os arrepentiréis de esto —asegura este, fulminándonos con la mirada antes de seguir al agente al interior del coche.

—Espero que el *whisky* aparezca, y más te vale que aparezca en buen estado —le grita Cameron al verlo alejarse custodiado por los agentes.

La sonora carcajada que Angus nos dedica antes de subir al coche cabrea a Cam todavía más.

Durante unos momentos, todos nos quedamos en silencio, sin saber qué decir o cómo actuar hasta que, una vez los coches se han alejado y los perdemos de vista, Arrán es el primero en hablar.

—Creo que lo mejor que podemos hacer ahora es irnos a descansar —sugiere.

—Dudo que tú seas nadie para opinar sobre lo que es mejor —le suelta Cameron.

—Te recuerdo que ese al que se acaban de llevar es mi hermano, esta situación tampoco es fácil para mí —replica el aludido abrazando a Skye.

Cameron lo atraviesa con la mirada, pero, antes de que añada nada más de lo que pueda arrepentirse una vez piense con claridad, Malcom se apresura a intervenir.

—Déjalo tío, no merece la pena —susurra.

—Cam, vámonos a casa —pido tocándole el brazo.

Él se aparta con brusquedad y, después de dedicarme una mirada tan fría que podría congelar el mismísimo infierno, comienza a caminar hasta el coche sin dirigirnos ni a mí ni a ninguno de los demás una sola palabra.

—Voy con él —murmuro, molesta por su reacción.

—Será lo mejor —suspira Malcom.

Contemplo de refilón a mi amiga que asiente con los ojos llenos de lágrimas y, convencida de que no será un trayecto fácil, lo sigo y me subo al coche casi de un salto, pues él, lejos de darme tiempo a llegar, ha arrancado ya y no parece dispuesto a esperar.

Tal y como suponía, la vuelta al castillo es una puñetera tortura china. El silencio es ensordecedor, la atmósfera abrumadora y Cam... A Cam nunca lo había visto tan furioso.

Me encantaría calmarlo, saber qué piensa, qué se le pasa por la cabeza, consolarlo, pero se ha encerrado en sí mismo levantando un muro de cemento a su alrededor y, por más que intento atravesarlo, soy incapaz de acceder a su interior.

Quiero que sepa que estoy a su lado, pero a la vez comprendo que necesita espacio. Soy consciente de que el palo que se acaba de llevar ha sido grande y no quiero atosigarlo.

Incapaz de olvidar la imagen de la bodega, repaso la escena en mi cabeza una y otra vez. Repitiéndome que algo no cuadra, aunque por mucho que lo intento no consigo descifrar qué es.

En cuanto llegamos, aparca el coche, se baja y echa a andar con paso rápido hasta la puerta principal, y yo lo sigo. El portazo que pega es tan fuerte que tiemblo; tiemblan las armaduras y hasta los cimientos parecen temblar.

El estrépito es tal que la pobre Bonnie, descono-
cedora de la situación, sale a nuestro encuentro
dispuesta a cantarle las cuarenta, pero ante la mirada de advertencia que le lanzo, lo observa, molesta, y decide callar.

Cameron, sin prestarle la más mínima atención
ni detenerse con ella, enfila la escalera y yo lo imito sin vacilar.

Envueltos en el mismo silencio incómodo y des-
tructivo que nos acompaña desde que el teléfono
comenzó a sonar, llegamos a su habitación y solo
al cerrar la puerta se permite descargar toda la
frustración que lo atormenta en forma de grito des-
garrador, al mismo tiempo que se deja caer en la
cama, con la cabeza entre los brazos, respirando de
forma costosa y con la expresión consumida por la
ira y la aflicción.

Incapaz de verlo de esa forma, me acerco a él y
coloco la mano sobre su hombro, intentando in-
fundirle apoyo, haciéndole saber sin palabras que
estoy aquí, con él, a su lado, dispuesta a que enfren-
temos juntos cualquier cosa que esté por venir. No
obstante, el efecto parece ser justo el contrario y,
en lugar de sentirse arropado por la caricia, al igual
que ocurrió en la bodega, mi contacto parece enfa-
darlo todavía más sin que yo entienda por qué.

Sin previo aviso, se aparta de mi lado y, dándome la espalda, se aproxima a la ventana y se apoya
en ella para mirar hacia el exterior.

Su reacción abre una pequeña herida en mi interior, pero me obligo a intentar comprenderlo y,
a pesar de todo, a ponerme en su lugar.

—Siempre podéis hacer otro *whisky* —susurro,
tratando de buscar alguna solución por pequeña
que sea que consiga animarlo.

Como si mis palabras le hubiesen golpeado de

lleno con la fuerza de un ciclón, Cam se gira de repente mirándome con tal cantidad de rechazo y enfado que de pronto me siento muy muy pequeña y tan vulnerable que me encantaría poder esconderme debajo del colchón.

—¿Otro *whisky*? ¿Estás hablando en serio? ¿Es que no te das cuenta de la chorrada que acabas de decir? —sisea—. ¡¡Tienes idea de la cantidad de años, esfuerzo, trabajo y dinero que estaba invertido ahí!?

Su voz es tan dura que me hace estremecer. Nunca me había hablado así, jamás; ni siquiera el día que nos encontramos, cuando casi lo atropello, me trató de esta manera.

—Seguro que encuentras una solución —intento tranquilizarlo anteponiendo su angustia a mi propio dolor.

—¿Solución? ¡La única solución es que Angus Bain se pudra en la cárcel de una puta vez! ¡Malditos sean él y toda su familia! —grita con la ira saliendo por cada poro de su piel.

Trago saliva con fuerza y me pongo en pie.

—Todavía no está claro que haya sido él —musito, dispuesta a exponer mis dudas. Esas mismas dudas que me corroen desde que entramos en la bodega.

—Estás de coña, ¿¡verdad!? —replica furioso acercándose un paso a mí—. ¡Después de todo lo que ha pasado, no puedes estar hablando en serio! ¡No me creo que estés hablando en serio!

—Lo único que digo es que no deberías sacar conclusiones precipitadas. Hay algo que no me cua... —intento explicarle lo que lleva rondándome por la cabeza todo este tiempo, pero él ni siquiera me escucha y, cegado por su enfado, comienza a gritar una vez más.

—¡No se te ocurra defenderlo! ¡No cuando tú eres la culpable de todo esto!

—¿Perdona? ¿Qué has dicho? —pregunto presa de la confusión y el asombro.

Su gesto se vuelve impenetrable y duro como el acero y siento que acabo de estrellarme contra un muro de hormigón.

—Me has escuchado perfectamente —afirma cruzando los brazos sobre su pecho—. Yo no quería saber nada de ellos, sabía que admitirlos en esta familia solo iba a traer problemas, que las cosas no iban a terminar bien; pero tú me convenciste, me empujaste a aceptarlos en contra de lo que me decía mi instinto, confié en ti y en tu criterio y a la vista está que me equivoqué.

—No puedes estar hablando en serio —murmuro incrédula y tan dolida que las lágrimas me escuecen en los ojos.

—¡Por tu culpa bajé la guardia y ahora lo he perdido todo! —me acusa—. ¡Acabamos de firmar un acuerdo con una gran empresa americana para exportar un *whisky* que resulta que ya no está! ¡¿Tienes idea de la indemnización que vamos a tener que pagar?!

—Yo no te obligué a hacer nada —me justifico, sintiendo cómo la herida se abre más y más mientras algo en mi interior se desangra sin parar.

—¡Oh, por favor! ¡No me hagas reír! ¡Los dos sabemos que eso no es cierto, a pesar de que no lo quieras admitir! ¡Ojalá nunca hubieses aparecido! ¡De no haber entrado por esa puerta, yo no habría estado tan disperso, me habría mantenido alerta y ahora el *whisky* estaría donde tiene que estar!

Sus palabras me arrasan como un tsunami que me arrastra al fondo impidiéndome respirar. Inspiro con fuerza para tomar aire y busco en mi interior el coraje para hacerle, a pesar del dolor, la pregunta cuya respuesta necesito escuchar.

—¿Lo dices en serio? ¿De verdad preferirías que no hubiese aparecido en tu vida?

—Mis prioridades y mis ideas estaban muy claras hasta que tú llegaste aquí. No debí escucharte, no debí hacerte caso. Si no hubieses entrado en mi vida, ahora no estaría en este lío. Tú lo has complicado todo.

Una lágrima solitaria recorre mi mejilla y, limpiándola con el dorso de la mano, aprieto la mandíbula y contengo la respiración.

Sin añadir nada, pues creo que no hay nada más que podamos decir ninguno de los dos, me doy la vuelta y, arrastrando los pies con paso lento y derrotado, salgo de su cuarto.

Mi cuerpo tiembla y me abrazo a mí misma mientras camino por el pasillo para alcanzar mi habitación. Despacio, sin hacer ruido, cierro la puerta con cuidado y, apoyando la espalda en ella, me deslizo hacia abajo dejándome caer.

Un par de horas después, continúo igual de perdida, con el mismo dolor oprimiéndome el pecho, las piernas entumecidas y la vista nublada a causa de las lágrimas, lo único que ha cambiado es que, cuanto más lo pienso, peor me siento y, movida por una tristeza que lo oscurece todo a mi alrededor, tomo una decisión: tengo que irme, marcharme, no puedo quedarme en este sitio ni un solo segundo más.

A toda prisa, saco el móvil de mi bolsillo y, con dedos temblorosos, compro el primer billete de avión que consigo encontrar. Ni siquiera me paro a mirar el precio, no me importa lo que tenga que pagar con tal de salir de aquí ya.

Una vez adquirido, me levanto con cuidado, saco

la maleta del armario y comienzo a llenarla a toda prisa con todo lo que encuentro, sin importarme lo que pueda dejarme atrás.

Casi he terminado cuando la puerta se abre de golpe y, dedicándome una mirada horrorizada, Skye aparece en mi habitación.

—¿Qué haces? —pregunta asustada.

—Marcharme, necesito irme cuanto antes —balbuceo entre sollozos.

—¡No puedes irte! ¡No ahora! ¿Y mi hermano?

—Tu hermano acaba de dejarme muy claro que está mejor sin mí y que no me quiere aquí.

—¡¿Qué?! —Sus ojos se abren de par en par—. Eso no puede ser verdad.

—Te aseguro que no estoy de humor para bromear —afirmo sorbiendo por la nariz.

—Para —me pide agarrándome por los brazos—. Para un momento y cuéntame qué ha pasado. —Me obliga a tomar asiento en la cama y se coloca a mi lado.

Entre sollozos, le relato todo lo ocurrido desde que dejamos la bodega y ella me escucha sin interrumpirme, con cara de circunstancias. La conozco lo suficiente como para saber que en este momento el cuerpo le pide pegarle un guantazo en toda la cara a su hermano, pero no lo hace; se queda a mi lado, permitiéndome sacar todo lo que tengo dentro.

—Estoy segura de que Cameron no piensa ninguna de esas cosas tan horribles que te ha dicho, solo hablaba movido por el enfado y la desesperación.

—Tú no lo viste, no estabas allí.

—Cierto, pero no lo necesito para saber que mi hermano te quiere y que está loco por ti.

—Si me quisiese, no me habría tratado así —sollozo—. Pensé que lo que teníamos era especial, tenía que haber frenado todo esto desde el principio, pero no lo hice, me dejé llevar, me enamoré de él como una imbécil y ahora ya no hay marcha atrás.

—Date un poco de tiempo, no te vayas todavía, espera un poco mientras yo voy a su habitación a darle una patada en el culo a mi hermano el cromañón. —La determinación con la que lo dice me hace sonreír.

—Lo siento, sabes cuánto te quiero, pero esta vez, por mucho que insistas, la respuesta es no. Quiero irme y, aunque sé que no estás de acuerdo, si nuestra amistad significa algo para ti, respetarás mi decisión y no volverás a intentar hacerme cambiar de opinión —murmuro, intentando demostrar una seguridad que estoy muy lejos de sentir.

Sus ojos se llenan de lágrimas y me abraza con fuerza.

—Lo siento mucho, nena. Nunca me imaginé que esto acabaría así. No estoy de acuerdo con tu decisión, pero si así lo quieres, Arrán y yo te llevaremos a Inverness.

—Te lo agradezco, pero no, ahora necesito estar sola —rechazo su oferta ganándome una mirada compungida—. Pero antes de marcharme hay algo que tenemos que hablar —añado—. En toda esta historia hay algo que no termina de encajar. Intenté hablar con Cameron, pero él no me quiso escuchar.

—¿A qué te refieres? —cuestiona arrugando el entrecejo con curiosidad.

—Piénsalo un momento, ¿qué sentido tiene que Angus se quedase merodeando por la zona si ya se había llevado los barriles?

—Igual acababa de cargarlos y todavía no le había dado tiempo de escapar.

—Puede —admito—, pero ¿por qué no se fue en

el mismo camión? Es todo demasiado extraño. Y luego está lo de las ovejas...

—¿Qué pasa con las ovejas? —repite ella cada vez más confusa.

—El día que los perros atacaron a las ovejas, tu hermano me contó que la puerta estaba oxidada y que por eso había cedido con la tormenta.

—Es cierto, llevábamos un tiempo pensando en cambiarla, ¿y? —me apremia.

—Pues que cuando llevó a Malcom al hospital, adivina a quién se encontraron allí.

Ella parece hacer memoria.

—A Juls —afirma al cabo de unos segundos.

—Exacto, a Juls.

—¿Y? —repite—. Perdona, cariño, pero no te sigo —protesta.

—¿No recuerdas por qué dijo Cam que estaba Juls en el hospital?

—Mmmm... La verdad es que no.

—Juls estaba allí porque se había cortado con un hierro oxidado y necesitaba la vacuna del tétanos.

Su expresión muta al comprender a dónde quiero ir a parar.

—Un hierro oxidado, igual que la puerta del corral —murmura.

—Exacto —corroboro.

—No tiene sentido. —Niega con la cabeza.

—¿No es demasiada casualidad que lo de las ovejas ocurra justo antes que lo de la bodega y que Juls parezca estar relacionada con ambas situaciones? —inquiero.

—¿Por qué haría ella algo así?

—Por despecho —me apresuro a responder—. Es obvio que está enamorada de tu hermano y él la rechazó.

—Podría ser, pero aun así... Angus mintió al afirmar que Arrán lo citó con un mensaje en la bodega, y en cuanto a lo de las ovejas... Si suponemos que alguien abrió a propósito el corral, también pudo hacerlo el propio Angus, te recuerdo que salió antes que los demás de la reunión.

—Puede, no lo sé, no tengo pruebas de mi teoría, solo te pido que, mientras no se aclare todo, no descartes ninguna posibilidad.

—Estaré al tanto, pero ahora mismo tanto el *whisky* como las ovejas me importan una mierda, no pienso dejarte sola. Si de verdad quieres marcharte, vale, pero Arrán y yo nos vamos contigo a España —asegura con firmeza.

—El único sitio al que vais a ir vosotros es a vuestra luna de miel —la corrijo, dedicándole una triste sonrisa.

Sé que me quiere lo suficiente como para renunciar a su viaje de novios por venirse conmigo para consolarme, pero yo también la quiero lo suficiente como para no permitir que lo haga.

—Prométeme que me avisarás para que vaya si me necesitas —exige, secando las lágrimas que se deslizan por sus mejillas.

—Lo prometo —afirmo y me fundo con ella en un abrazo reconfortante y doloroso al mismo tiempo—. Pero necesito que tú también me prometas algo —exijo separándome de ella, pues necesito mirarla a los ojos para que comprenda que va en serio lo que le voy a pedir.

Skye permanece en silencio, observándome con desconfianza, y aprovecho para seguir.

—Sé que en cuanto ponga un pie fuera de esta habitación, te irás corriendo a hablar con Cam, pero necesito que me prometas que no vas a decirle que me he ido hasta que no esté lejos de aquí.

—Pero...

—No hay peros que valgan. Esto es muy doloroso para mí, no quiero volver a verlo, no podría soportar que me mirase otra vez así, Skye —confieso con voz temblorosa—. Mi vuelo sale mañana a las diez de la mañana; a partir de esa hora, eres libre de decirle lo que te dé la gana.

Ella asiente, pero eso no es suficiente.

—Prométemelo.

Mi amiga resopla, molesta, y fija sus ojos en mí.

—Te lo prometo —accede al fin.

Asiento y vuelvo a abrazarla.

No quiero irme, me mata dejarlo a él y dejar este lugar, pero quedarme no es una opción, tengo que marcharme, no puedo hacer nada más.

Capítulo 20

Speedy Gonzales

Cameron

—¡Levántate, pedazo de mendrugo! —Un huracán llamado Skye atraviesa la puerta gritando a pleno pulmón.

De mala gana, me giro dándole la espalda y me cubro la cabeza con el edredón.

No estoy de humor para aguantar a nadie y menos a mi hermana. Sé por lo que está aquí, seguro que viene a reclamarme por cómo me comporté con Martina y no es necesario que lo haga, ya me siento yo solito como un auténtico cabrón.

De hecho, la imagen de esa maldita lágrima descendiendo por su mejilla no ha dejado de reproducirse en mi cabeza una y otra vez, atormentándome desde que anoche salió de mi habitación.

Soy un montón de mierda, un hijo de puta con todas las letras por hablarle de esa forma y hacerla llorar, pero la impotencia y la rabia me superaron y no supe manejar la situación.

Desde fuera puede parecer complicado entenderlo; podría considerarse solo un negocio como otros tantos, pero es que para mí significa muchísimo más.

Ese *whisky* es el resultado de muchos años de estudio, de esfuerzo, de noches sin dormir. Es mi proyecto, un proyecto en el que he invertido cantidades enormes de ilusión, eso por no hablar de la tremenda inyección de dinero que tendría que recuperar gracias a la venta de unas botellas que ya nunca existirán, ni de la indemnización que tendré que pagar.

Me sentí estúpido y un fracasado porque todo ocurrió delante de mis narices y ni me di cuenta ni pude hacer nada para evitarlo.

No obstante, ninguna de esas razones supone una excusa para comportarme así.

Yo no soy un tipo maleducado ni desagradable, ni mucho menos trato a la gente que quiero de la manera en que la traté y, si algo tengo claro, es que así tenga que rebanarme la lengua nunca más lo haré.

Martina es un ángel y, a pesar de no parecerlo, tenerla a mi lado fue el único motivo por el que no perdí del todo la razón.

Me arrepiento de cada una de las palabras que salieron por mi boca y todavía no había puesto ella un pie fuera de mi cuarto cuando ya sentía la necesidad de pedirle perdón.

Si no lo hice, si no salí corriendo detrás de ella para disculparme, fue solo porque continuaba demasiado alterado y ofuscado como para mantener cualquier tipo de conversación. Necesitaba un poco de tiempo y espacio para asimilar la situación, así que me acosté en la cama con los cascos puestos y, durante todas esas horas, no volví a hablar con nadie ni a salir de la habitación.

—¡Que te levantes, tarado! —grita enfadada mi hermana, destapándome del todo al echar con fuerza el edredón hacia atrás.

—¡¿Estás loca?! —pregunto, sentándome en la cama.

—¿Loca, yo? —repite mosqueada, dedicándome una mirada que haría temblar a cualquier capitán general—. ¡Loco, tú! ¡O eso o tanto aspirar vapores del *whisky* ese te ha dejado medio trastornado! ¡Desde luego, esa es la única explicación que se me ocurre para que te portes como un gilipollas redomado!

—Si lo dices por Martina...

—¡Por supuesto que lo digo por Martina! —me corta riendo con amargura.

—Ya sé que la cagué, tranquila, pienso ir ahora mismo a pedirle perdón. Me arrastraré, suplicaré, haré lo que haga falta para que me perdone.

—Dudo que puedas.

—¿Tan disgustada está? —pregunto, empezando a acojonarme de verdad.

—Pues hombre, teniendo en cuenta que poco menos la culpaste del estallido de la Segunda Guerra Mundial, además de decirle que no querías que estuviese contigo...

—Yo no utilicé esas palabras. —Me remuevo incómodo porque escuchándolo de su boca suena todavía peor.

—Le dijiste que estabas mejor sin ella y que ojalá no hubiese venido nunca —repite mi hermana poniendo los brazos en jarras mientras me asesina con la mirada.

—Mierda —murmuro al darme cuenta de la gravedad de la situación.

—Sí, mierda —reitera.

—Te lo repito, me arrastraré y haré lo que haga falta para pedirle perdón.

—Dudo que puedas —repite seria.

—¿Crees que no va a perdonarme? Sé que fui un gilipollas, pero cuando le explique...

—Está claro, fuiste un gilipollas, y también es cierto que no creo que perdone... Pero no lo digo por eso.

—No te entiendo. ¿Quieres hacer el favor de dejar de jugar a las adivinanzas y explicarte?

—Dudo que puedas disculparte con ella porque ya no está —confiesa y suelta un suspiro de resignación.

La angustia trepa por mi pecho, mezclada con el miedo más profundo que he sentido jamás, y me levanto como un resorte agarrando los hombros de mi hermana.

Tres palabras, «ya» «no» «está»; tres simples palabras que consiguen que todo lo demás parezca un juego de niños, una trivialidad.

—¿Cómo que ya no está? —repito con un deje de pánico en mi voz.

—¡Pues eso! ¡Se fue, se marchó, se largó! ¿Necesitas más sinónimos o ya lo has pillado? —pregunta con sarcasmo sin esconder su enfado.

Incrédulo y con el corazón palpitando a toda velocidad, a la vez que mi cabeza es incapaz de pensar, me dejo caer de nuevo en la cama y me froto la cara con las manos.

Mi aspecto debe de ser tan desolador que hasta mi hermana se ablanda un poco y se deja caer a mi lado.

—¡Venga ya, Cam! ¿De verdad eres tan estúpido como para pensar que iba a quedarse después de cómo la trataste? —pregunta dolida.

La contemplo sin saber qué decir porque sí, estaba tan centrado en mis problemas, en mi rabia y mis frustraciones que sí, fui tan estúpido como para

pensar que ella esperaría a que estuviese preparado para disculparme y pedirle perdón.

—¿Tú lo harías? ¿Tú habrías permanecido aquí
si ella hubiese hecho lo mismo que tú? —De nuevo
esa voz decepcionada que impacta en mi estómago
como un gancho de derecha.

Recuerdo nuestra última conversación, las in-
justas palabras que le dediqué y la respuesta es clara...

—No —confieso con un hilo de voz.

—Lo suponía.

—Pero no pensaba ni una sola de las cosas que
le dije ayer —murmuro con la mirada perdida.

—Eso ya lo sé —admite—. Lo cual te convierte
en un imbécil todavía mayor.

—¿Estuviste con ella antes de que se fuese?
—pregunto apesadumbrado.

—Sí.

—Y, ¿cómo estaba? —cuestiono cada vez más
agobiado.

La mirada que me dedica mi hermana dice más
que cualquier palabra y siento que algo se rompe
en mi corazón.

—Tan mal, ¿eh...? —susurro con los ojos anegados en lágrimas.

—¿Estás enamorado de ella? —pregunta con determinación.

La observo como si la respuesta fuese evidente.

—Estoy enamorado de ella con cada poro de mi
piel —confieso, y el simple hecho de decirlo duele,
duele horrores porque no puedo creerme que la
haya perdido, que se haya ido.

De repente, el resto del mundo se vuelve oscuro
y hostil y no puedo dejar de repetirme que la he
perdido, que Martina se ha ido. Ya no está, se ha
marchado y lo peor de todo es que no se ha ido ella,

lo peor es que, sin quererlo ni pretenderlo, la he echado yo.

No puedo creer que lo nuestro se haya terminado. Me resulta demasiado doloroso pensar que nunca más la veré sonreír, que sus ojos no volverán a desnudarme sin necesidad de sacarme la ropa o que no voy a sentir nunca más el cosquilleo que me recorre el cuerpo cuando la tengo junto a mí.

Nuestras bromas, su forma de llevarme la contraria, sus comentarios mordaces, nuestras conversaciones de madrugada... No puedo, simplemente no puedo renunciar a todo eso porque la mera idea me parte el alma en dos.

¡Tengo que encontrarla, necesito traerla de vuelta, explicarle lo mucho que me arrepiento de lo que le dije ayer! ¡Tengo que hacerlo y lo haré!

Con el corazón martilleando con fuerza contra mi pecho y la seguridad de que no me rendiré, salto de la cama y, a toda prisa, me pongo las zapatillas mientras exclamo:

—¡Voy a buscarla! —grito eufórico aferrándome a una minúscula esperanza.

—¡Así me gusta! —me anima mi hermana con una nota de sarcasmo.

—¿Cuánto hace que se fue? —inquiero.

—Unas cuantas horas, se marchó ayer —responde Skye como si tal cosa.

—¡¿Ayer?! ¡¿Y me lo dices así?! ¡¿Ayer?! ¡Tienes que estar de broma!

—No te creas que me apetece demasiado bromear cuando mi mejor amiga se acaba de marchar hecha un trapo por culpa del imbécil de mi hermano.

—¡¿Se puede saber por qué demonios no me avisaste entonces y esperaste hasta ahora?! —le recrimino, pasando por alto el insulto porque, por esta vez y sin que sirva de precedente, no puede tener más razón.

—Porque ella me lo hizo prometer —se justifica encogiéndose de hombros.

—Bueno —digo, expresando en voz alta mis pensamientos—. Seguro que fue a Inverness, si me doy prisa, todavía puedo...

—Su vuelo sale a las diez —me interrumpe.

—¡¿A las diez?! ¡Pero si son las nueve! ¡Es imposible que llegue a tiempo!

—¡Corre! —me apremia ella.

—¡Correr! ¡No llegaría a tiempo ni aunque me reencarnase en Speedy Gonzales! —protesto cogiendo las llaves del coche, a pesar de que es imposible que lo consiga.

—Puede... Pero Speedy Gonzales no tenía una hermana tan lista como yo. —Skye sonríe y se lleva la mano al bolsillo del vaquero, sacando la cartera de Martina—. Dudo que la dejen embarcar. —Una sonrisa traviesa se extiende por su rostro y, desde que empezamos esta conversación, siento cierto alivio por primera vez.

—¡Hermanita, eres la mejor! ¡Te juro que nunca te he querido más! —aseguro agarrando su cara con ambas manos para depositar un sonoro beso en su frente.

—La has cagado, pero ella es mi mejor amiga y tú mi hermano, no podía dejarlo estar...

—¡Te debo una! —grito, mientras me pongo el abrigo sobre la camiseta de manga corta y cojo la cartera al vuelo para dirigirme a toda prisa hacia la puerta.

—¡Tráela de vuelta y estamos en paz! —la escucho gritar cuando ya estoy bajando las escaleras de dos en dos.

¡Traerla de vuelta! ¡Qué fácil decirlo y qué difícil

conseguirlo! ¡Eso sí, escucharme me va a escuchar, así tenga que secuestrar el aeropuerto entero o detener el puñetero avión!

Capítulo 21

Déjà vu

Martina

—¡Señorita, se lo ruego, se lo suplico, se lo imploro, se lo pido de rodillas si es preciso, necesito subirme a ese avión! —exclamo por décima vez en el mostrador del aeropuerto, donde una azafata poco empática, que además es española y se llama Candela, parece muy poco dispuesta a comprender mi situación.

—Y yo le repito que sin su documento nacional de identidad no puede tomar el vuelo —responde la mujer armándose de paciencia.

Resoplo porque llevo ya un buen rato intentando dialogar con ella, pero el diálogo es más bien una conversación de besugos en la que yo no dejo de insistirle para que haga la vista gorda y ella solo sabe decir que no y que no y que no.

—¡Le juro que tenía la cartera aquí! ¡No comprendo dónde demonios está! —me justifico—. Seguro que me subo al avión y en cualquier momento aparece.

—Mire, señorita, son cosas que ocurren. ¿Quién no ha perdido algo alguna vez? Usted siga buscando y, en cuanto aparezca, la dejaré embarcar —intenta hacerme entrar en razón.

—¡Venga, mujer! ¡Un poco de solidaridad femenina!

—La solidaridad femenina me la dejo fuera, en la puerta, cada día antes de entrar a trabajar.

Resoplo, cada vez más agobiada porque comienzo a comprender que, aunque me suba al mostrador y le baile un zapateado, esta no piensa dejarme volar.

—Usted no lo comprende, pero es que yo necesito, de verdad que necesito subirme a ese avión.

—Y yo necesito, pero de verdad que necesito mantener mi puesto de trabajo —replica ella repitiendo mis palabras—. Ahora, si no le importa, le rogaría que mientras busca el documento salga de la fila para que no se forme más cola.

Echo la vista atrás y compruebo que, en efecto, unas cinco personas esperan detrás de mí observándome con cara de pocos amigos.

Avergonzada, les dedico una sonrisa de disculpa, cojo mi maleta y me alejo del mostrador.

¡Maldita sea! ¿Y ahora qué narices hago? Estaba convencida de haber guardado la cartera, pero con las prisas tuvo que quedárseme en la habitación.

Me da rabia recurrir a Skye, pero como no tengo ningunas ganas de volver a poner un pie en ese castillo, saco el teléfono y marco su número.

«¡Mierda! ¡Apagado! ¡No puede ser verdad!», pienso con ganas de echarme de nuevo a llorar.

Si solo fuese el DNI, iría a una comisaría y me haría otro, pero es que en la cartera lo tengo todo. ¡Todo! DNI, tarjetas, carnet de conducir... ¿Qué narices voy a hacer sin la cartera?

Vuelvo a marcar el número de mi amiga y espero,

conteniendo la respiración, pero nada. ¡De nuevo apagado!

Resignada, cojo la maleta y me dirijo a la misma oficina de alquiler de vehículos donde hace tan solo unas horas, al llegar al aeropuerto, entregué el coche que durante estas semanas he tenido contratado.

Asomo la cabeza por la puerta y echo un vistazo al chico que permanece sentado detrás del mostrador con la vista fija en la pantalla del ordenador.

—Buenos días —lo saludo de nuevo aproximándome al pensar, ingenua de mí, que igual no me ha escuchado.

Como esta vez le resulta imposible escaquearse, eleva la vista una décima de segundo y me saluda con un asentimiento de cabeza antes de devolver los ojos a la pantalla, desde la que me llegan sonidos de disparos y una explosión.

¿En serio? ¿De verdad está viendo una serie y por eso pasa de mí?

Lo estudio durante unos segundos y llego a la conclusión de que tenerme esperando le importa un carajo.

—Disculpe, tengo algo de prisa...

—Mi turno empieza dentro de diez minutos —anuncia sin dignarse a mirarme.

Molesta, observo a mi alrededor en busca de algún otro empleado inexistente que me pueda atender.

—¿Y quién está entonces al cargo? —pregunto.

—Yo —responde con fastidio evidente porque lo estoy distrayendo de lo que sea que ve.

—¿Y podrías atenderme? —pregunto pasando a tutearlo.

—Por supuesto, en ocho minutos —afirma, dejándome con la boca abierta y un mosqueo que no te quiero ni contar.

Inspirando con fuerza para dejar patente mi malestar, golpeo el suelo con el pie de forma compulsiva mientras me dedico a esperar.

Por fin, pasados unos minutos, una música lastimera indica que el capítulo o la película o lo que sea que el chico estaba viendo acaba de terminar, y él, con toda la calma del mundo, se pone de pie y sonríe al preguntar:

—¿En qué te puedo ayudar?

—Necesito un coche. Será solo para unas horas, lo entregaré hoy mismo —explico.

—Lo siento, pero no tenemos ninguno disponible —me informa sin perder la sonrisa.

—¡Pero eso no puede ser! Yo misma entregué uno hace unas horas y no ha entrado nadie en esta oficina desde entonces —le digo, comenzando a impacientarme.

—El coche que ha entregado tiene que pasar un servicio de limpieza antes de ser utilizado por otro cliente y no tenemos ninguno más en el hangar —anuncia con una voz cantarina que me crispa los nervios todavía más.

—Pero es que yo no soy otro cliente, soy la misma clienta que lo acaba de dejar —le especifico.

—Lamento no poder ayudarla.

—¡¿Que tú lo lamentas?! ¡Pues si tú lo lamentas, imagínate yo! —bufo con unas irrefrenables ganas de llorar.

¡No puede ser! ¡No puede estar pasándome todo esto a mí! ¡Tiene que ser una pesadilla!

—Si quiere esperar unas horas, seguro que se produce alguna otra devolución y, en cuanto el servicio de limpieza se haga cargo de los coches, tendremos alguno a su disposición.

Con los nervios a flor de piel a causa de todo lo ocurrido durante las últimas veinticuatro horas, las lágrimas me inundan los ojos y estoy a punto de empezar a hiperventilar.

—Mira... —digo, intentando leer el nombre de la chapita.

—Chad —me informa él.

—Mira, Chad —repito—. En las últimas cuarenta y ocho horas, he sido dama de honor en la boda de mi mejor amiga; he hecho el amor con mi novio, quien, por cierto, me pidió que me fuese con él; hemos sufrido un robo y mi novio me dijo que no me quería con él.

—¿El mismo que le pidió que se fuese a vivir con él? —pregunta la mar de interesado mi nuevo amigo Chad.

—El mismo —afirmo—. Y claro, Chad, en esa situación, ¿qué hice yo?

—¿Qué hiciste? —musita intrigado sin perder detalle.

—¡Pues irme! ¡Lo que hice fue irme, claro!

—Bien hecho —me aplaude.

—Claro, Chad, si la dignidad es maravillosa, pero de lo que no me di cuenta fue de que era de noche y con la niebla y las carreteras que os gastáis aquí...

—Ay, pobrecilla —murmura él llevándose una mano al pecho.

—Tres microinfartos, como mínimo he sufrido tres microinfartos —aseguro señalando el número con los dedos—. Pero al fin llegué al aeropuerto, entregué el coche a tu compañero y me senté a esperar. ¡Ocho horas! ¡Ocho horas con el culo en esa silla hasta que al final llegó la hora de embarcar! ¿Y sabes lo que me pasó entonces?

—Ni idea —responde él, completamente metido en la historia.

—Que me di cuenta de que no tenía la cartera, y claro, sin DNI no me dejan embarcar.

—¡Nooo!

—¡Sííí! —aseguro asintiendo con la cabeza—. Así que ahora necesito un coche para volver, buscar mi cartera y poder coger el siguiente vuelo, porque, si no lo hago, ¡si no lo hago me va a dar algo, Chad!

—Siendo así, me encantaría alquilarte el coche... —asegura, dedicándome una sonrisa de complicidad.

—Gracias, me salvas la vida, Chad —aseguro con la voz ahogada y al borde de las lágrimas.

—Pero sin DNI no te lo puedo alquilar —matiza.

—¡No me digas eso, por favor, Chad! ¡Necesito irme de aquí! ¡No puedo más! —sollozo, incapaz de contenerme más.

—Tranquila, tranquila, mira, vamos a hacer una cosa —sugiere el pobre Chad apiadándose de mí—. Como tengo tu DNI registrado en el sistema y, total, el coche lo has usado tú, voy a dejar que te lo lleves, pero que esto no salga de aquí.

—¡No te haces idea de cuánto te lo agradezco! —digo sorbiendo por la nariz a la vez que firmo el papel que él me tiende. Luego cojo las llaves y salgo a toda prisa de aquí temiendo que Chad cambie de idea o cualquier otra cosa inesperada que pueda ocurrir.

De nuevo en el coche, de nuevo hacia el castillo de los McLum, de nuevo curva a la derecha, curva a la izquierda, curva a la derecha, curva a la izquierda, bache, bache, bache.

La historia parece repetirse, con la diferencia de que esta vez mi corazón va lleno de muchos momentos, miradas, palabras, gestos y sonrisas que, mal que me pese, nunca olvidaré, pero también de un dolor intenso y visceral que me sacude por dentro y me nubla los sentidos impidiéndome pensar.

El tiempo lo cura todo, o por lo menos eso quiero creer, a pesar de que me cuesta mucho imaginar que este cúmulo de sentimientos que me revuelve el estómago pueda llegar a desaparecer.

Inspiro hondo y me estremezco ante la posibilidad de volverlo a ver.

La simple idea de encontrarme con Cameron, de enfrentarme de nuevo a él, de volver a ver esa indiferencia en sus ojos me produce pavor, escalofríos y una tristeza que me desgarra por dentro y me vapulea el corazón.

Las lágrimas bañan mi rostro al ritmo de las canciones de Pablo Alborán. Trato de concentrarme en la carretera, de mantener a raya todo lo que me empuja a dar la vuelta y no avanzar, pero es difícil porque, durante unas semanas, durante unos deliciosos momentos, creí haber encontrado mi hogar.

Un gemido escapa de mi garganta al pensar cómo me pude equivocar, pero es que en verdad sus caricias, sus besos, su forma de mirarme, de hablarme... Ninguna de esas cosas presagiaba lo que iba a pasar.

Respiro hondo e intento infundirme valor; va a ser difícil, pero no me queda más remedio que regresar.

Mi salida fue cobarde, casi furtiva, me encontraba tan mal que me sentí incapaz de decir adiós a ninguno de ellos. Ni a Bonnie, ni a Malcom, ni a los señores McLum; me largué de allí sin una sola palabra de despedida para ninguna de esas personas que, durante muchos días, me trataron genial y mi conciencia no deja de recordarme que lo que hice está mal.

Un nuevo estremecimiento me recorre el cuerpo entero. Estoy agotada, en el aeropuerto apenas pude pegar una cabezada y, además de eso, siento unas inmensas ganas de vomitar. Las náuseas ascienden por mi garganta cada vez que recuerdo que me marcho, que tengo que hacerlo, y que no voy a verlo más.

Mis ojos descienden un momento al asiento de al lado en busca de un pañuelo con el que sonarme y, al levantar la vista... Un grito agudo escapa de mi garganta y por poco se me para el corazón cuando, clavando el pie en el freno, consigo de milagro evitar el golpe contra una moto que viene de frente y se detiene en seco bloqueando la carretera delante de mí para impedirme seguir.

Alucinada y boqueando como un pez al comprobar de quién se trata, me bajo del coche hecha un basilisco y lo señalo con el dedo en plan acusador.

—¡Te has vuelto loco! ¡Estoy teniendo un *déjà vu*! ¡Ahora volverás a decirme que no miro por dónde voy y que soy un peligro conduciendo y que no debería dirigir ningún vehículo de tracción mecánica! —exclamo.

—No —responde Cameron con gesto serio mientras baja de la moto y la deja caer al suelo—. Esta vez el que se ha abalanzado sobre ti he sido yo.

Su confesión me deja clavada en el suelo mientras él no deja de caminar para acercarse a mí.

El simple hecho de verlo descompensa mi respiración, pero como no estoy dispuesta a permitir que note los estragos que causa en mí, cruzo los brazos sobre mi pecho y pregunto con voz dura y algo temblorosa:

—¿Qué demonios haces aquí? ¿Eres consciente de que cada vez que chocas conmigo lo haces con una pinta más rara? —pregunto elevando una ceja al verlo todavía con el pantalón del pijama.

—He venido a traerte esto —anuncia sacando mi cartera del bolsillo de su abrigo—. Y también a hablar contigo.

—Tú y yo no tenemos nada que hablar. Dame la cartera —pido extendiendo la mano.

—Solo si tú me das a mí la oportunidad de hablar —susurra con voz firme.

—Creo que ya me dejaste claro todo lo que me tenías que decir —manifiesto con voz temblorosa.

Él da un paso más, recortando la distancia que se interpone entre nosotros, y todo comienza a dar vueltas para mí. Intento evitarlo, pero mis ojos me traicionan buscando los suyos y, cuando se encuentran, mi barbilla tiembla y las lágrimas comienzan a brotar.

—Te equivocas, dije muchas tonterías, palabras sin sentido que no siento ni pienso motivadas por una frustración que nunca debí descargar sobre ti y, sin embargo, no dije nada de lo que en realidad quería decir.

Su mano se alarga para acariciar con suavidad mi mejilla y mi piel arde bajo el camino que trazan las yemas de sus dedos.

Intento bajar los ojos, pero él sujeta mi barbilla incitándome a mantener la mirada fija en él.

—No te dije lo especial que eres, ni que cada día sacas lo mejor de mí. No te dije que dormir contigo es alcanzar el cielo y que, cuando abro los ojos a tu lado, siento que el sueño acaba de comenzar. —Sus palabras, pero sobre todo la verdad que encierra ese bosque profundo de su mirada, penetran en mi interior y, como por arte de magia, la herida comienza a cerrarse y una cálida sensación se extiende por mis pulmones permitiéndome volver a respirar mejor—. Tampoco te dije que eres lo más importante para mí, que gracias a ti soy mejor persona y que ya no me imagino la vida sin ti.

Sus dedos acarician mis mejillas con devoción y me aferro a sus hombros para no flaquear.

—Perdóname, sé que lo que hice no tiene excusa, fui un imbécil, un gilipollas y lo único que puedo decirte es que no lo decía en serio y que, cuando descubrí que te habías marchado, sentí que todo mi mundo se había acabado.

—Pero... —intento hablar, pero sus dedos acarician mis labios impidiéndome continuar.

—Dame una oportunidad, vuelve conmigo y te juro que dedicaré cada segundo de mi vida a que cada lágrima que salga de tus ojos sea solo de felicidad.

—Yo no quería que pasase nada de esto —susurro.

—Lo sé, tú me ayudaste a comprender que me estaba equivocando, no tuviste la culpa de nada de lo que pasó después —afirma entre susurros.

—Me dijiste que lo había complicado todo.

—Lo único complicado es no tenerte conmigo —confiesa.

—No voy a permitir que vuelvas a hablarme así.

—Nunca más lo haré y te juro que todo el daño que te haya podido causar lo compensaré —me promete.

Elevo una mano a su mejilla y la acaricio con cariño mientras descubro, por primera vez en mi vida, que mirarse a los ojos es una de las muchas maneras en que se puede hacer el amor.

Los cierro con fuerza y sus labios besan mis párpados. Cuando los vuelvo a abrir, ya me espera su mirada, una mirada que encierra intensidad, pasión, entrega y la promesa de una infinita felicidad.

—Estoy total, desesperada y profundamente enamorado de ti y, aunque no me lo merezco, daría lo que fuese porque tú me perdonases y me dijeras que sientes lo mismo por mí.

No se lo digo, al menos no con palabras, pero me pongo de puntillas y acaricio sus labios con los míos, y en ese momento todo vuelve a tener sentido y ese mundo gris en el que estaba sumida vuelve a adquirir color.

—Te quiero, Cameron McLum —murmuro—. Sus ojos brillan y su boca desciende hasta la mía uniéndose en un viaje que me transporta de nuevo a una sensación que creía haber perdido: la sensación de haber encontrado en sus labios mi hogar.

Un estado de paz me invade por dentro cuando me despierto con la primera luz del día entrando por la ventana. De manera automática, me acerco más al cuerpo que descansa a mi lado para disfrutar de su calor mientras observo a Cameron, que continúa sumido en un sueño profundo y reparador.

Acaricio su mejilla mientras una sonrisa se extiende por mi cara al recordar los acontecimientos de la tarde anterior.

Después de regresar juntos a devolver el coche al aeropuerto (para regocijo de Chad, que nos hizo un tercer grado en toda regla al entrar) y de contratar una empresa de transporte para que enviase mi maleta al castillo, volvimos a casa en moto, con mis brazos rodeando su cintura y, a pesar de que la temperatura rondaba los tres grados, mi cuerpo junto al suyo permanecía de lo más caldeado.

Cuando llegamos al castillo, se sucedieron los abrazos, las felicitaciones y las lágrimas de una emocionada Skye que no podía estar más contenta por tenerme de vuelta en casa, y que amenazó repetidas veces a su hermano durante la cena con utilizar en cierta parte de su cuerpo el cuchillo jamonero de Bonnie como se le ocurriese cagarla de nuevo.

Estábamos terminando de comer cuando la policía llamó para confirmar que se habían encontrado huellas de Angus dentro de la bodega, pero que, dado que él seguía negando su participación en los hechos y que el *whisky* seguía desaparecido, unido a la falta de otras pruebas en su contra, resultaba prácticamente imposible demostrar su implicación.

Por lo visto, él juraba y perjuraba que cuando llegó, citado por su hermano, se encontró la puerta abierta y entró a buscarlo, pero por eso como mucho podrían acusarlo de allanamiento de morada, lo cual viene siendo una multa y aquí no ha pasado nada.

Después de esa llamada, tuve que admitir que, en lo referente a Juls, estaba equivocada y la verdad es que el hecho de no tener razón hizo que me sintiese aliviada porque creo que, después de todo, para Cam sería más duro aceptar la traición de Juls que la de Angus.

Después de la cena, subimos a mi habitación (sí, mi habitación porque, teniendo en cuenta la cantidad de cuartos que tiene el castillo, aunque por la noche durmamos juntos, Cam dice que quiere que conserve también mi propio espacio. ¿Es o no es un amor?). Pues eso, subimos a mi habitación y dormir, dormimos poco porque nos tiramos gran parte de la noche intentando resarcirnos del disgusto y el mal rato del día anterior el uno al otro de diferentes maneras y en varias posturas.

Ahora, recién levantada, tendría que estar cansada, pero estoy tan contenta que no me apetece nada seguir en la cama, por lo que, como tampoco quiero despertar a Cam, me levanto despacito y, poniéndome unos vaqueros, un jersey y un abrigo decido ir a visitar a Apache y a Zar.

Antes de salir al exterior, paso por la cocina para apropiarme de unas cuantas zanahorias que comienzo a repartir a los animales en cuanto llego a las cuadras.

—¡Martina! ¿Cómo tú por aquí? —me saluda Malcom, dedicándome una sonrisa desde la cuadra de Apache—. Imaginaba que esta mañana estarías cansada —me vacila.

Me aproximo y, de inmediato, el animal saca la cabeza para recibirme y, contenta, le tiendo una de las zanahorias que él se apresura a devorar.

—Pues la verdad es que para nada, así que, como estaba despierta, vine a ver si necesitas ayuda —respondo con una sonrisa.

—Si quieres, puedes coger el pienso y empezar a echarles la comida —sugiere, señalando el saco mediado que permanece apoyado contra un extremo de la pared.

Asiento y me dirijo a donde me ha indicado, cojo el saco y entro con él a la cuadra de Zar, que es el que tengo más a mano, para echarle el desayuno en primer lugar.

—Me alegro de que estés aquí, me dio mucha pena cuando me dijeron que te habías marchado —comenta con sinceridad.

—Yo también me alegro —replico feliz—. Me daba mucha pena dejaros.

—Ya me lo imagino, ya —asegura echándose a reír.

Como siempre, con él la conversación es fácil y fluida.

—Déjame que te ayude con eso —me pide, mientras se remanga al ver que voy a por otro saco más lleno y pesado que el anterior.

Entre los dos, cogemos el alimento y lo llevamos a la siguiente cuadra.

—Por lo que veo, eso ya está mucho mejor —digo, señalando la mordedura que todavía tiene amoratada en el brazo—. ¿Aún te duele?

—Un poco, pero solo si la toco, esa condenada oveja me clavó los dientes a más no poder.

Algo en su frase llama mi atención y, de forma instintiva, mi mirada se posa de nuevo en la herida. Momento en que me fijo en ella con detenimiento por primera vez, pues en el hospital se la vendaron y hasta ahora siempre la ha llevado cubierta.

De pronto, un frío intenso me recorre el cuerpo y, dejando caer el saco al suelo, me quedo petrificada y mis ojos, espantados, regresan a los suyos mientras contengo la respiración.

Malcom palidece ante mi reacción, su gesto se endurece y su mirada se llena de un sentimiento que vacila entre el arrepentimiento y el dolor.

—No puede ser —murmuro retrocediendo un paso y me apoyo contra la pared.

—Martina... —Suspira y mi nombre suena a culpa en sus labios.

Niego con la cabeza y vuelvo a mirar a la herida buscando una explicación, algo que me ayude a entender el porqué.

—Martina... —repite cada vez más afligido.

—¿Se lo dices tú o se lo digo yo? —le pregunto con firmeza y un toque de decepción.

Capítulo 22

La confesión

Cameron

—Martina, ¿puedes explicarme a dónde vamos? —pregunto con impaciencia una vez que el coche comienza a andar.

—Tienes que ver algo, un poco de paciencia y lo sabrás —me responde ella con gesto serio.

Me vuelvo hacia Skye, que se encoge de hombros, tan despistada como yo, en el asiento de al lado.

—Espero que sea algo rápido, os recuerdo que dentro de unas horas tengo que coger un avión —nos advierte.

—Que sí, que ya sabemos que dentro de poco estarás disfrutando del sol, la arena y el mar —le responde mi novia poniendo los ojos en blanco—. Tranquila, te prometo que no tardarás.

La contemplo intentando deducir a qué viene esta improvisada reunión. Tanto secretismo me está matando.

Esta mañana, al despertarme, estaba solo en la habitación, pero todavía no había salido de la cama cuando Martina entró de nuevo, pálida, nerviosa y algo alterada pidiéndome que me vistiese rápido para acompañarla a un lugar que no quiso concretar.

Al principio, pensé que iríamos solos, pero al llegar al coche descubrí que tanto mi hermana como Malcom también estaban allí. El primero, sentado al volante, con cara seria y la vista fija al frente; la segunda, ocupando el asiento trasero y, por su expresión, tan despistada como yo.

Impaciente, miro por la ventanilla mientras dejamos a un lado las cuadras y tomamos un desvío que conduce a un pequeño bosque de abedules en cuyo extremo se encuentra un antiguo almacén de grano que no usamos desde hace años.

El coche se detiene a pocos pasos de la entrada y, cuando Malcom y Martina se bajan, Skye y yo los seguimos, extrañados.

—En serio, ¿qué demonios estamos haciendo aquí? —pregunto sin comprender nada.

—Espera y verás... —anuncia Martina echando a caminar tras Malcom, que se detiene delante de la destartalada puerta de entrada que cruje cuando poco a poco se abre.

—¿Pretendes que entremos ahí? —cuestiona mi hermana con cara de asco.

—Deberíais —asegura Martina, mientras se acerca a mí para engancharse a mi brazo y apretarlo con suavidad—. Vamos —indica, señalando con un movimiento de cabeza la vieja estructura que parece a punto de desplomarse sobre cualquiera de nosotros en cuanto pongamos un pie dentro.

Es un lugar desvencijado, lleno de telarañas, con muy poca claridad y un intenso olor a humedad, pero todos esos detalles pasan a un segundo plano cuando descubro lo que se esconde en su interior.

—¡No puede ser! —exclamo abriendo los ojos de par en par al comprobar que ahí, justo delante de mí, en fila y perfectamente ordenadas, tengo todas las barricas que Angus robó de la bodega.

Skye avanza un paso llevándose la mano a la boca.

—¡Es increíble! —exclama.

Con las manos temblorosas y conteniendo el aliento, me adelanto a toda prisa para revisarlas y, aliviado, compruebo que están en perfecto estado. ¡Es alucinante, todavía no me puedo creer que las hayan encontrado! La felicidad que siento es tan grande que no sé si saltar, reír o llorar.

—¿Cómo las habéis encontrado? —pregunto sin desviar la vista de los preciados barriles—. No entiendo cómo al cabronazo de Angus se le ocurrió traerlas a este lugar. Aunque, pensándolo bien, cuando éramos niños veníamos bastante por aquí... —divago en voz alta.

—Las encontramos porque no fue Angus quien las robó —afirma Martina con gesto apenado.

—¿Qué quieres decir? —Sus palabras captan toda mi atención y me acerco a ella buscando en sus ojos esa información que le falta por añadir—. ¿Por qué dices eso?

—Porque fui yo. —La voz pesarosa de Malcom recorre el aire y se clava en mi interior.

Skye lanza un grito y se lleva la mano a los labios y yo, convencido de haber escuchado mal, avanzo un paso en su dirección.

—¿Qué has dicho? —cuestiono en un tono que encierra toda mi incredulidad.

—Que quien se llevó las barricas fui yo —confiesa con voz atormentada bajando la vista al suelo.

—No puede ser —susurro negando con la cabeza al tiempo que, aturdido, doy un paso atrás—. Si es una broma, desde ya os digo que no tiene ni puta gracia.

—Ojalá, aunque por desgracia me temo que no lo es —susurra de nuevo él—. Pero, a excepción de los dos barriles que se rompieron cuando intenté sacarlos de la bodega, los demás están todos bien. Puedes comprobarlo, no falta nada.

Lo estudio incapaz de creer que lo que estoy escuchando sea real.

—No lo entiendo... —murmura Skye con voz trémula y los ojos llenos de lágrimas.

—¡No me lo puedo creer, es que no me lo puedo creer! ¡¿Cómo has podido hacerme algo así?! —grito fuera de mí.

Martina se acerca a él y lo agarra del brazo antes de pedirnos con suavidad:

—Tenéis que escucharlo, darle la oportunidad de explicarse.

—¿Explicarse? ¿Qué explicación puede tener esto? —cuestiono dolido, confuso y furioso—. ¡Eras como mi hermano, confiaba en ti, hubiese dado un brazo por ti! ¡No comprendo cómo has podido hacer algo así! —repito, incapaz de asimilar una noticia como esta.

—Pensé que te estabas equivocando y no podía permitirlo; ahora sé que me equivocaba, pero en ese momento fue lo único que se me ocurrió para arreglarlo.

—¡¿Equivocando?! ¡¿Qué es lo que no podías permitir?! ¡¿Acaso te estás volviendo loco?! —vocifero.

—Déjalo que se explique —vuelve a pedirme Martina en tono firme pero suave.

Los contemplo a ambos durante unos segundos.

—Está bien —accedo alzando las manos en señal de rendición—. Pero dudo que nada de lo que diga o deje de decir pueda darle algo de sentido a toda esta locura.

—Cuéntales lo que me dijiste a mí —lo anima Martina dedicándole una sonrisa de ánimo.

Él asiente y eleva la vista del suelo para enfrentarse a mi mirada.

Sus ojos esconden tanto dolor, vergüenza y arrepentimiento que no puedo evitar sentir cierta lástima al verlo en esta situación.

—Antes de nada, quiero que sepáis lo afortunado que me siento por haber podido compartir mi vida con vosotros dos. Siempre os he considerado hermanos y no pude tener una infancia más feliz de la que tuve a vuestro lado.

—Bonita manera de demostrarlo —lo interrumpe Skye acercándose a mí.

Él la observa con lástima durante unos segundos y después vuelve a hablar.

—Adoro este sitio y lo que representa. El castillo, las tierras, los animales siempre han sido mi vida, los dos lo sabéis. —Hace una pausa y cierra los ojos durante unos instantes—. Nunca he abandonado esta isla, ni siquiera me fui a estudiar fuera porque no quería alejarme de aquí.

Lo estudio con detenimiento. Los tres nos sentimos orgullosos de pertenecer a este hermoso lugar, pero es cierto que el arraigo de Malcom siempre ha sido el más fuerte y especial.

—Por eso no podía permitir que todo eso cayese en manos de los hermanos Bain —afirma con una mezcla de miedo y resentimiento.

—Ahora sí que no entiendo nada —murmura mi hermana.

—Eso mismo fue lo que me pasó a mí cuando te vi con Arrán —le espeta él—. No podía entender que, después de todos los insultos, las humillaciones y las putadas que nos han hecho durante todos estos años estuvieses con él.

Achico los ojos y abro la boca, asombrado.

Es cierto que cuando ocurrió todo el lío entre nuestros padres, los hermanos, que no estaban pasando un buen momento, pues acababan de perder a su madre y su padre estaba más para allá que para acá, parecían disfrutar amargándonos la vida cada día en el colegio. Eran crueles con todos, sobre todo Angus, pero en especial con Malcom a quien consideraban y trataban como a un sirviente en lugar de como a un miembro más de la familia. Haciendo memoria, no me cuesta recordar que más de un día lo hicieron llorar.

Una vez todos nos fuimos a la universidad, la cosa se calmó, pero después empezaron las jugadas sucias con la empresa, el robo de clientes... E imagino que, como yo lo comentaba todo con él, el odio que sentía por ellos se reavivó.

—¿Qué tiene eso que ver? —cuestiona Skye.

—Todo —responde él—. Porque desde el mismo instante en que anunciaste que te ibas a casar con él, mi vida se convirtió en una pesadilla. —Hace una nueva pausa y, durante unos segundos, parece perdido en sus propios pensamientos—. Sabía que si os casabais de alguna manera tu parte de todo esto también le pertenecería a él y siempre he tenido claro que yo no podría compartir espacio y mucho menos trabajar para uno de esos dos desgraciados. Pero la simple idea de tener que irme, de abandonar esta tierra que tanto amo y de alejarme de vosotros..., me resultaba insoportable.

—Creo que empiezo a comprender... —musita mi hermana.

—Al principio albergaba la esperanza de que Cameron te hiciese entrar en razón —asegura fijando los ojos en los de Skye—. Estaba seguro de que si él no aceptaba esa boda, el miedo a perderlo te haría cambiar de opinión. Pero entonces la noche de la reunión tú llegaste —dice señalándome— y te plantaste en el salón diciendo que todo estaba bien, que aceptarías a esos zarrapastrosos si eso la hacía feliz. ¡Y yo no me lo podía creer! ¡No me podía creer que fueses a ceder y a permitir que esos desgraciados entrasen en nuestras vidas y en nuestra familia así por las buenas, después de todo lo que había pasado!

—Y ahí fue donde empezó todo... —murmuro.

Él asiente.

—Lo primero que hice fue lo de las ovejas, pensé que si metía algunos perros de caza en el corral, las ovejas se escaparían y tú lo asociarías con la visita de los Bain. No sería muy difícil atar cabos, que justo el día que ellos venían y Angus se marchaba antes de tiempo pasase una cosa así.

—Pero no funcionó —afirmo.

—No, no funcionó; pensaste que uno de los trabajadores se había dejado la puerta abierta y, al final, te convenciste de que se había abierto por el viento —recuerda—. Y la boda siguió adelante... Por eso decidí tomar medidas desesperadas y la noche de la boda, cuando Angus se fue, mientras todos bailabais, cogí el móvil de Arrán de su chaqueta y mandé un mensaje a su hermano citándolo en la bodega un poco antes de la hora a la que sé que Juls llega cada día.

—Pero ni en el móvil de Angus ni en el de Arrán había ningún mensaje —susurra Skye.

—Porque hay una aplicación que te permite borrarlos —indica—, así que, después de asegurarme de que lo había leído, los borré y seguí celebrando la boda como si no hubiese pasado nada hasta que, al amanecer, cogí uno de los camiones de los caballos y me acerqué a la bodega. Desconecté la alarma, cargué todos los barriles, a excepción de los dos que se me rompieron, y para que resultase todo más creíble, hice las pintadas. Después, Angus fue allí a encontrarse con su hermano y ese fue el momento exacto en que Juls lo descubrió.

—No me puedo creer que hicieses todo eso —murmuro entristecido.

—Estaba desesperado —confiesa hundiendo los hombros—. No soportaba la idea de tener que marcharme, de perderos a vosotros y este lugar.

—¿Pretendías inculpar a un inocente de algo que no había hecho? —pregunta mi hermana, asombrada—. ¿Qué pensabas que ibas a conseguir con eso?

—Creí que si todas las pruebas apuntaban a Angus, lo culparíais, entonces Arrán se pondría de su parte...

—Y yo lo dejaría... —termina Skye con los ojos llenos de lágrimas.

—Os juro que no quería hacer daño a nadie, yo solo pretendía poder seguir con mi vida en paz. En el caso de que Martina no me hubiese descubierto, pensaba devolver el *whisky* igualmente —asegura, mirándonos a todos con los ojos cargados de verdad.

—¿Tú lo descubriste? —pregunto atónito, observándola con una mezcla de sorpresa y orgullo.

Ella asiente y esboza una leve sonrisa de satisfacción.

—¡¿Cómo?! —pregunto asombrado.

—Esta mañana, cuando fui a la cuadra y vi la mordedura de su brazo, me di cuenta de que no era de oveja —explica ella como si tal cosa—. Antes de venir aquí, estuve leyendo mucho sobre las especies autóctonas y una de las curiosidades que explicaban es que las ovejas solo tienen dientes en la parte inferior de la mandíbula, y la herida del brazo de Malcom tuvo que ser causada por una mordedura completa, así que me di cuenta de que estaba mintiendo... A partir de ahí, entre eso y su cara de susto al verse descubierto, solo tuve que atar cabos.

—¡La madre que me parió! —exclamo alucinado porque ella se haya percatado de ese detalle y los demás no—. ¿Cómo no me di cuenta yo de eso?

—Pues primero porque ni se te hubiese pasado por la cabeza desconfiar de tu amigo del alma, y segundo porque hasta hoy la llevaba vendada —me responde ella quitándose el mérito.

—¿Y tú? ¿Eres consciente del problema económico que podrías habernos causado? ¡Eso sin contar el mal rato que pasamos cuando Martina se fue sin avisar!

—Os juro que tenía pensado devolver los barriles, dentro de unos días iba a trasladarlos dejando algún aviso que condujese a la policía hasta allí —afirma—. Y en cuanto a lo de Martina, lo siento muchísimo, me sentí fatal cuando me enteré de que te habías marchado —añade girándose hacia ella para disculparse.

—Eso no fue culpa tuya, sino de Cameron —afirma, clavando sus ojos en los míos.

—Eso es cierto. En ese caso, el responsable fui yo —admito.

—¡No termino de creerme que intentases boicotear mi matrimonio! —Una lágrima desciende por la mejilla de Skye y los tres la miramos.

—Lo siento muchísimo, sabes que te adoro y solo quiero tu felicidad, aunque no lo haya demostrado —susurra acercándose a ella.

—Mal que te pese, Arrán es una buena persona.

—Lo sé, me lo demostró cuando no defendió a

Angus —responde él—. En ese momento, comprendí que me había equivocado, pero el mal ya estaba hecho y no me atreví a dar marcha atrás. Fui un cobarde y lo siento muchísimo, pero no soportaba la idea de volver a sufrir humillaciones y desprecios, sabía que en ese caso tendría que marcharme y no quería perderos —confiesa con ojos vidriosos.

—Yo nunca permitiría que ninguno de los dos te tratase así de nuevo, ya deberías saberlo —le dice ella con firmeza y una nota triste en su voz.

—Me equivoqué —admite él pesaroso.

—Todos nos equivocamos —interviene Martina—, lo importante es rectificar y él lo ha hecho.

—Esto no ha sido una simple equivocación —rebato todavía molesto.

—Estoy dispuesto a hacer lo que sea para ganarme vuestro perdón —asegura Malcom.

—Está arrepentido, metió la pata, pero se ha dado cuenta y creo que estos días hemos aprendido que todos merecemos una segunda oportunidad, ¿o no? Si tú merecías mi perdón, creo que él merece estar en la misma situación —inquiere Martina, fijando sus ojos en mí con toda la intención.

—No es lo mismo.

—Igual no, pero también tú me hiciste daño; si yo puedo olvidarlo, ¿por qué tú no? Además, es una gran virtud saber perdonar... —me responde, acercándose a mí para rodear mi cuello con sus brazos.

—Entiendo por qué lo hiciste, pero si estabas preocupado, tenías que haber hablado con nosotros en lugar de recurrir a algo así —comenta Skye atravesándolo con la mirada.

—Os lo repito, haré lo que sea para que me perdonéis —vuelve a decir Malcom afligido.

—Sigues siendo como un hermano para mí —murmura Skye—; últimamente, mis dos hermanos la

cagan bastante, pero, aun así, los quiero demasiado. Eso sí, desde ya te digo que me va a durar el
enfado.

Sus palabras me demuestran una vez más el enorme corazón que tiene y decido tomar ejemplo, tragarme el orgullo y, dado que yo mismo he metido
la pata hasta el fondo y que Martina me ha perdonado, creo que lo justo es que él tenga la misma
oportunidad que yo de arreglar lo que estropeó.

—Retiraré la denuncia para que no presenten
cargos contra ti, pero tienes que hablar con la policía y confesar la verdad y te encargarás de borrar
todas las pintadas de la bodega y de ponerlo todo
en su lugar —digo con voz áspera.

—Ahora mismo iré a la comisaría —afirma, y
suspira aliviado.

—Y tendrás que pedirles perdón a Arrán y a Angus —añade mi hermana todavía enfadada.

Él asiente y, bajo la atenta mirada de Martina,
me acerco a abrazarlo.

Lo que hizo estuvo fatal y no tiene justificación,
pero una parte de mí puede entender su motiva-
ción. Algunas veces el rencor y el miedo son una
pésima combinación.

Me gustaría pensar que las cosas no van a cambiar entre nosotros, pero sé que al menos al principio no será así. La confianza es un bien preciado
que, una vez que se pierde, cuesta reconstruir. Sin
embargo, pese a todo eso, Malcom es mi hermano
porque, aunque no lo sea de sangre, sí lo es de corazón.

Además, estoy convencido de que su arrepentimiento es sincero, y tampoco ha sucedido nada
que no tenga solución, por lo que estoy seguro de que,
si los dos ponemos de nuestra parte, podremos reconstruir nuestra relación.

Skye también lo abraza y juntos salen al exterior.

Martina se aproxima y, poniéndose de puntillas, deposita un suave beso en mis labios.

—Te quiero, Cameron.

—Y yo a ti, Martina... O quizás debería decir «Sherlock Holmes».

Mis labios atrapan de nuevo los suyos y me dejo llevar por un beso dulce, verdadero y apasionado, un beso que se da con el cuerpo, con los sentidos, con el alma y con los labios.

Epílogo

Martina

—¡Ni loca voy a montarme en esa cosa! —exclamo a varios metros del enorme globo.

—¡Claro que vas a subir! —asegura Skye echándose a reír.

—¡Que no!

—¡Que sí!

—¡Pero mira que te gusta discutir! —protesto resoplando.

—Contigo hasta eso es divertido —replica ella—. Además, te recuerdo que me lo has prometido.

—¿Cuándo se supone que te prometí yo eso? —cuestiono arrugando el ceño.

—Me dijiste que por mi cumpleaños me dejarías elegir plan —bufa mi amiga encogiéndose de hombros.

—¡Un plan normal! ¡Algo en lo que no tengamos que jugarnos la vida! —exclamo agitando las manos.

—Define «normal» —comenta encogiéndose de hombros—. ¿Quién dice lo que es o no es normal?

—¿De verdad quieres empezar ahora un debate filosófico? —cuestiono alzando una ceja.

—No, lo que quiero es que te subas al puñetero globo —protesta golpeando con el pie en el suelo.

—Señoritas, ¿se han decidido ya? —nos pregunta el hombre que espera en el interior de la cesta para hacerlo volar.

—¡Sí! ¡No! —gritamos las dos a la vez.

—A ver, ¿sí o no? —insiste el señor, empezando a impacientarse por nuestro debate y mi indecisión.

—Venga, porfa, porfa, porfa, porfa —me suplica Skye poniendo un puchero.

—No me gustan las alturas y lo sabes —protesto.

—Tampoco te gustaba montar a caballo y ahora te encanta salir a galopar —me contradice.

Touché. Ahí tiene razón, la verdad es que si no fuese por la insistencia de mi amiga para probar experiencias nuevas a lo largo de estos años, me habría perdido muchas cosas de las que ahora disfruto un montón.

Durante unos segundos, ambas mantenemos un duelo de miradas hasta que al final suspiro resignada.

—Está bien —accedo resoplando—. Pero que conste que como el globo se caiga, me voy a cabrear —le advierto tomando la mano que el hombre me ofrece para ayudarme a entrar.

—Oh, tranquila, una vez muerta, dudo que te puedas enfadar —se burla colocándose a mi lado.

—¡Skye! —grito al tiempo que el globo comienza a subir, poco a poco, alzándose hasta el cielo—. ¡Oh, Dios mío! —murmuro aferrándome a la cesta cuando empieza a moverse de un lado a otro—. ¡No puedo mirar, no puedo mirar, no puedo mirar! —exclamo entrecerrando los ojos.

—Relájate y disfruta, no todos los días se puede contemplar algo así —afirma pasando un brazo sobre mis hombros, y se echa a reír.

Poco a poco, armándome de valor, paseo la vista a mi alrededor y no tengo más remedio que admitir que tiene razón.

Está atardeciendo y el cielo teñido de naranjas y amarillos se une con el azul infinito del mar. A nuestros pies, laderas, acantilados, montañas y castillos se entremezclan conviviendo en armonía y creando un paisaje de ensueño repleto de matices mágicos.

Inspiro hondo y, una vez más, como tantas otras, me siento afortunada de vivir aquí. Lo cierto es que desde que tomé la decisión de quedarme con Cameron en la isla no podría ser más feliz.

No solo porque esté enamorada hasta los huesos de un hombre maravilloso, inteligente y guapo a rabiar que se desvive por hacerme feliz cada minuto que pasa junto a mí, sino porque aquí he encontrado mi sitio. Mi hogar, un lugar del que formar parte y que a su vez forma parte de mí.

Hace un par de meses que Skye y yo comenzamos a trabajar juntas como periodistas *freelance* y nos encanta. Colaboramos con varios periódicos de Inverness y Edimburgo haciendo reportajes y entrevistas, y la verdad es que nos va fenomenal.

Malcom pasó una época dura; tuvo que declarar ante la policía y pedir perdón a los hermanos Bain, pero como Cameron retiró los cargos, la cosa no pasó a mayores y, aunque al principio la relación ente los tres estaba un poco tensa, poco a poco ha ido volviendo a la normalidad.

Los dos seguimos compartiendo muchos momentos juntos y hemos ganado en amistad y complicidad.

Arrán y Skye siguen viviendo su cuento de hadas particular y lo cierto es que, aunque no se puede decir que todos sean amigos..., incluso Angus parece alegrarse de su felicidad y su actitud está cambiando. Ya no es tan arisco y se deja ver más.

El *whisky* de Cameron está siendo todo un éxito y, aunque sigue trabajando mano a mano con Juls en la bodega, después de mis infundadas sospechas he tenido la ocasión de compartir algo de tiempo con ella y reconozco que no está tan mal... Sobre todo ahora que, al ver que no tiene nada que hacer con Cam, su interés parece haberse desviado hacia Malcom, lo cual me parece fenomenal.

En fin, que soy feliz, mucho más feliz de lo que hubiera podido soñar.

—Estamos a punto de aterrizar y seguimos vivas —me anuncia Sky cuando el globo empieza a descender.

Resoplo y, al fijarme en lo que nos rodea, me percato de que estamos justo encima del lugar donde todo empezó.

El globo continúa con su descenso y, cuanto más se acerca a tierra, más me sorprendo, pues, en efecto, estamos a pocos metros del lugar exacto en el que ese primer día que parece tan lejano mi vida cambió.

Por fin, el globo se posa con suavidad sobre el suelo y de repente unos ladridos llaman mi atención.

Me bajo de un salto y lo rodeo buscando al responsable y me encuentro a Musgo, el cachorro de cocker spaniel que provocó mi primer encuentro con Cam, que me espera mientras suelta algún que otro ladrido alegre y mueve la cola sin parar.

—Hola, peque —lo saludo—. ¿Qué tal estás? ¿Otra vez te has vuelto a escapar? —Lo acaricio con cariño y me doy cuenta de que tiene algo enganchado en el collar.

Es una pequeña cajita cuadrada atada con un cordón de lana de oveja teñido de rojo.

Con cuidado, la cojo y, al abrirla, me encuentro un papel doblado.

«Gracias a mí empezó vuestro camino, ahora sigue el hilo de tu destino».

—¿Has visto...? —pregunto mirando a mi alrededor en busca de Skye, pero no la veo por ningún sitio. Sorprendida, vuelvo a leer la nota y, agarrando el cordón, comienzo a seguir el camino que me marca con Musgo pegado a mis talones.

Y de nuevo, curva a la izquierda, y sigo caminando, y curva a la derecha... Y entonces, ahí está Cam.

Esperándome, con la rodilla en el suelo, sonriéndome, mirándome con esa intensidad que me hace estremecer y vestido con el mismo plástico andrajoso y las mismas botas que llevaba cuando lo vi por primera vez.

A pocos metros, Bonnie, Malcom y Skye observan la escena visiblemente conmovidos y conteniendo la respiración.

Me quedo asombrada, sin saber qué decir, con las piernas temblorosas y los ojos vidriosos por la emoción.

—Mi vida, la de verdad, la que merece la pena vivir empezó aquí, el día en que te conocí, porque desde ese momento me enamoré de ti —dice con la voz ronca, áspera y algo temblorosa abriendo una cajita en cuyo interior reluce un sencillo y precioso anillo—. Eres la luz en la oscuridad, el calor cuando tengo frío y el aire sin el que no puedo respirar.

Una lágrima desciende por mi mejilla e, incapaz de permanecer de pie durante más tiempo, me arrodillo junto a él.

—No puedo prometerte que nuestra vida será siempre sencilla ni que en el camino no habrá piedras que sortear, pero sí te juro que seré la mano que te sujete cuando pierdas el equilibro y el que te apoye para que nunca dejes de avanzar. —Hace una pausa e inspira con fuerza antes de continuar—. Martina, ya eres la luz que guía mis pasos, el motivo por el que cada día me levanto con una sonrisa y el amor del que me alimento cada día, ¿querrías además de todo eso casarte conmigo y permanecer a mi lado toda la vida?

Incapaz de dejar de temblar, me pierdo en sus profundos ojos, esos que me cautivaron desde el primer día, esos que me conocen, me consuelan y me excitan... Esos en los que quiero seguir encontrando mi camino durante el resto de mis días.

—Por supuesto que sí, ¿cómo podría decirte lo contrario cuando ya no puedo vivir sin ti? —susurro entre sollozos. Su mano temblorosa coloca el anillo en mi dedo antes de enmarcar mi cara para acariciar mis mejillas con ternura.

Mis ojos, anegados en lágrimas, se pierden en su mirada y cada célula de mi cuerpo explota de felicidad.

Sus labios atrapan los míos y nos unimos en un beso que traspasa nuestros labios para convertirse en mucho más.

Un beso tan verdadero, tan íntimo y, sobre todo, tan infinito como el amor que, a pesar de que al principio no supiésemos verlo, nos ha unido desde el primer día en este mismo lugar, nos une ahora y siempre nos unirá.

Biografía

Andrea López Saborido nació en Vigo en 1984, donde reside desde entonces. Ha estudiado administración y dirección de empresas.

Su primera novela publicada salió bajo el sello editorial Ediciones Atlantis con el nombre de *No sin ti*. Después, se decidió por la publicación independiente, y de esta forma llegaron: *Lo encontré en tus ojos*, *Tú hielo, Yo fuego* (libro que logro posicionarse durante más de un mes como número uno en Amazon y que en la actualidad ha sido reeditado por Editorial Planeta) *Pintaré estrellas por ti*, *Recordaré olvidarte*, *¿Quieres soñar conmigo?*, *¡Ni en tus sueños!*, *Un sueño muy peligroso*, *Un sueño para Mica* y *La chica de las zapatillas de colores*. Todas ellas son novelas de carácter romántico, pero siempre entremezclándolo con diferentes subgéneros como el suspense o el drama.

La herencia, primer título de la saga *El secreto de las brujas,* fue su primera novela de temática paranormal.

Todos sus libros están disponibles en papel, ebook y audiolibro en todas las plataformas digitales.

Su nueva novela, *Un secreto en las Highlands* es una historia romántica y contemporánea, cargada de sorpresas y con un toque fresco y divertido.

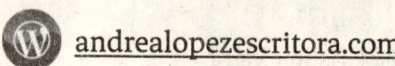 andrealopezescritora.com

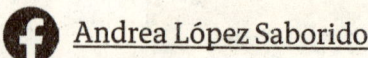 Andrea López Saborido

@andrealosab

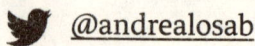 andrealopez_escritora